Ten moments in Dostoevsky's life

陀思妥耶夫斯基一生的十个瞬间

刘文飞 著

人民文学出版社

图书在版编目（CIP）数据

陀思妥耶夫斯基一生的十个瞬间／刘文飞著．—北京：人民文学出版社，2024
ISBN 978-7-02-018471-2

Ⅰ.①陀… Ⅱ.①刘… Ⅲ.①散文集—中国—当代 Ⅳ.①I267

中国国家版本馆CIP数据核字（2024）第001885号

责任编辑　李丹丹
装帧设计　陶　雷
责任校对　李　雪　罗翠华
责任印制　苏文强

出版发行　人民文学出版社
社　　址　北京市朝内大街166号
邮政编码　100705

印　　刷　河北新华第一印刷有限责任公司
经　　销　全国新华书店等
字　　数　223千字
开　　本　880毫米×1230毫米　1/32
印　　张　10.875　插页2
印　　数　1—6000
版　　次　2024年1月北京第1版
印　　次　2024年1月第1次印刷

书　　号　978-7-02-018471-2
定　　价　59.00元

如有印装质量问题，请与本社图书销售中心调换。电话：010　65233595

目 录

陀思妥耶夫斯基一生的十个瞬间　　001
"地下室"与"地下室人"　　041
明亮的林中空地　　062
穿透时空的托尔斯泰　　073
追寻契诃夫的足迹　　080
梅里霍沃的秋天　　102
茨维塔耶娃和她的诗歌　　111
茨维塔耶娃的布拉格　　129
"你是我最好的诗":茨维塔耶娃和她的女儿　　161
帕斯捷尔纳克:生活与创作　　173
心灵的相会　　217
抒情诗的呼吸　　244
巴别尔:谜团、瑰丽和惊世骇俗　　299
纳博科夫与蝴蝶　　311

后记　　340

陀思妥耶夫斯基一生的十个瞬间

一

[1837年2月26日①夜,莫斯科神屋街上的陀思妥耶夫斯基家。这处居所有两个半房间,是莫斯科玛丽娅穷人医院西侧的临街厢房。女主人玛丽娅·费奥多罗夫娜·陀思妥耶夫斯卡娅躺在卧室的床上,她已走到生命的尽头。这位出身商人家庭的莫斯科女子性格乐观,待人和善,喜欢与人交往,也爱好音乐和文学。她在十九岁时嫁给三十一岁的军医米哈伊尔·安德烈耶维奇·陀思妥耶夫斯基。夫妻俩恩爱相伴十七年,先后生下八个孩子(其中一个女孩在出生后不久夭折),后来的作家费奥多尔·陀思妥耶夫斯基(小名费佳)是他们家的老二。1835年秋,陀思妥耶夫斯卡娅不幸患病,短短一年多之后已病入膏肓,奄奄一息。全家人围在女主人的床前。

---

① 文中日期均为俄历。在19世纪,俄历比公历早12天;在20世纪,俄历比公历早13天。陀思妥耶夫斯基所处时代使用的俄历直到1918年才废止。

玛丽娅·陀思妥耶夫斯卡娅：

我要死了。该死的肺结核病要了我的命。

我已在床上躺了好几个月。我医术高明的丈夫对我的病也束手无策。我这一周几乎都在昏睡，只能偶尔听到家人轻轻的脚步声和说话声。可是今天，我头脑很清醒，心口也不那么闷了。这可能就是回光返照吧。我要抓紧时间和家人告别了。

——请把圣像拿过来。孩子们，让妈妈为你们做最后的祝福吧。上帝保佑你们！……[①]

米沙，费佳，瓦莲卡，安德留沙，薇罗奇卡，科利亚，还有最小的萨申卡，她还不满一岁呢，被奶娘抱在怀里。这七个孩子，是连接我和米哈伊尔爱情的七根最亲密的纽带。

——妈妈不在了，你们要听爸爸的话，要帮助爸爸，不要惹爸爸生气……

最可能惹爸爸生气的就是费佳。两个大儿子已经长大，上中学了，大家都说我最疼爱大儿子米沙，因为我只给米沙喂过奶，后来因为胸口疼，就没再给其他几个孩子喂奶。其实，我心里更欣赏老二费佳，他更好动，更大胆，性格更像我，虽然他也有点像他爸爸，脾气有些急躁，也很敏感，有时还有点小心眼。老大老实厚道，出头的总是老二。两个大儿子都喜欢文学，我卧床不起之后，他俩经常给我朗读文学作品，就像我和丈夫在他们小的时候给他们朗读一样。前几天，他俩还给我背诗，老大米沙背诵

---

① 破折号之后的文字为人物说出口的话，其余为其内心独白。

茹科夫斯基的《哈布斯堡伯爵》，老二费佳背的是普希金的《奥列格之死》，他俩还问我和他们的爸爸，哪位诗人的诗更好一些。爸爸说茹科夫斯基的诗更好，我觉得两首诗都很好，但费佳朗诵得更出色一些。费佳将来或许能成为一个诗人，就像他喜爱的普希金那样……

费佳的文笔也很好，我去乡下别墅后，他时常给我写信，我还记得他写给我的第一封信，当时他才十三岁，他在信里写道："当您离开我们的时候，亲爱的妈妈，我感到极其苦闷，而现在，当我想您的时候，亲爱的妈妈，就有一种忧愁涌上心头，我无论如何也排遣不了。要知道，我是多么想看到您啊，迫不及待地盼望那个快乐时刻的到来。我每次想到您的时候，都为您的健康祈祷上帝。"他还在一封信中开玩笑，说他的奶娘阿廖娜·弗罗洛夫娜会因为肺结核病死去，因为他的奶娘一咳嗽，马上就怀疑自己得了肺结核病，可是最终，得肺结核病的却是我……米沙今年十七岁，费佳也十六岁了……哦，一个巨大的影子，是谁走过来了？

——米哈伊尔，亲爱的老公，我不能再陪伴你了。对不起，给你留下这么多孩子，这么多烦恼。几个年幼的孩子你管不了，就让他们去姨妈家生活吧，姨妈家条件好，她身边也没有孩子，不会亏待我们的孩子，你放心吧。三个大孩子你要亲自带，管好他们的学业，尤其是老二，不太听话，你要多费心……

我喘不过气来了，打开窗户吧……我的喉咙像是被人掐住了，是死神吗？上帝啊，饶恕我！……孩子们在哭，费佳的哭声最响，他一生下来嗓音就跟别的孩子不太一样……

〔第二天早晨6点,陀思妥耶夫斯基的母亲去世了,享年三十七岁。她几乎是普希金的同龄人,比普希金晚生半年,晚去世一个月。陀思妥耶夫斯基是在母亲的葬礼后才获悉普希金死讯的,他当时对哥哥米哈伊尔说,如果不是在为母亲服丧,他一定要为普希金戴黑纱。母亲的去世是陀思妥耶夫斯基一生中记忆最深刻的事件之一,他始终记得"母亲临终前的虔诚和宽恕"。这一死亡场景后来以不同的方式一次又一次地再现于他的小说,如《罪与罚》中的马美拉多夫之死,《白痴》中的纳斯塔霞·菲利波夫娜之死,《卡拉马佐夫兄弟》中的佐西马长老之死等。

二

〔1845年5月的一天,圣彼得堡,天刚蒙蒙亮,诗人涅克拉索夫举着陀思妥耶夫斯基的小说处女作《穷人》的手稿冲进别林斯基的家。昨夜,他刚和作家格里戈罗维奇一起读了这部小说。格里戈罗维奇是陀思妥耶夫斯基在彼得堡军事工程学校的同学,两人曾租住同一套公寓,是他向涅克拉索夫推荐了陀思妥耶夫斯基新近完成的这部作品。涅克拉索夫和格里戈罗维奇被这部小说吸引住了,他俩轮流朗读,读了一整夜,读得泣不成声。凌晨4点,他俩敲开陀思妥耶夫斯基的房门,陀思妥耶夫斯基交出手稿后心里忐忑,彻夜在城里漫步(5月的圣彼得堡时值白夜,圣彼得堡的白夜倒是很适合散步),刚刚回到家。两位客人激动地拥抱陀

思妥耶夫斯基，欣喜若狂，简直要哭出来。涅克拉索夫对陀思妥耶夫斯基说："我今天就把您的中篇拿给别林斯基看，他这个人可好了！等您认识他之后，您就会知道他的心眼有多好了！"离开陀思妥耶夫斯基的住处，涅克拉索夫直接去见别林斯基。

涅克拉索夫：

——维萨里昂·格里戈利耶维奇，新的果戈理诞生了！

别林斯基：

——您那里的果戈理难道像蘑菇一样多吗？

涅克拉索夫这是怎么了？如此激动，这不像他的性格。他虽然是诗人，但一向谨言慎行，是标准的书商兼主编。我请他留下手稿，让他回去休息，他说他今天傍晚再来见我。

［傍晚，涅克拉索夫再次来到别林斯基家。

涅克拉索夫：

——小说您读了吗？

别林斯基：

——读了，读了，写得太棒了！这篇小说我一连读了两遍，爱不释手。这是一位初出茅庐的天才写的小说，这位先生外表如何，他的思想境界如何，我都不得而知，但这部小说倒是揭示出了俄罗斯生活和俄罗斯人的秘密，在他之前，任何人连做梦都没想到过这些问题。请想一想吧，这毕竟是我们社会小说的初次尝试啊,并且像艺术家常有的情形那样,连他自己也没有料到会写出什么样的东西来。您这位陀思妥耶夫斯基现在在哪儿呀?快把他带到我这里来,快点带他过来!

［两天之后,涅克拉索夫带陀思妥耶夫斯基来到别林斯基的住处。

别林斯基:

——费奥多尔·米哈伊洛维奇,您自己可能都不知道您写出了什么样的作品!您像一位画家那样,仅凭直觉就可以写作,不过,您向我们指出了那可怕的现实,可您自己是否理解它的意义呢?您才二十二岁,说是已经理解了,那不可能。您写的这个不幸的小官吏,他长期逆来顺受,连承认自己不幸的权利都不敢指望。当那个好人,那位将军把一百卢布递给他时,他惊讶得不知所措,根本没想到"阁下"会体恤他这样的人。是的,他说"阁下",而不是"大人",您把他表现得多么生动啊!至于那粒崩掉的纽扣,他去吻将军的手的那一刻,——这已经不是对这位不幸者的同情,这是惶恐,万分的惶恐!他的惶恐就在他的道谢之中!这是一出悲剧!您触及了事情的本质,一下子就揭示了要害。我们这些政论家和批评家只是评论,我们竭力用语言去说明实质,而您是画家,只用线条,一下子就用形象揭示出本质,让人的手可以触摸得到,让最懵懂的读者也茅塞顿开!这就是艺术的奥秘,这就是艺术的真谛!这就是艺术家在服务真理!真实启示了您,真实昭示了作为艺术家的您,真理作为一种才能为您所掌握。珍惜您的才能吧，始终做个诚实的人吧，您将成为一个伟大的作家！……

陀思妥耶夫斯基：

别林斯基越说越激动，其实一开始他是很自大、很矜持的。我也越听越激动，有些话其实也没听清，但我听懂了他对我的小说的极高评价。我陶醉一般走出他家。我在他家外面的墙角停下，仰望天空，看着明亮的白天、过往的行人和周围的一切，我全身心地感觉到，我生活中的重大时刻来临了，永久性的变化发生了，崭新的局面开始了。难道我真的这么伟大吗？我处于战战兢兢的兴奋中，惭愧地暗自想道。啊，以后我要让自己无愧于这样的赞扬。这些人多么好，多么好啊！我要受之无愧，我要努力去做像他们那样的优秀人物，我要始终做一个"诚实的人"！他们这样的人只有俄国才有，他们是同样的人，有同样的真理，而真理、善和真实总会战胜邪恶与陋习，我们必将胜利！啊，去接近他们，和他们在一起！

我后来时常回忆起这一切，栩栩如生地想起那个时刻，以后我也永远难以忘怀。那是我一生中最美好的时刻。

［中篇小说《穷人》被涅克拉索夫收入《彼得堡文集》，于1846年1月25日出版。这部小说受到批评界和读者一致好评，陀思妥耶夫斯基因此成为俄国文坛最耀眼的新星。但是，在发现陀思妥耶夫斯基并未按照自己所指明的"社会批判小说"的路径继续前行时，别林斯基逐渐对陀思妥耶夫斯基及其作品流露出冷淡。在《1846年俄国文学一瞥》中，别林斯基已经很不客气地指

出:"《穷人》中那些对于初学写作者而言可以原谅的所有缺点,在《双重人》中却变得骇人听闻了,这一切都归结为一点,即不善于用过于丰富的天才力量为自己所酝酿的思想艺术发展定出一个合理的程度和界限……在《祖国纪事》第10期上刊出的陀思妥耶夫斯基先生的第三部作品,即中篇小说《普罗哈尔钦先生》,给了所有崇拜陀思妥耶夫斯基天才的人一个不愉快的惊讶。"后来,由于文学立场和世界观方面的分歧,陀思妥耶夫斯基最终与以涅克拉索夫为首的《现代人》编辑部决裂,但这并未妨碍陀思妥耶夫斯基在彼得拉舍夫斯基小组的集会上当众朗诵别林斯基致果戈理的信,并因此获罪。

三

[1849年12月22日清晨,圣彼得堡谢苗诺夫校场。一场新落的雪使开阔的校场里上了银装。校场四周围满士兵,士兵之外是围观的市民,人山人海,据说有三千人,却一片寂静。初升的太阳透过渐渐变浓的云雾,像一只又红又大的圆球,在地平线上闪现出朦胧的光芒。在彼得保罗要塞监狱中被关押了八个月的陀思妥耶夫斯基和他的另外二十二位难友被押解到这里。他们都是参与了彼得拉舍夫斯基小组活动的政治犯,均被判处死刑。今天是他们的临刑之日。囚犯们被脱去囚服,换上他们自己的衣服,由于他们是在八个月前被捕的,当时大都身着春装,因此在刑场上的他们全都衣着单薄,置身于圣彼得堡冬晨零下二十摄氏度的

严寒中。囚犯们被捕之后均被关押在单人牢房，彼此一直未能见面，因此此时大家都在相互问候，做最后的道别。在给犯人们点名之后，一位神父举着十字架领着囚犯们绕场一周，既是示众，也意在杀鸡儆猴，给在场的军人和百姓看。接着，犯人们被带到广场中央的台子上，被命令摘下帽子，一名军官逐一宣读沙皇亲自批准的判决书。

宣判官：
　　——退役工程兵少尉陀思妥耶夫斯基，判处枪决。皇上12月9日御批："照此执行！"

陀思妥耶夫斯基：
　　我的生命就要结束了吗？上帝啊！我的罪名是什么？刚才宣判官读的，我没完全听清。他连续读了这么久，有半个小时了吧？有人拿来白色的长袍要我们穿上，这是什么？尸衣！我们中间还有人开了一句玩笑："穿上这样的衣服真神奇啊！"那是谁呢？神父又来到我们面前，给我们做临终忏悔。我吻了吻他手中举着的十字架。我拒绝忏悔，但是吻了十字架，他们是不会拿十字架来开玩笑的。死亡是必定无疑的了，但愿快些，快些……我突然感到有些冷漠了，麻木了，无所谓了……我也看到了不远处大车上的棺材，上面盖着草席……士兵们走过来，他们把我们中的三个人绑在行刑柱上，那是彼得拉舍夫斯基、斯佩什涅夫和毛姆贝利，几个月不见，他们的变化多大啊，满脸胡子，都认不出来了。身穿灰色制服的士兵们端起步枪。我排在第六位，下一轮就该是我了。我还能活的时间不超过一分钟了。诀别的时候到了。我拥抱了右边的普列谢耶夫，——阿列克谢·尼古拉耶维奇，别了！——我又拥抱了左边的杜罗夫，——谢尔盖·费奥多罗维奇，保重！——我们在等，我在等。我没什么牵挂，可是我还没有和哥哥告别，他来了吗？他在人群中吗？我亲爱的哥哥，在这最后一分钟里，我的脑中只想着你，这时我才知道，我是多么爱你，我亲爱的哥哥！……枪声为什么还没响起？驶来一辆马车，传令官带来一份公文，有人上台，念起这份公文……什么什么？！

宣判官：

——兹判决剥夺退役工程兵少尉陀思妥耶夫斯基一切财产，流放西伯利亚要塞四年，之后再贬为列兵，在军中服役四年。

[犯人们被押回彼得保罗要塞监狱之后，医生们对他们进行一番仔细体检，以确定犯人们在沙皇亲自导演的这场残忍的恶作剧中是否"受刺激过度"。在经历了假死刑的当晚，陀思妥耶夫斯基给哥哥写了一封长信，他在信中写道：

哥哥，我亲爱的朋友！我没有垂头丧气，也没有失魂落魄！生命不管在哪里总是生命，生命在我们自己身上，而不是在外部。在我身边还会有人，要在与人相处的时候做一个人，永远做一个人，无论遇到多大不幸都不必懊丧，也不要堕落，——这就是生活，这就是生活的使命。我认识到了这一点，这种思想已经深入我的血肉。是的！我那颗进行过创造、以最崇高的艺术为生命、已经认识到而且习惯于精神上的崇高需求的脑袋，已经被他们从我的脖颈上砍去。剩下的只有记忆，只有一些被我创造出来却尚未丰满的形象。他们一定会让我伤痕累累，是的！但是我的心还在，我的血肉之躯还在，它同样能爱，能痛苦，能希望，能记忆，这毕竟是生命！就像雨果说的那样："苦役犯也走路，也运动，也看见太阳！"

哥哥，你别伤心，看在上帝的分上，别为我伤心！我今天已经临近死亡，怀着必死的念头度过了三刻钟，经历了生命的最后时刻，但我现在又一次活着！在生命的最后一瞬间我真想好好地爱之前的每一个熟人，紧紧地拥抱他们。这是一种快乐，今天我在临死前与我的亲人们告别时体验到了这种感情。在那一瞬间我想过，关于死刑的消息会使你痛不欲生。但现在你放心吧，我还活着，还将活下去，心中想着总有一天能拥抱你。

哥哥，在改变生活的时候，我将以新的样子再生。哥哥，我向你发誓，我决不会失望，我一定要保持我的精神和心灵的纯洁。我一定向更好的方面重新诞生，这就是我的全部希望和慰藉。

［将近二十年之后，陀思妥耶夫斯基在小说《白痴》的开头借主人公梅什金公爵之口再次道出他在这场假死刑中的恐怖感受：

其实，最主要、最剧烈的疼痛也许不是伤口，而在于你明明白白地知道，一个小时过后，然后十分钟过后，然后半分钟过后，

011

然后就是现在，马上——你的灵魂就将飞离肉体，你将不再是一个人，而且这是确定无疑的；主要的就是，这是确定无疑的……谁说过人类的天性能够承受这种痛苦而不会发疯呢？干吗非要有这种丑恶的、不必要的、徒劳无益的凌辱呢？也许，有这样的人，他听到了死刑判决，他受了一番折磨，然后他又听见："走吧，你被赦免了。"这样的人也许终将说出自己的切身感受。基督也曾讲过这种痛苦和这种恐怖。不，对人可不能这样做！

四

[1849年圣诞夜，陀思妥耶夫斯基在圣彼得堡的彼得保罗要塞中被钉上镣铐，然后被押往流放地。经过五十多天的漫长旅程，他被关进位于西伯利亚鄂木斯克的流放犯监狱，这座监狱被陀思妥耶夫斯基称为"死屋"。1850年复活节的第二天，陀思妥耶夫斯基目睹囚犯们在难得的节日假期里狂饮斗殴，感到痛苦不堪。就在此时，一位波兰裔政治犯米列茨基用法语冲他说了一句："我憎恨这群暴徒！"听到一个外族人这样说俄罗斯人，陀思妥耶夫斯基反而冷静了下来，他悄悄走向自己的铺位，仰面躺下，双手垫在后脑勺下，闭上了眼睛。

陀思妥耶夫斯基：
我喜欢这样躺着，因为人们不纠缠睡觉的人，这个时候可以遐想和沉思。但是我想不下去，我的心在不安地跳动，耳边一直响着米列茨基那句恶毒的话。渐渐地,我真的陷入了遐想,不知不觉地沉浸在回忆之中。我忽然忆起我刚进入童年时经历的一个看似并不显眼的瞬间,当时我才九岁,那个瞬间好像早已被我忘得精光,此时却突然浮现在我的脑海里。那是在1831年8月,在我们家的庄园达罗沃耶,一个晴朗的日子,但略有些凉爽,还刮着风。夏天快要过去了,很快就该回莫斯科了,又得上法语课,沉闷不堪地度过一个冬天,我真舍不得离开乡下。我走过谷场,穿过峡谷,看到不远处有位农夫在耕地。我走进一片树林,这片白桦林叫布雷科沃树林,由于我经常来这片林子玩,家人就把它叫作"费佳树林"。我喜欢这片树林,喜欢林中的蘑菇和浆果,甲虫和小鸟,刺猬和松鼠,还有腐烂的树叶散发出的潮湿气味。我正在林中漫步,突然听到一声叫喊:"狼来了!"我顿时惊慌失措,逃出树林,奔向在不远处干活的那位农夫,跑近了一些,我才看清他是马列伊。我跑过去,抓住他的衣袖。

——狼来了!狼来了!

马列伊(五十岁上下的农夫,身体结实,相当魁梧,他浓密的暗黑色大胡子中已有几缕白须):

——哪里有狼啊?(他打量一下四周)这里哪会有狼呢?可能是你觉得好像有狼吧?瞧,把这孩子吓成什么样了!别怕,小伙子,别怕!好了,好了,画个十字吧,上帝保佑你!

陀思妥耶夫斯基:

马列伊伸出手,抚摸我的面颊,然后,他悄悄伸出他那粗大的、沾着泥土的、指甲黢黑的手指,轻轻按了按我颤动的双唇。"好了，你回家去吧，别怕，我在后面看着你，有我在，就不会让狼碰你一下的！走吧，基督保佑你！"他慈祥地冲我微笑，在我身上画了一个十字，也在他自己身上画了一个十字。我迈开脚步走了，差不多每走十来步就回头看看他。在我往家走的时候，马列伊一直牵着马站在那里，从后面望着我，我每一次回头张望的时候，他都向我点点头。我最后向马列伊回头看的时候，他的面孔我已分辨不清，但是我能感觉到，他仍然在那样和蔼地向我微笑，朝我点头。我向他挥手，他也向我挥手，然后，他就赶着马走开了。

这个瞬间早已被我淡忘，我也从未对人提起过，可是现在，事隔二十年之后，在西伯利亚，我却突然想起那次相遇，还记得那样清楚，连细枝末节都记得很清楚。这就说明，那次相遇无意中深深地铭刻在了我的心上。贫苦农奴那种温柔、慈祥的微笑，他画的十字，他摇晃着脑袋说："瞧，把这孩子吓成什么样了！"我全都记起来了。特别是他那沾满泥土的粗大手指在我颤抖的嘴唇上轻轻地、胆怯又温柔地抚摸的情景。假如我是他的儿子，他望着我的目光里流露出来的纯洁的爱也不可能更多一些。有谁逼着他这样做吗？没有人会知道他是怎样爱抚我的，他也不会因此得到奖赏。我们相遇在空旷的田野，大约只有上帝从天上才能看得见，这个有时粗鲁的、极端愚昧的俄罗斯农奴，这个在当时还没有开始盼望自由，也没料到自己将要得到自由的农奴的心中，蕴蓄着多少深厚的、开明的人性情感啊，充满了多么细腻的、近乎女性的柔情啊！

我下了板床，向四周看了一眼，我突然感到，我可以用完全不同于从前的另外一种眼光看待这些不幸的人们，突然间，我心中的全部憎恨和愤怒都奇迹般地转瞬即逝。这里的某一个囚犯，说不定就是又一个马列伊，只不过我无法看到他的内心。而可怜的波兰人米列茨基，他却不可能有任何关于马列伊的回忆，他对这些人也不可能有任何别的看法，他因此承受了比我们更多的痛苦！

〔1831年，陀思妥耶夫斯基父母花费四万两千卢布购买了位于莫斯科以东一百五十公里处的达罗沃耶庄园，这座庄园有五百俄亩土地，一百多个农奴。此后的每个夏天，陀思妥耶夫斯基的母亲都带着孩子们来这里度夏，孩子们在此找到了一片乐土。陀思妥耶夫斯基在二十九岁时回忆起、在五十五岁记录下的这个瞬间，即他在达罗沃耶的旷野与农夫马列伊的相遇，对于陀思妥耶夫斯基的农民观的形成而言意义重大，他在农夫马列伊身上所感受到的恭顺、虔诚和善良等美好品质，成为他后来构建其"土壤派"理论的主要依据之一。不过，与马列伊同村的达罗沃耶农民却在1939年6月杀害了陀思妥耶夫斯基的父亲。陀思妥耶夫斯基很少对人谈及父亲之死，甚至也很少提及父亲，弗洛伊德因此认为陀思妥耶夫斯基有"俄狄浦斯情结"，弗洛伊德还专门写了一篇题为《陀思妥耶夫斯基与弑父者》的文章。关于陀思妥耶夫斯基的确可能具有的愧对父亲的心情，甚至"弑父心理"，或许可以有一些更为合理的解释：陀思妥耶夫斯基曾向父亲索要钱财，这可能使捉襟见肘的父亲只好去更多地索取农民，从而激化了父亲和

农民之间的关系；被陀思妥耶夫斯基视为俄罗斯性之载体的农民却成了杀害自己父亲的凶手，这也可能让陀思妥耶夫斯基觉得自己与父亲之死或多或少有关联，一如《卡拉马佐夫兄弟》中的伊万认为自己是思想上的弑父者。不过，陀思妥耶夫斯基的弟弟安德烈在回忆录中却给出了这样的场景："有一回和二哥谈起我们的往事，提到父亲。二哥顿时激动起来，抓住我的上臂（这是他说知心话时的习惯），热烈地说：'弟弟，你知道吗，他们真是先进人物！……即便到现在，他们也是先进人物！……弟弟，你和我……都成不了这种关心家庭的人，成不了这样的父亲！'"

五

［1854年2月15日，陀思妥耶夫斯基在西伯利亚鄂木斯克监狱中的最后一天，他已在这座监狱服役四年，虽然根据判决书他还将在西伯利亚的部队中以列兵身份再服役四年，但是这一天，他毕竟重获自由了。

陀思妥耶夫斯基：

我服苦役的最后一年，尤其是这最后几个月，几乎与我入狱的第一年一样，令我铭记终生。我记得，尽管我迫不及待地想要快点服完刑期，可这一年比起我流放的前三年来，日子还是好过一些。首先是在监狱里，我已经有了好多朋友和熟人，他们终于认定我是一个好人。他们中有许多人对我很好，而且真心地爱我。

我是不是已经大大落后于外界的生活了？我不在那边的时候，他们是不是经历了许多激动人心的事？他们现在最关心的是什么呢？什么问题是他们现在最感兴趣的呢？现在，当我真切地意识到我已经大大落后于新生活，我已经成了新生活的局外人，我已经成了与新生活割断一切联系的人，我心里是多么悲伤啊！应当去习惯新的事物，应当去认识新的一代。

我是在冬天入狱的，因此也应当在冬天出狱。我迫不及待地等待冬天，夏末，我欢乐地看着树叶逐渐凋零，草原上的野草逐渐枯萎。但是，瞧，夏天已经过去了，秋风开始呼啸；终于，初雪开始纷纷扬扬地落了下来……早就盼望的这个冬天终于来临了！我的心因为强烈地预感到重获自由的日子即将来临，有时便无声地剧烈跳动起来。但说来奇怪，时光过去得越多，出狱的日期越近，我反而变得越来越有耐心了。临近最后的日子，我甚至感到奇怪，并暗中责备自己，因为我觉得我变得太冷静、太淡漠了。

自由在我们这些关在监狱里的人的心目中，似乎比真正的自由还要自由，也就是说，比真正的、实际上的自由更自由。囚犯们常常会夸大真正的自由这一概念，其实这也很自然，任何一个囚犯都有这个毛病。

最后一天的前夜，暮色中，我沿着监狱的内墙最后一次把我们的整个要塞绕了一圈。这些年来，我沿着这高墙走了上千次！在我到这里来服苦役的第一年，我独自一人徘徊在这些牢房后面，心里充满忧愁。我记得我当时计算过，我还要在这里待上一千多天。上帝啊，这是多么久以前的事情啊！我在默默地向我们牢房的这些发黑的木墙告别。在我入狱之初,这些木墙是多么阴森恐怖啊,比起过去,它们想必现在也衰老了,但是我并没有觉察出这一点。在这些木墙中,有多少青春被白白地葬送了啊!有多少伟大的力量被白白地毁灭在这里啊!要知道,应该实话实说,所有这些人都是不平凡的人。要知道,这些人也许正是我国全体人民中最有才华、最有力量的人。但是,这些强大的力量却被白白地毁掉了,被反常地、非法地、无可挽回地毁掉了。这是谁的罪过呢?可不是吗,究竟是谁的罪过呢?

今天一早,还在出工之前,天刚蒙蒙亮,我就走遍每一间牢房,与所有的囚犯告别。许多只满是老茧的有力的手向我亲切地伸过来。大约十分钟后,我和另一位一起入狱的难友走出要塞,以后我们永远不会再回到这里来了。必须先到铁匠铺去把脚镣打开。替我们打开脚镣的也是囚犯。我走到铁砧前,两名铁匠让我背对他们,他们从后面抬起我的一只脚,放到铁砧上,铁锤在欢快地鸣响,镣铐落了下来。我把镣铐捡起来……我想把它拿在手里,最后看上一眼。我现在似乎感到很惊奇,难道这副脚镣刚才还戴在我脚上吗?

"好了,上帝保佑你!上帝保佑你!"那两名囚犯用急促、粗鲁却又似乎不无得意的声音说道。

是的,上帝保佑!自由,新生活,死而复生……真是一个大喜的日子!

[这是陀思妥耶夫斯基《死屋手记》结尾一章(第十章《出狱》)

的几个段落。1860年代初,陀思妥耶夫斯基就是以这部《死屋手记》重返文坛的,这部纪实性的作品既揭露了俄国监狱中地狱般的苦难现实,也通报了陀思妥耶夫斯基关于人能战胜苦难的强大能力以及人的向善本质的新发现,与此同时也宣告俄国文学中"新但丁"的诞生。1861年12月底,屠格涅夫致信陀思妥耶夫斯基:"十分感谢您寄赠《时代》,我正怀着极大的兴趣阅读,尤其是您的《死屋手记》。浴室的一幕简直是但丁式的。"赫尔岑在《俄国文学的新阶段》(1864)一文中写道:"尼古拉一世死后的觉醒时代留给我们一本可怕的书,一首独特的恐怖之歌,它将永远高悬在尼古拉的黑暗王国的入口处,犹如但丁在地狱入口处的题词。"

六

[1862年5月底至6月初的一天,陀思妥耶夫斯基不请自来地走进车尔尼雪夫斯基在圣彼得堡的住处。1862年5月16日,圣彼得堡旧货市场发生大火,大火一连烧了两个星期,有传言说纵火者是所谓虚无主义者,即青年学生。5月18日开始出现的一份题为《年轻的俄罗斯》的传单更加重了人们的这种怀疑,因为传单公开号召推翻现存制度。陀思妥耶夫斯基去见车尔尼雪夫斯基,意在劝说后者出面制止学生们的行为,因为陀思妥耶夫斯基认为车尔尼雪夫斯基是学生们的思想领袖。关于这次会面,两位当事人留下了两个版本,陀思妥耶夫斯基的版本(版本一)源自他的《个人琐事》(1873)一文,车尔尼雪夫斯基的版本(版本二)

则源自他的《我与陀思妥耶夫斯基的两次见面》（1888）一文。

[版本一：
陀思妥耶夫斯基：

一天早晨，我发现我的房门上插着一张传单，内容令人气愤，形式又极其可笑。整整一天我都十分懊恼，非常郁闷。令人难以相信，在这一片纷乱之下居然还隐藏着如此肤浅的东西。我不是指当时的运动，不是指整个运动，我只是指一些人。至于运动，这曾是一种令人苦恼的病态现象，但由于历史的逻辑性又注定不可避免，这种现象将在我国历史的彼得堡时期写下其严峻的一页。我觉得，这一页到现在还远未写完。至于我自己，我的整个身心早就与这些人、与他们的思想分道扬镳了。我当时突然感到郁闷，仿佛在因他们的笨拙而感到可耻：他们怎么会干得如此愚蠢、如此笨拙呢？此事与我有什么关系呢？我并不为他们的失败而惋惜。其实，散发传单的人我一个也不认识，直到现在也不认识，但令人郁闷的是，我以为这并非个别现象，而是与我不无关系的那些人的拙劣把戏。这里有一件事是令人沮丧的，即教育和发展的水平，还有对现实的理解水平，都很令人沮丧。我在彼得堡虽已居住三年，看惯了各种现象，可今天早晨的传单还是令我大为震惊，不知所措，对我来说似乎完全是一个出乎意料的新发现，在此之前，我从未想到竟然会出现这种微不足道的东西！令人吃惊的，正是传单的低劣程度。傍晚，我突然想到去找车尔尼雪夫斯基。在此之前我一次也没有去过他家，也没想过要去，他同样没有到我这里来过。我记得，是在下午5点左右。我碰上尼古拉·加夫里洛维奇一个人在家，连一个仆人都没在，是他自己给我开的门。他见到我的时候非常高兴，把我领进他的书房。

——尼古拉·加夫里洛维奇，您看这是什么东西？他们真的那么愚蠢可笑吗？难道不能制止他们，让他们停止这种讨厌的勾当吗？

车尔尼雪夫斯基：

——费奥多尔·米哈伊洛维奇，难道您以为我会同他们合作，认为我会参与编造这种传单吗？

陀思妥耶夫斯基：

——我恰恰不是这样想的，我想这也没有必要向您证明，但无论如何也要想方设法制止他们。您的话对他们是有分量的，当然，他们是畏惧您的意见的。您也不必亲自同他们谈话，您只要在某个场合大声说出您的反对意见，他们一定能听见的。

车尔尼雪夫斯基：

——我不认识这些人。我的话可能也不会起作用，而且这些都是一些派生现象，也是不可避免的。

陀思妥耶夫斯基：

——但这对一切都是有害的。

这时，有另一位客人敲门，不记得是谁了。我就告辞了。我认为，我有义务说明，我同车尔尼雪夫斯基的谈话是真诚的，我那时就像现在这样完全相信，他没有与散发传单的人"合作"。我感觉尼古拉·加夫里洛维奇并不讨厌我去探望他。几天之后，他就证实了我的感觉，他到我这里来了。他在我这里坐了一个小时左右，应该说，我很少遇见比他更随和、更热情的人，所以我奇怪，关于他的性格为什么会有那样一些议论，说他似乎生硬、孤僻。不久，由于我的某些情况，我移居莫斯科，一住就是九个月。已经开了头的交往就这样中断了。之后，就是车尔尼雪夫斯基的被捕和流放。关于他的事我就再也无从知道什么了，直到现在仍一无所知。

[版本二：

陀思妥耶夫斯基：

——尼古拉·加夫里洛维奇，我为一件要紧的事情来找您，我有个强烈的请求。您很熟悉放火焚烧旧货市场的人，您对他们很有影响。我请求您制止他们，看在上帝的分上，请您让他们别再这样做了！

车尔尼雪夫斯基：

我曾听说陀思妥耶夫斯基神经失常到了错乱的地步，近乎思想混乱，但我没有料到他的病已发展到这种程度，竟然会把我同旧货市场纵火案牵扯在一起。我看到这个可怜的病人有思想混乱的特征，碰到这种情况，医生总是避免与不幸的人做任何争论，宁可说一些必要的安慰他的话。

——好的，费奥多尔·米哈伊洛维奇，我会按照您的意愿办的。

他抓住我的手，使出全身的力气紧紧地握着，用快乐的、激动得发喘的声音说了许多热情洋溢的话，表示他对我的感激，说由于我对他的尊重，彼得堡避免了一场毁于大火的厄运，这座城市有赖此举方得以保全等等。几分钟过后，我发现感情的激动已使他精神疲惫，为使他平静下来，我向我的客人随便问起一些与他病态的兴奋无关、同时又是他感兴趣的事情，医生们在类似场合都是这样做的。我就和他谈起他办的那份杂志，他谈了很久，大约有两个小时。我很少听，不过装作好像在听的样子。他讲累了，也想起他在我这里待得太久了，于是掏出表看了一眼，说他赶不上回去看校样了，大概也耽误了我做事情，之后便起身告辞。我送他到门口，回答说他并未耽误我，尽管我一向忙于工作，不过也始终可以把工作撂下一两个钟头。我说着这些话，与走向门口的他道别。

［一次拜访，两种记录，且关于造访原因、谈话内容和两人态度的描述均大相径庭，然而两个版本却又相互呼应，记录下俄国思想史上的一个重要瞬间。陀思妥耶夫斯基去见车尔尼雪夫斯基，与其说是为了请求后者出面阻止青年学生的激进行为，莫如说是为了亮明自己的思想姿态。他当时已经试图在斯拉夫派和西方派之外寻觅一种更符合俄国历史发展道路的"第三条路"，在激进的"虚无主义"和保守的官方意识形态之间探索一种折中的、调和的社会立场，即"土壤派"理论和"俄罗斯理念"。值得一提的是，陀思妥耶夫斯基和车尔尼雪夫斯基这次会面的双方，前者不久之前刚结束长达八年的流放和兵役，重新返回生活和文坛；后者则在这次会面后不久被捕，同样被关押在

陀思妥耶夫斯基蹲过的彼得保罗要塞监狱，同样被处以假死刑，后来同样被押往陀思妥耶夫斯基待过的西伯利亚流放地，时间长达二十一年之久。

七

［1866年11月8日，圣彼得堡木匠胡同阿隆金宅院13号房间的陀思妥耶夫斯基住处，二十岁的女速记员安娜·斯尼特金娜又一次来到这里。自这年10月4日起，她受邀开始与陀思妥耶夫斯基合作，把陀思妥耶夫斯基口授的小说片段记录下来，整理成文稿，再交陀思妥耶夫斯基修改。他俩的合作非常默契，也卓有成效，竟然在二十六天时间里完成一部长篇小说，即《赌徒》。陀思妥耶夫斯基终于如释重负，不仅履行了与出版商签下的苛刻合约，还能拿到一笔急需的稿费。他约安娜11月8日来家里做客，说他还想与安娜商谈继续合作的事宜。

陀思妥耶夫斯基：

——您终于来了！您来了，我真高兴。我真害怕您忘记了您答应我的事情。

安娜：

——您为什么会这么想呢？我答应过的事情，我一定会做的。费奥多尔·米哈伊洛维奇，您今天看上去很高兴啊，有什么好事情吗？

陀思妥耶夫斯基：

——有的，有好事情！昨晚我做了一个奇妙的梦！您看到这只红木小箱子了吗？这是我在西伯利亚时一个朋友送给我的，我很珍惜它，那里面放着我的手稿、书信和有纪念意义的物件。我梦见我坐在这只箱子前整理文件，忽然发现纸张中间有什么东西闪烁了一下，像是一颗明亮的小星星。我翻动文件，小星星时隐时现。这引起我的好奇心，我开始慢慢地把文稿一张一张地翻过来，终于在纸张中间找到那颗钻石，它很小，但是光彩夺目，闪闪发光。

安娜：

——然后呢？

陀思妥耶夫斯基：

——然后就记不得了。然后就做了另一个梦。

安娜：

——梦好像都是相反的。

刚说完这句话，我就后悔了，因为我发现费奥多尔·米哈伊洛维奇的脸色猛然暗淡了下来。他的情绪变化如此迅速，我真担心他的癫痫病会再次发作。我心里害怕，赶紧用问题来分散他的注意力。

——您这几天在做什么呢？

陀思妥耶夫斯基：

——我在构思一部新小说，只不过小说的结尾我想不出来，这牵涉到一位年轻姑娘的心理。我如果在莫斯科，就会去问我的外甥女索涅奇卡，现在我只能求助于您了。小说主人公是个艺术家，年纪已经不轻，大约像我这个年纪。他很小就没了父母，吃尽了苦；他成为艺术家之后，又被迫抛下心爱的艺术，时间长达十年之久；他遇到一个女人，可是爱情和家庭生活带给他的却只有痛苦；后来，他的亲人又一个接一个死去……就在他一生的这个关键时刻，他在人生的中途遇到一位年轻姑娘，她的年纪与您相仿，或者稍微大一两岁，我们就叫她安娜吧，这是一个好名字，她心地善良，长得也很美，我喜欢她的脸……

安娜：

——您的安娜好像太理想化了。

陀思妥耶夫斯基：

——没有理想化！我仔细研究过她！艺术家遇到了安娜，他越是经常见到她，就越是爱她，他也就越加确信，只有和她在一起，他才能找到幸福。然而他又觉得，这个理想几乎是无法实现的。他又老又病，负债累累，能给这位年轻、健康、热爱生活的姑娘带来什么呢？从年轻姑娘的方面来说，对艺术家的爱会不会是一种重大的牺牲呢？把自己的命运和他联系在一起，将来她会不会痛苦地后悔呢？总之，在性格和年龄方面相差如此悬殊的那位年轻姑娘，会爱上我这位艺术家吗？这有可能吗？这种心理会不会不真实呢？关于这一方面，我想听听您的意见，安娜·格里戈利耶夫娜。

安娜：

——为什么不可能呢？既然如您所说，您的安娜不是卖弄风情的无聊女子，而是一个富有同情心的人，她为什么就不能爱上您的那位艺术家呢？他穷困，有病，这有什么呢？难道能仅凭外表和财富去爱一个人吗？在她这方面，又说得上什么牺牲呢？既然她爱他，她就会感到幸福，永远不会后悔的！

陀思妥耶夫斯基（沉默许久）：

——请您暂时把自己当作是她，设想这个艺术家就是我。我承认，安娜，我爱上了您，我请求您做我的妻子。您说，您会怎样回答我呢？

安娜：

我会如何回答他呢？看着费奥多尔·米哈伊洛维奇脸上的惶恐，我感觉到了他内心的不安和痛苦。我终于恍然大悟，这不是一场普通的文学谈话，如果我此时给他一个模棱两可的回答，会对他的自尊心造成一次致命的打击。于是，我看着费奥多尔·米哈伊洛维奇那张激动、可爱的脸，说道：

——我会回答您，我爱您，我将一辈子爱您！

我们道别的时候，费奥多尔·米哈伊洛维奇关怀备至地帮我戴好风帽，送我到门口，他轻声说道：

——安娜·格里戈利耶夫娜，我现在知道那颗钻石藏在哪里了。

［在写作小说《赌徒》的过程中，陀思妥耶夫斯基赌赢了一场爱情。1867年2月15日，陀思妥耶夫斯基与安娜结婚。安娜·格里戈利耶夫娜·斯尼特金娜比陀思妥耶夫斯基小二十五岁，他们婚后共同生活了十四年。婚后的陀思妥耶夫斯基终于停泊在幸福

宁静的生活港湾，安娜不仅在创作上一如既往地帮助陀思妥耶夫斯基，还在生活中精打细算，使陀思妥耶夫斯基逐渐摆脱了他长期挥之不去的繁重债务。在陀思妥耶夫斯基去世之后，安娜整理丈夫的文稿、日记和信件，用丈夫的名义创办学校，还创建了最早的陀思妥耶夫斯基博物馆，她本人的《回忆录》和《日记》出版后，也成了最珍贵的陀学资料。陀思妥耶夫斯基把他一生中最重要的作品《卡拉马佐夫兄弟》题词献给了妻子安娜。托尔斯泰曾感叹："如果能有一个像陀思妥耶夫斯基妻子那样的妻子，许多俄国作家都会觉得自己更加幸福。"

八

[1878年6月27日，俄国卡卢加省科泽尔斯基城奥普塔修道院旁的日兹德拉河渡口，陀思妥耶夫斯基和弗拉基米尔·索洛维约夫并肩站在渡船上。后来被誉为"俄国哲学之父"的索洛维约夫当时刚刚崛起于俄国文坛，他于1873年与陀思妥耶夫斯基相识，他虽然比陀思妥耶夫斯基小三十二岁，却因为其对上帝和信仰的思考、对生活意义的探索和对西方理性精神的质疑等令陀思妥耶夫斯基对他刮目相看，两人遂成为忘年交。1878年5月16日，陀思妥耶夫斯基年仅三岁的幼子阿廖沙夭折，据说死于癫痫。陀思妥耶夫斯基悲痛不已，且深深自责，因为他认为阿廖沙死于他遗传的疾病，他痛心疾首地问道：为什么死的是无辜的阿廖沙，而不是有罪的我？！为了让陀思妥耶夫斯基早日摆脱这种心境，

陀思妥耶夫斯基的妻子安娜恳请索洛维约夫陪陀思妥耶夫斯基前往奥普塔修道院朝觐。奥普塔修道院位于俄国腹地，建于16世纪，在19世纪中期，这家修道院因其长老制和著名的长老阿姆夫罗西而声名远扬，成为俄国一处宗教圣地，来此朝觐的不仅有成千上万的普通信徒，也有许多俄国文化名人。托尔斯泰曾多次拜访这家修道院，因为他的妹妹当时在这家修道院附近的沙莫尔津修道院做修女，托尔斯泰最后一次离家出走，最初的目的地正是这家修道院。

索洛维约夫：

——费奥多尔·米哈伊洛维奇，您心里感觉好一些了吗？

陀思妥耶夫斯基：

——好多了，弗拉基米尔·谢尔盖耶维奇，感谢您陪我来这里。阿姆夫罗西长老是个奇迹，他不仅安慰了我，还让我记下他的这段话，让我转达给孩子的妈妈。

我后来把这段话写进了《卡拉马佐夫兄弟》，就是佐西马长老对那位失去儿子的母亲所说的话：

我要告诉你这位母亲，古代一位伟大的圣徒有一次在教堂里看到一位像你一样哭泣的母亲，她也因为唯一的孩子让上帝召唤去了而心痛万分，圣徒对她说："也许你不知道，这些孩子在上帝的宝座前面是多么勇敢，天国里甚至没有比他们更勇敢的了。他们对上帝说：'主啊，你赐予了我们生命，可我们刚开始领略生的乐趣，你马上又收回去了。'他们那么大胆地向上帝请求，上帝只好立即赐予他们天使的头衔。所以你这做母亲的应该高兴。不必哭泣，你的孩子成了上帝的一名天使。"这就是古时候的圣徒对一位哭泣的女人所说的话。他是一位伟大的圣徒，不可能说假话。所以你这做母亲的也应该知道，你的孩子现在正站在上帝的宝座面前，他很高兴，也很快活，还在为你向上帝祈祷。所以你也不必哭泣，应该高兴才是。古代的拉结哭他的儿女，不肯受安慰，因为孩子们不在了。你们这些做母亲的在世上的命运注定就是这样。你别安慰自己，你也不需要安慰自己，你别安慰自己，你尽管哭好了，但每次哭的时候都要想到，你儿子现在成了上帝的一名天使，他从天国望着你，也能看到你，看到你的眼泪他很高兴，还把你的眼泪指给上帝看，伟大的慈母之泪你还要流很久，但这眼泪最后将使你转忧为喜，你那伤心的眼泪将成为暗自激动的眼泪，成为能够脱离罪恶、净化心灵的眼泪。我要为你的孩子祈祷安息。他叫什么名字？阿列克谢？阿廖沙？多么可爱的名字！是取自圣徒阿列克谢的名字吧？他是个多好的圣徒啊！我一定为你的孩子祈祷，也要为你这母亲的悲伤和你丈夫的健康祈祷！

陀思妥耶夫斯基：
——您的相貌非常像我认识的一个人，一位名叫施德洛夫斯基的人，他在我年轻的时候对我有过巨大影响。您的面貌和性格和他十分相似，我有时觉得他的灵魂是附在您的身上了。

索洛维约夫：

——他去世很久了吗？

陀思妥耶夫斯基：

——不太久，六年前去世的。

索洛维约夫：

——那么您以为，在他去世前的二十年间，我一直是没有灵魂的吗？（笑）

陀思妥耶夫斯基：

——弗拉基米尔·谢尔盖耶维奇，你真是一个好人啊！

索洛维约夫：

——谢谢您的夸奖，费奥多尔·米哈伊洛维奇……

陀思妥耶夫斯基：

——先别谢，您先别谢，我的话还没讲完。我还要补充一点对您的夸奖，你应该去服四年苦役……

索洛维约夫：

——天啊！这是为什么呢？

陀思妥耶夫斯基：

——因为你还不够好，服完苦役之后，您就能成为一个真正出色、纯洁的基督徒了。

我的话可能吓着他了，这个纯洁的人啊。

——上帝说到底还是人。

索洛维约夫：

——上帝变成人是为了让人变成上帝。

陀思妥耶夫斯基：

他的相貌很像基督，可他的思想之大胆和锐利又像魔鬼。我要把他写到《卡拉马佐夫兄弟》中去。我是把他写成阿廖沙那样的天使呢，像我的小儿子一样，还是把他写成伊万·卡拉马佐夫呢？

［渡船上站着俄国文坛的两位大家，一个是年老的作家，驼背佝偻，一个是年轻的哲学家，高度近视。这两个形象既构成对峙，也象征互补。1878年索洛维约夫在圣彼得堡做"神人类"系列讲座时，陀思妥耶夫斯基经常去听。有一次，托尔斯泰与陀思妥耶夫斯基同时来听索洛维约夫的讲座，两人却没有见面，陀思妥耶夫斯基事后责备同为他和托尔斯泰朋友的斯特拉霍夫："你哪怕指给我看一眼托尔斯泰也好啊。"两位同时代的俄国文学伟人因此坐失相见的良机。陀思妥耶夫斯基和索洛维约夫一同朝觐奥普塔修道院后仍一直保持联系，1880年4月6日，陀思妥耶夫斯基还出席了索洛维约夫的博士论文答辩会，数月之后，陀思妥耶夫斯基与世长辞。索洛维约夫参加了陀思妥耶夫斯基的葬礼，并在陀思妥耶夫斯基的墓前致辞，后来还以陀思妥耶夫斯基创作为题发表三次著名演讲，率先发出陀思妥耶夫斯基是俄罗斯的精神领袖和民族先知的预言。在这三次演讲的第一次演讲中，索洛维约夫引用了托尔斯泰写给斯特拉霍夫的信中的一段话："我多么想把我对陀思妥耶夫斯基的感觉全部说出来。您写了自己的感觉，

其实这也部分地表达了我的感觉。我从未见过他,也从未和他有过直接交往,但在他死后我却突然明白,他是我最亲近、最宝贵、最需要的人。我从未想过和他一较高低,从未想过。他做的一切(他做的全都是好事,真正有价值的事),对我来说是多多益善。他的艺术曾引起我的嫉妒,他的智慧也一样,但他心仪的事业只能唤起我的欣喜。我本来就把他看作知己,我一直都是这么想的,认为我们必定会见面,只是一时没有机会,但这是我的事。突然,我读到新闻——他死了。我像是失去了某种依靠。我感到茫然,后来我才清楚,他对我有多宝贵,我哭了,我现在依然在哭。"

九

[1880年6月8日夜,莫斯科特维尔大街上的洛斯库特旅馆33号房间,陀思妥耶夫斯基独自一人坐在房间里。

陀思妥耶夫斯基:

谢天谢地,这持续三天的普希金纪念碑落成庆祝活动终于结束了。

我上个月22日就从旧鲁萨动身来莫斯科,与妻子和两个孩子分别已近二十天,我每天都在思念他们。本想带安娜一起来,可是把孩子留在家里我们又不放心;带着全家一起来莫斯科,既不方便,也要多出一大笔花费。在来莫斯科的火车上我得知皇后玛丽娅·亚历山大罗夫娜驾崩的消息,原定于5月26日举行的揭幕仪式因此被迫延期，我本想回家，却被莫斯科的朋友们挽留下来，我作为斯拉夫慈善会的代表，也不便贸然离开。

圣彼得堡方面终于做出决定，纪念碑落成仪式在6月6日举行。在位于特维尔广场的普希金纪念碑落成仪式之后，又举行了报告会、音乐会和宴会等各种活动。在今天由俄罗斯文学爱好者协会主办的闭幕式上，我发表了演说。大厅里挤得水泄不通，人声鼎沸，但是当我走上讲坛时，人们却顿时安静下来，鸦雀无声。

我谈到了普希金，谈到了我对这位我自幼就十分景仰的俄罗斯民族诗人的理解。我引用了果戈理的话，说普希金是俄罗斯精神一个独特的，也许是唯一的现象，但我又加了一句，说普希金还是一个预言性的现象。普希金恰好出现在俄罗斯民族意识开始成熟之时，他以指路的光芒照亮了我们黑暗的道路，就这一意义而言，普希金就是一个预兆、一种启示。我举出普希金笔下的阿列哥、奥涅金这两位"永恒的流浪者"为例，说明脱离祖国和民族的土壤有多么危险。我又以普希金塑造的塔吉亚娜形象为例，认为她才是正面之美的典型，是对俄罗斯女性的礼赞。塔吉亚娜没有把自己的幸福建立在他人的痛苦之上，她的恭顺态度是"精神的高度和谐"和"高尚的道德解决"。普希金是地道的俄罗斯现象，与此同时他又具有对全人类的呼应性，他是全人，在他身上体现出了俄罗斯民族的优秀品质，也蕴含着俄罗斯民族面对整个世界的历史使命。去做所有人的兄弟吧，为了这一目标，就让俄国社会的各种力量相互和解、相互团结吧。如果说我们的这个思想是一种幻想，那么与普希金一起，这种幻想至少还是有点根据的。

我只不过说了我对普希金的这些理解,可是天哪,你们完全无法想象人们对我的演讲所做出的反应!我在彼得堡获得的成功算得了什么!什么也不是,与这次成功相比只是个零!我上台时,大厅里响起了雷鸣般的掌声,使我很久很久都无法开口讲话。我向大家鞠躬,打手势,请他们让我开始讲话,但毫无用处,大厅里一片欢呼。这一切都是《卡拉马佐夫兄弟》引起的。我终于开始发言了,但每讲一页稿子,有时甚至是每讲一句话,大家都毫无例外地报之以雷鸣般的掌声。我讲完之后,大厅里发出狂喜的叫喊声、喝彩声,还有哭声,那些互不相识的人流着眼泪,互相拥抱,发誓要成为更美好的人,今后永远不再彼此敌视,而要彼此相爱。大家都向我拥来,女士们、大学生们、官员们,都走上台来拥抱我,亲吻我,祝贺我。一位大学生冲到我身边,刚刚激动地张口说了一句话,就突然倒地,失去了知觉,接着被人抬走了。可怜的孩子!

就连屠格涅夫也扑过来,含着眼泪拥抱了我。这个老家伙,在我来到莫斯科之后还在捣鬼,生怕我抢了他的风头。当年在《时代》和《现代人》两份杂志吵架时,我俩就结下了梁子。我在巴登巴登向他借过钱,他后来还专门派人来讨债,不知道我早就还钱给他了。我把他写进《群魔》,就是那个娘娘腔的作家卡尔马津诺夫,结果招来了西方派的口诛笔伐。昨天的一次聚会上,我看到他后故意转过身去看窗外的风景,不想搭理他。但是我在今天的演讲中有意提到了他,说能与普希金笔下的塔吉亚娜形象媲美的,只有屠格涅夫笔下的丽莎,他当时就激动得不得了。我们这两个白发苍苍的老头子，做了二十年的仇人之后，如今终于和好了，在普希金这里找到了共同的语言。

原本应该在我之后发言的伊万·阿克萨科夫走上台去说："我决定不再发言了，在费奥多尔·米哈伊洛维奇演讲过后，我没有办法再发言了。我准备好的东西，不过是他的天才演讲稍有变化的不同说法而已。我认为，费奥多尔·米哈伊洛维奇今天的演讲是俄国文学界的一个重大事件。昨天还可以讨论世界性的诗人普希金是否伟大，今天这个问题就不存在了。普希金的真正意义已经被阐明，再也不用讲什么话了！"这个可爱的人！

会议结束时，一群女士抬着一个巨大的花环登上讲台，把花环挂在我的脖子上，她们眼含热泪地说："感谢您为俄罗斯女性说的好话！"现在，这个花环就摆在我的房间里。我完全胜利了，完完全全的胜利！参加这几天活动的，有俄国几乎所有大作家，除了托尔斯泰。听说屠格涅夫在活动前还专门跑到亚斯纳亚·波利亚纳去了一趟，去请托尔斯泰，结果碰了一鼻子灰。屠格涅夫据说还因此大病了一场，活该。这里还来了许多重要人物，有教育大臣、莫斯科总督和莫斯科市长，还有法国的教育部长，但我无疑是这次活动的主角！我不虚此行，这是未来的保证，即使我死了，这也是一切的保证。不过，我也担心这一切都是过眼烟云，上帝保佑，但愿我回去之后能尽快写完《卡拉马佐夫兄弟》，写完这部小说后，我就可以去死了。

这花环真香啊！不，这花环是属于他的，属于普希金！

〔陀思妥耶夫斯基站起身来，穿上外衣，拿起那只沉重的花环走出房间。他雇了一辆马车，怀抱花环驶向特维尔街心花园，来到新立的普希金纪念碑前。他恭敬地把花环摆放在纪念碑基座前，脱下帽子，向诗人深深地鞠了一躬。街道上空无一人，但街灯还亮着，莫斯科的上空飘着细雨。陀思妥耶夫斯基用他的《普希金演讲》为普希金立下了又一座书面的、"非人工的"纪念碑，同时也使自己赢得了在俄国文学史上与普希金比肩的地位。

十

〔1881年2月1日，圣彼得堡亚历山大·涅夫斯基修道院中的圣灵大教堂，陀思妥耶夫斯基躺在灵柩中。

陀思妥耶夫斯基：

我死了，没有了呼吸和心跳，身体僵硬，但我其实还是有感觉、有意识的，可能是我的灵魂在工作吧，这我在生前也不知道。

我是三天前死的，在1月28日，没想到与普希金几乎死在了同一天，只不过相隔四十四年，他是1837年1月29日去世的。

26日夜间，我正在写作，我的笔突然从写字台上滚落，滚到了书橱底下。够不着那支笔，我只好试着挪一下书橱，书橱很沉，我一使劲，就感到心口一阵剧痛，接着嘴里就涌出一口血来。我赶忙躺下，等妻子安娜早晨醒来后才告诉了她。安娜赶忙请来医生，医生说没什么危险。傍晚，我又吐了一次血。我意识到事情不妙，让安娜去附近的弗拉基米尔教堂请神父，梅戈尔斯基神父赶来，我对他做了忏悔，吃了圣餐。我的内心安宁了，我现在可以平静地去死了。我祝福了妻子，祝福了莉莉娅和费佳，我对两个孩子说：你们要终生和睦相处，要爱你们的妈妈，要保护好她。他们三个人都跪在我的面前，哭了起来，就像当年妈妈去世前，我们跪在她的面前。

第二天早晨，我很早就醒了，看着躺在我身边地铺上的安娜，我感到一阵温情涌上心头。我爱她，我的安娜，她为我献出了一切，她和我一起经受了太多磨难，穷困，出国躲债，办刊，出书，生子，搬家，还有我们的长女索菲娅和小儿子阿廖沙的夭折……受苦的母亲，受难的妻子！

等安娜醒来，我告诉她我今天要死了。她惊慌失措。我让她把那本福音书递给我，这是我在西伯利亚服苦役时一位十二月党人的妻子送给我的，是我一生的案头书，也是我的命运占卜书。我随手翻开福音书，在左手一页的第一行上读到："约翰想要拦住他，我当受你的洗，你反倒上我这里来吗？耶稣回答说：你暂且许我。因为我们理当这样尽诸般的义。"安娜，你听见了吗，你暂且许我，这就是说，我要死了。记住，安娜，我始终深深地爱着你，从来没有对你变心，连一个变心的念头都没有过！

28日晚上，在与妻子和两个孩子道别后，我感觉自己的心跳停止了。但是，我之后依然能听见一切，能感觉到一切。

一连三天，前来吊唁的人络绎不绝，他们轻轻地从我身边走过，不停地画十字，有文人也有百姓，有官员也有学生，有朋友也有文坛上的敌人。

　　四年前在参加涅克拉索夫的葬礼时，我对妻子安娜说过："将来我死了，随便你把我葬在哪里，但是请记住，不要葬在沃尔科夫公墓，不要葬在文人墓地。我不想躺在我的敌人们中间，我生前受够了他们的气！"安娜本想把我葬在新处女公墓，可是亚历山大·涅夫斯基修道院却主动提议接纳我，让我安睡在茹科夫斯基和卡拉姆津的身边，这是我梦寐以求的地方！

　　昨天上午11点，他们把我抬进棺材。这逼仄的空间让我想起我和哥哥年少时当作床铺睡的那两个大木箱，只不过我现在不是躺在箱子上面，而是躺到了箱子里面。这里也像我待过四年的"死屋"，像我在小说里描写过的"地下室"，更像我在巴塞尔艺术博物馆中看到的那幅画——小汉斯·霍尔贝因的《墓中的基督》。

　　我被抬出铁匠胡同的家，这是我最后的住处，也是我第一个真正意义上的家，我在这里居住的两年半，是我一生中最祥和、最幸福的岁月。窗外弗拉基米尔教堂的金顶泛出的光泽，辉映着我最后的岁月。

　　从铁匠胡同到亚历山大·涅夫斯基修道院，送葬的队伍绵延数千米，成千上万的人来为我送葬，这样的场面只是在为涅克拉索夫送葬时才出现过，但是据说，为我送葬的队伍要比涅克拉索夫的送葬队伍还要长四五倍。太惊动大家了，太惊动彼得堡了！

　　我其实听得见街道上的动静，听得见人们的说话声。一群大学生跟在我的灵柩后面，他们示威性地高高举起一只镣铐，结果引来警察，镣铐被没收了，这些莽撞的孩子们哪！一位老妇人在

039

一旁问：去世的是一位将军吗？人们告诉她：死者是一位老师，一位作家。老妇人说：难怪有这么多学生，这么多年轻人！看来是一个伟大的老师。上帝保佑他！

……

唱诗班的声音响了起来，唱诗班的声音像是从天国传来的；神父们开始做弥撒了，他们摆动的香炉飘出的烟雾似乎也渗透到棺材里来了。人们在与我做最后的告别了。

我再一次被抬起，他们抬得小心翼翼，棺材像在水面漂浮。他们把我放进墓穴，但是许久都没有听到掩埋的声音。有人在致辞：好像有帕利姆，我在彼得拉舍夫斯基小组的战友；好像有米勒，他后来写了我的第一本传记；好像有索洛维约夫，我的忘年交；好像有别斯图热夫－留明，斯拉夫慈善协会的会长；好像还有很多人在朗诵诗歌……告别得太久了，辛苦大家了。

终于，第一个土块落在我的棺木盖上，低沉而又响亮，像是教堂的钟声，接着，钟声齐鸣，在一阵狂风暴雨般的合奏之后，我的世界就彻底安静下来了，黑得像浓墨，静得像太空。我也困了，要永久地睡去了。我要睡去了，永别了，人们！祝福你们！……

［陀思妥耶夫斯基的墓碑上镌刻着《圣经·约翰福音》中的这样一段话："我实实在在地告诉你们：一粒麦子不落在地里死了，仍旧是一粒；若是死了，就结出许多的子粒来。"

"地下室"与"地下室人"

一

《地下室手记》首次发表于陀思妥耶夫斯基与他哥哥合办的《时世》月刊1864年第1、2期和第4期，但这部作品的构思可能始于1862年末，在陀思妥耶夫斯基当时写下的笔记中就有《地下室手记》主人公后来那段著名独白，即人类生活不可能建立在"理性基础"之上。在比《地下室手记》早一年发表的特写《冬天记的夏天印象》中，也可以看到一些与《地下室手记》的叙述者和主人公相近的观点和说法。起初，陀思妥耶夫斯基把《地下室手记》构思为一部长篇小说，题为《忏悔录》，在1862年第12期和1863年第1期的《时代》上曾发布预告，称即将刊出陀思妥耶夫斯基的长篇新作《忏悔录》。当《地下室手记》第一部分在《时世》杂志发表时，作者仍称其为一部大型作品的一个部分，但在发表第二部分时，作者显然已放弃原先计划，将《地下室手记》当成一部完整的中篇小说，作者在这部作品的结尾写道："不过，这位奇谈怪论者的《手记》至此仍未结束。他没有停下，还在继续地写。但是我们却认为，可以在这里打住了。"

陀思妥耶夫斯基是一位高产作家，他有些作品写得很快，如长篇小说《赌徒》的写作仅用了二十六天（当然这是一种"赌徒式"写作，为了对付出版商的苛刻合同，也是在女速记员、作家后来的妻子安娜·斯尼特金娜的帮助下写成的），可《地下室手记》这部译成中文仅十万余字的中篇，陀思妥耶夫斯基却写得很苦。写作这部小说期间，他多次在给哥哥的信中发出抱怨："不瞒你说，我的写作进展不顺。我突然开始不喜欢这部小说了。这都是我自己弄的。将来会怎么样，我也不知道。"（1864年2月9日）"这部小说的写作比我设想的要困难得多。不过，必须将它写好，我自己需要这样。"（1864年3月20日）

《地下室手记》的写作"进展不顺"，是因为写作这部作品时的陀思妥耶夫斯基焦头烂额，心力交瘁。1859年，结束流放生活的陀思妥耶夫斯基终于获准返回彼得堡，他与哥哥合办的杂志《时代》获得可观收益，他也以《死屋手记》（1860—1862）和《被侮辱的与被损害的》（1861）两部作品重新享誉文坛。可在此之后，他的生活和创作境遇却急转直下。《地下室手记》第一部分的写作主要在1864年1至2月间进行，此时，陀思妥耶夫斯基从彼得堡来到莫斯科，因为之前已与他分居的妻子玛丽娅·德米特里耶夫娜身染重病，奄奄一息，《地下室手记》的部分篇章是陀思妥耶夫斯基在妻子的病榻旁构思和写作的。1864年4月15日，玛丽娅·德米特里耶夫娜去世，小说第二部分的写作因此耽搁。原计划连载该小说的《时世》杂志1864年第3期刊出启事，称《地下室手记》第二部分将延期发表,小说第二部分后刊于《时世》1864年第4期,这表明《地下室手记》的结尾部分是陀思妥耶夫斯基在安葬妻子的同时写成的。与此同时,还有两个因素强化了陀思妥耶夫斯基写作《地下室手记》时的紧张情绪:一是与"魔女"波丽娜·苏斯洛娃的恋情,苏斯洛娃在与陀思妥耶夫斯基闹翻后远走巴黎,陀思妥耶夫斯基在1863年8月曾追到巴黎与苏斯洛娃相会,两人再次不欢而散,却一直保持通信,这场既痛苦又热烈的爱情始终伴随着写作《地下室手记》时的陀思妥耶夫斯基;二是书刊审查机构给陀思妥耶夫斯基的写作造成的压力,连载《地下室手记》的《时世》杂志是陀思妥耶夫斯基兄弟在他们的《时代》杂志被无故查封后为了谋生而重新创办的,他们自然办得小心翼翼,可《地下室手记》第一部分在刊出之前仍遭到书刊审查官的粗暴删改,这无疑会对陀思妥耶夫斯基的写作心境产生强烈影响。

  陀思妥耶夫斯基本人以及妻子和哥哥的疾病,他与苏斯洛娃的病态爱情,再加上《时世》杂志的负债经营和书刊审查制度的如影随形,这些因素就像是一堵堵厚墙,构成一个逼仄的写作时空。《地下室手记》写的是地下室,而写作《地下室手记》时的陀思妥耶夫斯基仿佛也置身于社会生活和个人生活的地下室。这部作品阴暗的场景和压抑的调性,既是小说的主题和内容的自然投射,也是作者在写作这部作品时的"地下室处境"的真实体现,是作家当时生活感受和心理体验的外化。

二

《地下室手记》写的是一位终日生活在地下室里的彼得堡小官吏的思绪和故事。小说的第一人称主人公做过八等文官，年龄四十岁，自幼饱读诗书，喜欢沉湎于思考和幻想，但他虚荣且孤傲，在工作和生活中处处碰壁，一事无成。在得到一位远亲去世后留给他的一笔不大的遗产（六千卢布）之后，他便辞去工作，躲进地下室，过着几乎与世隔绝的生活。他没有能力改变自己的生活状态，改变周围的环境，但他内心里却又是一个骄傲的自我中心主义者；他否定各种社会理想和道德原则，主张绝对的个性自由，但在生活中却又谨小慎微，卑微胆怯；他自称他成不了任何一种人，既不是小人也不是君子，既不是英雄也不是爬虫；他嘲笑崇高和美，鄙视人人趋之若鹜的利益和享乐，认为内心的真正自由才是人最应该珍视、最应该追求的；他最不能忍受"二二得四"这样一种颠扑不破的真理和公式，认为"二二得五"有时也是很可爱的东西。在小说第二部分，"地下室人"追忆他二十四岁时遭遇的几件事情：在台球厅，他被一名军官像挪一件东西一样给挪到了一旁，他试图在涅瓦大街上迎面撞击一下这名军官，但这样的报复却屡屡失败；他硬挤进几位老同学的聚会，却因为穷酸迂腐遭到奚落和冷落；他学着同学的做派走进妓院，遇见妓女丽莎，他在恶毒对待对方之后又开始给对方上课，进行道德说教，使丽莎觉得他"像是在背书"。"地下室人"把地址留给丽莎，可等丽莎三天后来找他的时候，他又用话语侮辱丽莎，丽莎站起身来夺门而去，把"地下室人"塞到她手里的那张皱巴巴的五卢布纸币扔在桌子上。

作为《地下室手记》主要情节发生地的"地下室"（подполье），无疑是一个具有多重象征意义的小说叙事空间。首先，这是对不合理的社会结构的影射。"地下室人"生活其间的恶劣环境固然是他自己脱离现实的生活态度之结果，但归根结底这也是他所处的时代和社会的产物。《地下室手记》与陀思妥耶夫斯基的成名作《穷人》有一异曲同工之处，即对"小人物"的深切悲悯，而这种关切底层的社会立场又是19世纪俄国批判现实主义文学的基本取向之一。成名后的陀思妥耶夫斯基曾说："我们全都来自《外套》。"始自果戈理的中篇小说《外套》的俄国文学的人道主义传统的确源远流长，在陀思妥耶夫斯基结束流放、思想转变之后的创作中依然留有深刻痕迹。《地下室手记》中"地下室"与"巴黎饭店"构成的对照，依然是19世纪俄国作家热衷的阶层对立话题之继续，所谓"朱门酒肉臭，路有冻死骨"，"地下室"就是社会"底层"的具体象征。而且，生活在"地下室"里的是有思想的善人，而在巴黎饭店花天酒地的却是愚蠢的坏人，社会的不公正和不合理于是得到凸显和强化。俄国当代作家索罗金曾说，19世纪俄国文学的基本命题即"人是好的，环境却是恶的"，由此产生出人与恶劣的环境，即不合理的社会现实之冲突，而"地下室"就是这种不合理的社会现实的具象体现之一。

其次，"地下室"也是"地下室人"作茧自缚的结果。在陀思妥耶夫斯基看来，"地下室人"不仅是社会不公的受害者，也是当时流行的不合理的社会思想的牺牲品。《地下室手记》发表于1864年,小说中,四十岁的"地下室人"在回忆他二十四岁时的往事,换算一下便可得知,他那些往事发生在1848年,即欧洲大革命时期。这个时间节点一定是陀思妥耶夫斯基有意设定的,因为在1860年代思想趋于保守之后,陀思妥耶夫斯基不仅对自己年轻时的"革命激情"进行深刻反省,同时也加入了1860年代俄国保守阵营对1840年代俄国唯理论和唯物论世界观以及虚无主义思潮的清算,这也就是由屠格涅夫的《父与子》(1862)所再现、所引发的俄国文学界和思想界的"父与子之争"。"地下室人"被陀思妥耶夫斯基视为1840年代各种源自西方的有害思想的产儿,他思想大于行动,理性大于生活,个人大于社会,幻想大于现实,最终步入思想的死胡同,用各种不切实际的理论和意识为自己构建了一个封闭的牢笼。正如他自己在小说中所言:"我那时在心灵里就已有了一个地下室。"

第三,"地下室"是对作为社会乌托邦理想之象征的"水晶宫"的解构。陀思妥耶夫斯基写作《地下室手记》的动机之一,就是与车尔尼雪夫斯基的小说《怎么办?》(1863)展开思想争论。在1860年代的俄国社会思想界,陀思妥耶夫斯基和车尔尼雪夫斯基分别被视为保守派和激进派的代表人物,他们两人的思想立场在很多方面均针锋相对。在《地下室手记》中,被"地下室人"作为攻击对象的许多理论观点都源自车尔尼雪夫斯基及其门徒,如"合理的利己主义"、社会普遍幸福论和空想社会主义学说等。在《冬天记的夏天印象》中,陀思妥耶夫斯基写到他在伦敦海德公园水晶宫参观世界工业博览会时感受到的震撼，他因资本主义工业化的力量、人类生活的极端理性化以及人相对于机器的被动和渺小而深感不安，既钦佩又恐惧。如今，这座水晶宫又出现在车尔尼雪夫斯基的小说《怎么办？》中，出现在女主人公薇拉的"第四个梦"中，象征着"人人为我、我为人人"的社会主义理想的实现。这种"蚁冢式的"水晶宫让陀思妥耶夫斯基心生另一种恐惧，即恐惧趋同和一致，担忧个性自由的丧失和个人权利的让渡。于是，他让"地下室人"发出这样的怨诉：

> 你们相信那座永远不能摧毁的水晶宫大厦，亦即那种既不能偷偷向它伸舌头，也不能暗暗地向它做侮辱性手势的东西。可我却害怕这样的大厦，也许因为它是水晶的，是永远不能摧毁的，也许因为甚至不能偷偷地向它伸舌头。
>
> 你们知道吗？如果没有那宫殿而有个鸡窝，而天上正好下起了雨，我也许会钻进鸡窝避雨的，但是，我却不会因感激鸡窝而将它视为宫殿。你们在笑，你们甚至说，在这种情况下，鸡窝和宫殿是一码事。我回答道，是一码事，如果活着仅仅是为了不被雨淋湿的话。

波兰历史学家瓦利茨基注意到了"地下室"与"水晶宫"的对峙，他在其《俄国思想史》中论及陀思妥耶夫斯基时便以"'水晶宫'与'黑暗的地下室'"为题命名其中一节，并指出："在其《地下室手记》中，陀思妥耶夫斯基试图表达一种近乎弗洛伊德式的

047

思想,即在人类意识'黑暗的地下室'中蛰伏着种种非理性的恶魔力量,它们往往会在一个由非理性精神纽带把控的社会得到升华,但它们很可能会奋起反抗基于'合理的利己主义'的文明。""水晶宫"的透明、挺拔和辉煌,与"地下室"的阴暗、封闭和简陋构成鲜明对比,但在陀思妥耶夫斯基看来,由于"水晶宫"里没有苦难和怀疑,没有个性和选择,"甚至不能偷偷地向它伸舌头",因此"地下室人"就有权利坚守在他的"地下室"里。

最后,"地下室"更是关于人类生存环境的现代隐喻。"地下室人"的处境,也就是我们每个人的处境,至少是我们每个人在某一时刻会遭遇的处境。"地下室"凸显了人类存在面临的一个基本矛盾,即无限的意识和思想与有限的时空和环境的冲突,也暗示着人类个体常会体验到的一种悖论,即意识和思想赋予一个人以自由,但意识越是强烈,思想越是深刻,这个人便会越强烈地感觉到他的不自由,感受到环境的压迫。就这一意义而言,我们置身其间的任何一个空间都构成一种束缚,都是"地下室",甚至连整个地球都是一间"地下室"。而且,"地下室"不仅无处不在,而且各式各样,有物理的也有心理的,有社会的也有个人的,有客观的也有主观的,有具体的也有无形的,甚至可以说,"地下室"就是存在本身。

陀思妥耶夫斯基之写"地下室",原本可能是想把"地下室"写成但丁笔下的"炼狱",写成救赎的必由之路,因为他曾想让"地下室人"出面论证"需要信仰和基督"。可是,当时的书刊审查官在审读《地下室人》时却恰恰把这一"光明"成分删去了,气得陀思妥耶夫斯基在给哥哥的信中破口大骂："有什么办法呢？这些猪猡审查官，我对一切进行嘲弄、为了做样子而时有亵渎上帝的那些地方，他们放过了，而我据之得出需要信仰和基督之结论的那些地方，却被删除了。"（1864年3月26日）值得注意的是，陀思妥耶夫斯基后来本有机会把被"误删"的内容再补充进来，可他却始终未做任何修改，他或许也意识到，让"地下室人"心存步出"地下室"的希望，反而有可能削弱"地下室"这一意象乃至《地下室手记》这整部小说的复杂性和丰富性。于是，我们发现"地下室人"在小说中先后喊出了这样两句相互矛盾的口号："地下室万岁！""让地下室见鬼去吧！"

三

巴赫金在其《陀思妥耶夫斯基诗学问题》（1929；1963）一书中将陀思妥耶夫斯基的小说定义为"复调小说"，他在书中以"地下室人"为例，详细分析了"地下室人"与其想象中的读者之间、这位主人公与其作者陀思妥耶夫斯基之间乃至"地下室人"自己脑海中不同声音之间的"对话"关系。巴赫金强调，这种无处不在的"对话性""不仅是'地下室人'自我意识的性格特征，同时也是作者塑造这一形象的主导原则"。（见该书第二章"陀思妥耶夫斯基创作中的主人公以及作者对主人公的立场"）其实，《地下室手记》的对话性不仅是陀思妥耶夫斯基的人物形象塑造原则，也是他这部小说的整体构建原则。

《地下室手记》由两部分构成：第一部分《地下室》有 11 个章节，自始至终全都是"地下室人"的独白；第二部分《由于湿雪》有 10 个章节，是主人公关于自己二十四年前几桩往事的回忆。在小说的开篇，"地下室人"就劈头盖脸地对读者说道：

> 我是个病人……我是个凶狠的人。我是个不讨人喜欢的人。我想，我的肝脏有病。但是，我丝毫不懂得我的病情，我确实不知道我有病。我不去治病，也从未去治过病，虽说我是尊重医学和医生的。再说，我还极其迷信，当然，我还没有迷信到不尊重医学的地步。（我受过足够的教育，这能让我不迷信，可我还是迷信。）不，我是因赌气而不愿去治病的。你们也许不愿意了解这一点，我却是明白的。自然，我无法向你们解释清楚，我这是在和谁赌气；我也一清二楚，我不去医生们那里决不会使得他们"难堪"；我比谁都清楚，我这样做，只会害自己，而不会殃及他人。但是，如果说我没有去治病，这毕竟是在赌气。肝脏在痛，那么，就让它痛得更厉害些吧！

小说前半部分通篇都是这样一种挑衅的语言，这样一种愤恨的语气，"地下室人"用这样的语言和语气与读者对话，或者说是在自问自答。但是到了小说后半部分，主人公的叙事调性却发生了很大改变，滔滔不绝的哲理独白中突然插入几个戏谑的轻喜剧场景，如涅瓦大街上试图撞击军官的报复行为，主人公在巴黎饭店餐厅的狭小空间里来回踱步三小时,丽莎的突然造访恰逢主人公对仆人阿波罗大发雷霆等。不过,这种轻喜剧风格最终演变为一场悲剧,就像陀思妥耶夫斯基在构思这部小说时所预料的那样:"第一部分像是闲扯,但这闲扯在接下来的两章里[①]将会突然变成一场出人意料的灾难。"(1864年4月13日致哥哥的信)但无论是第一部分的自虐式独白,还是第二部分的悲喜剧,其情节推进都同样是紧张的,充满压迫感。

《地下室手记》的上、下两部分别戏仿了当时的两部俄国文学作品,一是车尔尼雪夫斯基的小说《怎么办?》,一是涅克拉索夫的诗作《"当我用热情的规劝……"》(1846)。前文言及,陀思妥耶夫斯基试图用"地下室"解构"水晶宫",除此之外,他也在用"地下室人"解构车尔尼雪夫斯基笔下的"新人",用非理性的自由意识解构车尔尼雪夫斯基的"合理的利己主义",甚至连小说中迎面撞人的复仇手段也是对《怎么办?》中一个细节的戏仿。在第二部分开头,陀思妥耶夫斯基把涅克拉索夫的上述诗作用作题词,但仅引用原诗30行中的前14行,然后加上"等等,等等,等等"字样,嘲讽的意味十分明显。陀思妥耶夫斯基戏仿这两部分别发表于1860年代和1840年代的作品,意在对这两个时代的俄国社会思潮,即1840年代多愁善感的伪浪漫主义和唯理论的唯物主义以及1860年代的社会乌托邦理想和决定论的虚无主义进行反思,这两个部分相互呼应,分别针对19世纪俄国

---

① 陀思妥耶夫斯基原打算写三章。

知识分子思想发展史上的两个阶段。陀思妥耶夫斯基试图用这样的互文性戏仿来说明"地下室人"正是这些"西方理论"的牺牲品,但悖论的是,他这些反思和反省却又是假借"地下室人"的名义进行的。

《地下室手记》的第一部分是"地下室人"的独角戏,而第二部分却是他与其他角色,如军官、同学、仆人和妓女丽莎等之间的对手戏。在这些对手戏中,"地下室人"与妓女丽莎这两个角色之间的对话性尤其突出。在小说中,丽莎代表"活生生的生活","地下室人"则代表"书面的生活",他们两者之间的冲突最后以女主人公的精神胜利而结束。面对肉体堕落的丽莎,"地下室人"起初扮演着精神拯救者的角色,而在他俩第二次见面时,拯救者与被拯救者的角色却倒换了,肉体上的堕落者丽莎最终成了精神上的拯救者。这样一种男女主人公的关系后在《罪与罚》中拉斯科尔尼科夫和索尼娅的关系中得以再现和深化。丽莎以胜利者的姿势离去的场景构成一个高潮,托多罗夫因此在其《修辞的种类》(1978)一书中对《地下室手记》进行分析时指出,正是为了凸显这唯一的高潮,陀思妥耶夫斯基才放弃恢复被书刊审查官删去的第一部分的第一个高潮,即对"需要信仰和基督"的论证。究竟是一个高潮更好还是两个高潮更好,这是一个见仁见智的问题,但托多罗夫无疑敏锐地感觉到了《地下室手记》两个部分在结构上的呼应关系。

《地下室手记》的两个部分在很多方面均截然相对,就体裁和风格而言,一为哲理性的独白,一为漫画式的悲喜剧;就故事和场景而言，一写主人公的独处，一写他的"社会活动"；就主题和内容而言，它们分别反思了俄国知识分子思想史中的两个时代。这两个部分之间紧张的对话关系与人物之间、意识之间的对话关系相互纠缠，使整部小说抱合为一个紧密的整体，再加上密实的文体和紧张的叙事调性，共同组合出一种似乎让人透不过气来的"地下室氛围"。

四

《地下室手记》塑造出俄国文学中一个不朽的文学形象，即"地下室人"（Подпольный），作品中这位无名无姓的人物却成功步入了世界著名文学主人公的行列。五卷本《陀思妥耶夫斯基传》的作者约瑟夫·弗兰克写道："'地下室人'这一概念已进入当代文化的词汇表，这一人物如今像哈姆雷特、堂吉诃德、唐璜和浮士德一样达到了伟大文学原创人物的高度。"而"地下室人"形象的"原创性"，既在于其对19世纪俄国文学中传统的"多余人"形象的继承和颠覆，也在于其对20世纪世界文学中"现代人"心理的披露和表白；既在于这一形象自身的复杂性和多面性，也在于关于这一形象不断深化的理解和阐释。

在陀思妥耶夫斯基的创作中，"地下室人"形象的出现并不让人感觉突兀，因为在他之前的作品就有与之相似的角色，如《双重人》的主人公戈里亚德金、《斯捷潘奇科沃村及其居民》的主人公福马·奥皮斯金和《一件糟糕的事》的主人公姆列科皮塔耶夫等。他们均与"地下室人"有着同样的心理特征和性格逻辑，他们都自怨自艾，愤世嫉俗，也都时运不济，生活潦倒。尤其是戈里亚德金，他似乎就是"地下室人"的"双重人"，像是一对双胞胎，值得注意的是，陀思妥耶夫斯基甚至让这两个人物做了"同事"，在同一个单位上班，因为这两个人物的上司居然都是那位名叫安东·安东诺维奇·谢托奇金的小科长。在陀思妥耶夫斯基写于《地下室手记》之后的作品中，"地下室人"性格也在其他一些小说人物的身上得到再现，如《罪与罚》中拉斯科尔尼科夫实现自我价值的强烈愿望、《赌徒》中阿列克谢孤注一掷的激情以及《卡拉马佐夫兄弟》中伊万·卡拉马佐夫关于自由意志的长篇大论等。可以说，"地下室人"是陀思妥耶夫斯基创作中一个贯穿始终的形象，也是他倾注心血最多的一种人物类型。

陀思妥耶夫斯基塑造出了"地下室人"，他也很迷恋"地下室人"，因此，人们往往会把这一形象与陀思妥耶夫斯基本人联系起来，甚至等同起来。《地下室手记》用第一人称写成，这就使人更容易把这部小说中的"我"当成陀思妥耶夫斯基。俄国批评家米哈伊洛夫斯基在其专论陀思妥耶夫斯基的《残酷的天才》（1882）一书中辟出专章评论《地下室手记》，他认为"地下室人"的言行就是陀思妥耶夫本人的"施虐倾向"之体现。毫无疑问，"地下室人"身上有着陀思妥耶夫斯基的某些性格特征，比如敏感、偏执和多疑。"地下室人"的思想和话语毕竟源自陀思妥耶夫斯基的笔端，自然也会显示出陀思妥耶夫斯基的思维方式和话语表达方式。小说中的一些素材，如关于学校生活的回忆等，也的确像是陀思妥耶夫斯基本人的生活经历。但是,若将"地下室人"视作陀思妥耶夫斯基的文学自画像,视为他的"第二自我",则无疑是一种简单、幼稚的文学解读。诚然,每一个作家笔下的文学主人公都程度不等地带有作家本人的印记,但任何一个文学主人公都不可能是其作者的等价物,否则就谈不上人物形象塑造上的典型性了。但"地下室人"这一形象的独特之处,就在于他是作者与其主人公的一个复杂的混成体,两者之间似乎你中有我,我中有你。陀思妥耶夫斯基无疑把他内心深处的某些最隐秘情感赋予了"地下室人",把"地下室人"当成他的思想传声筒,与此同时我们又应该意识到,就整体而言,陀思妥耶夫斯基对于"地下室人"是嘲讽多于怜悯、批判重于欣赏的。就陀思妥耶夫斯基与"地下室人"的关系而言,我们或许可以将"地下室人"视为陀思妥耶夫斯基的一幅"半自画像"。

在《地下室手记》的开头,更确切地说,在为小说第一部分"地下室"这个小标题所加的脚注中,陀思妥耶夫斯基给出了关于"地下室人"的一段说明:"《手记》的作者和《手记》本身,自然都是杜撰出来的。然而,若是考虑到我们的社会赖以形成的那些环境,像《手记》作者这样的人不仅可能,而且甚至一定会存在于我们的社会。我欲以一种较平常更为醒目的方式将不久前的一个人物带至公众面前。这是尚且活着的一代人的一个代表。在这个题为"地下室"的片段里,这个人物将介绍他自己和他的观点,似乎还想对他出现在我们之中以及他一定会出现在我们之中的原因进行解释。在随后一个片段中,就将是这个人物关于他的某些生活事件的真正的'手记'了。"这段话很容易使我们联想到莱蒙托夫在《当代英雄》开篇给出的那段说明,这让我们意识到,陀思妥耶夫斯基也试图把"地下室人"写成一位"当代英雄",即"活着的一代人的一个代表"。我们还记得,在《地下室手记》面世的 1864 年,"地下室人"的年纪是四十岁,他与出生于 1821 年的陀思妥耶夫斯基几乎同龄,是"同时代人",陀思妥耶夫斯基试图对这个人物"出现在我们之中的原因进行解释",其实就意在以这一人物的塑造来加入 1860 年代俄国社会的思想论争。在陀思妥耶夫斯基的笔下,"地下室人"成为一个"新多余人",他是普希金笔下的奥涅金、莱蒙托夫笔下的毕巧林、冈察罗夫笔下的奥勃洛莫夫、屠格涅夫笔下的罗亭等"多余人"的亲兄弟。与其前辈一样,"地下室人"失去与人民的联系,因此他在当时已持"土壤派"立场的陀思妥耶夫斯基看来是可悲的。在《冬天记的夏天印象》中,陀思妥耶夫斯基曾这样言及"多余人":"他们全都没能找到事业,一连两三代都没能找到。这是事实,面对这样的事实看来是没什么话好说的,但出于好奇可以提出一个问题,这就是,我无法理解,作为一个聪明人,他们居然在任何时候、任何情况下都无法找到自己的事业。"在关于《时世》杂志出版计划的一篇文章中,陀思妥耶夫斯基又写道:"我们久久地呆坐着,无所事事,像是被一种可怕的力量迷惑住了。与此同时,我们的生活中却强烈地体现出了对生活的那种渴望。通过这一生活愿望,社会定能走上一条真正的道路,获得这样一个共识:不与人民相结合,社会就将一事无成。"在《地下室手记》中,"地下室人"并没有被称为"多余人",但在1865年为《时世》杂志所写的编辑说明中陀思妥耶夫斯基却写道:"我们看到,我们当今的一代正在消逝,在自动地、萎靡不振地、不留痕迹地消逝,他们用后人感到奇怪、难以置信的坦率自称为'多余人'。当然,我们谈的只是'多余人'中的佼佼者(因为"多余人"中也有佼佼者)。"这段话或许是在暗示,陀思妥耶夫斯基塑造"地下室人"的形象,其用意就在于揭示新的历史条件下"多余人"的一个新变种,"多余人"中的一位"佼佼者"。

"出色的多余人",这既是"地下室人"性格的矛盾性和复杂性之所在,也是这一形象的现代性之体现。陀思妥耶夫斯基用这一形象来揭示俄国社会盲目西化导致的恶果,来说明与俄国文化传统格格不入的各种西方思潮对不止一代俄国人的毒害,但与此同时,他也在这一形象中注入了现代意识,即强烈的个人意识和反叛精神。苏联学者贝姆认为,《地下室手记》这一题目可能取自普希金的小悲剧《吝啬的骑士》,在该剧第一场结尾,主人公阿尔伯决定去向大公控告其父的吝啬,他说道:"我主意已定,去向大公申诉,/让他强制父亲把我当成亲儿子,/而不是生在地下室的一只耗子。"可以为这一假说提供支持的是,在《地下室手记》第一部分第三节,主人公曾将自己称为一只"有强烈意识的耗子"。有了自我意识的耗子就已不再是一只耗子,而成了一个个体,一种个性,一种有价值的存在,因此也就不再"多余"了。

"地下室人"性格极其矛盾,关于这一形象的双面性,有许多研究者给出过精彩的归纳:斯卡夫特莫夫称这一人物"既是原告,也是被告";米哈伊洛夫斯基认为"地下室人""既是受虐者,也是施虐者";古斯基称"这一角色既是控诉者,也是被控诉的对象";而陀思妥耶夫斯基则在小说中让"地下室人"自称为"反主人公"(антигерой)。塑造出"地下室人"这样一个既复杂又现代的文学形象,陀思妥耶夫斯基是颇为自得的,他后来在1875年写道:"我感到骄傲的是,我第一个写出了一个代表**俄国大多数**①的真正的人,第一个揭露了他畸形的、悲剧的一面。悲剧就在于对畸形的意识……只有我一个人写出了地下室的悲剧性,这一悲剧性就在于苦难,在于自虐,在于意识到美好的东西却无能力去达到,更主要的是,在于这些不幸的人全都确信,所有人全都一样,因此也就没有改变的必要!""地下室人"的走投无路,既是关于整个人类存在窘境的一种隐喻,也是对人类在面对存在窘境时所持态度的一种质疑。

五

《地下室手记》是陀思妥耶夫斯基一生创作中最重要的作品之一,是一部承上启下的转折之作。一方面,这部中篇继承了陀思妥耶夫斯基早期创作的主题和风格,如对都市"小人物"生活的现实主义再现,对人与阴暗环境的对立之凸显,以及对小说主人公的"双重性格"的深刻剖析等;另一方面,这部小说所体现

---

① 依照原文加黑,全书同。

出的若干新特征,又使得人们把这部小说当作陀思妥耶夫斯基后期创作的开端,即他由此开始了所谓"思想小说"的创作时期。从这部小说起,作家更注重小说的社会哲理内涵,其主人公的心理也得到了越来越深刻的再现,更重要的是,如苏联学者恩格尔哈特所言,小说中的主要人物成了"思想者主人公"(герой-идеолог),即某种思想成了主人公,或者说主人公成了一种行走的思想。在形式方面,这部小说首次采用的以一个人物形象为中心的小说结构原则,后来也成为陀思妥耶夫斯基小说艺术结构的一大特征。思想者主人公及其与周围环境的对话原则,后来在陀思妥耶夫斯基的五部思想小说,即《罪与罚》《赌徒》《少年》《群魔》《卡拉马佐夫兄弟》中都得到了延续和发展。

《地下室手记》发表后,在当时的俄国文坛几乎没有引起任何反响,仅有萨尔蒂科夫-谢德林写了一篇评论,嘲讽"《手记》是借一个患病的、狠毒的雨燕的名义写下的","谈到了各种鸡毛蒜皮的琐事"。但是,在《罪与罚》于1866年发表之后,《地下室手记》却突然引起批评界的广泛关注,这自然与当时俄国社会的思想争论相关。从此,《地下室手记》就成了陀思妥耶夫斯基作品中被最关注最多的对象之一,成为解读陀思妥耶夫斯基笔下人物形象乃至陀思妥耶夫斯基本人思想的一道捷径。米哈伊洛夫斯基通过对这部作品的分析认定陀思妥耶夫斯基是一个"残酷的天才";斯特拉霍夫认为陀思妥耶夫斯基的功绩就在于,"他窥见了地下室主人公的灵魂,并以敏锐的洞察力再现了这些精神动摇可能具有的各种形式,再现了由这种精神的摇摆所派生出的各种苦难";罗扎诺夫认为,《地下室手记》表明陀思妥耶夫斯基意识到了人类灵魂非理性的深度,并暗示只有宗教才能帮助人们摆脱非理性意识及其社会后果;舍斯托夫认为,"地下室人"的一句名言,即"让世界毁灭吧,为了我能永远有茶喝",表明陀思妥耶夫斯基已经接受了某种"超越善恶"的哲学;高尔基认为,他在《地下室手记》中看到了"一个完整的尼采";而巴赫金,如前文所言,在《地下室手记》及其主人公的启发下建构了其对话理论和复调小说理论。甚至可以说,自1860年代后期起,几乎所有俄国大作家和大思想家均对《地下室手记》做出过评论和解读。就这样,一方面,如法国作家纪德所言,《地下室手记》是陀思妥耶夫斯基"写作生涯的顶峰,是他的扛鼎之作,如果你们愿意,也可以说是打开他思想的一把钥匙";另一方面,这部作品一直被视为一部思想小说,一部19世纪中期的俄国思想史文本,围绕这部作品的争论,关于这部作品的阐释,自身也构成一道源远流长的思想史脉络。

在世界文学史的语境中看待《地下室手记》,人们普遍承认这部作品所蕴含的强烈的现代意义。首先,是这部小说对于人类的存在困境的先知般的揭示。如今,人们已越来越多地意识到,所谓"地下室"处境和"地下室人"意识,现代人或多或少都会遭遇到,由环境的压力而导致的深刻内省和性格异化,我们后来在卡夫卡的《变形记》等作品中又反复目睹,因此,陀思妥耶夫斯基这部小说及其主人公也被视为世界范围内现代主义文学的先声。从形式上看,《地下室手记》的叙事方式,尤其是其中第一部分的叙事方式，已是地道的意识流手法，陀思妥耶夫斯基对这一方式的使用要比《尤利西斯》的作者乔伊斯早半个多世纪，一如《地下室手记》中对人的物化、人的动物化的描写和预警也要比卡夫卡的《变形记》早整整五十年。在《地下室手记》中，我们可以遇见许多后来在20世纪世界现代主义文学中反复出现的意象，比如将人比作"昆虫""甲虫""耗子""苍蝇""琴键"和"抹布"，将人的处境喻为"墙""蒸馏瓶"和"鸡笼"，或是其反面对应物"水晶宫"和"蚁冢"等。一部薄薄的中篇小说，居然能为20世纪现代派文学贡献出如此之多的思想资源和文学原型，这不能不令人赞叹。德国学者古斯基在他的德文版《陀思妥耶夫斯基传》中写道："如今，这部作品已然成为现代派的开山之作。从尼采、弗洛伊德、卡夫卡到加缪，从生存哲学到存在主义，都从中获得过灵感。"弗兰克也因此感叹："几乎没有哪一部现代文学能比《地下室手记》更为广泛地被人们阅读，也极少有哪一部现代文学作品像《地下室手记》这样被经常作为能揭示我们这个时代隐秘的深层情感的重要文本而被引述。"

陀思妥耶夫斯基在创作伊始便立下这样的抱负："人是一个谜。应当去解开这个谜，即便一辈子都在破解这个谜，你也不要说这是在浪费时间；我就在破解这个谜，因为我想成为一个人。"《地下室手记》无疑就是陀思妥耶夫斯基这样一部旨在破解人之谜的作品，而这部作品以及其中的"地下室"和"地下室人"，反过来却又成为我们面对的文学之谜，我们在破解这些文学之谜的同时，或许也可以顺带破解我们的生活之谜和存在之谜。

明亮的林中空地

列夫·托尔斯泰的庄园"亚斯纳亚·波利亚纳"（Ясная Поляна），其俄文名称的直译即"明亮的林中空地"。一个多么诗意、多么诱惑的名称：幽静的森林中一方洒满阳光的去处。

我多次拜访过这座庄园，在不同的年份，身份从几十年前的托尔斯泰作品爱好者到如今的俄国文学职业研究者；在不同的季节，闻过入口右侧那片苹果林的花香，也曾听到厚厚的积雪在脚下发出的清脆声响。但每一次，我的心情和感受却大体相同，都像是一个徘徊在文学圣殿里的朝觐者。

其实，亚斯纳亚·波利亚纳早在托尔斯泰生前就已成为朝圣之地：早年，从庄园旁经过的那条通往基辅的大道，曾有无数的香客行走其上，他们在庄园旁歇脚时，常会受到托尔斯泰的热情接待，香客们口口相传，很快就让亚斯纳亚·波利亚纳成为虔诚教徒心目中的一块福地；在托尔斯泰晚年，他思想的强大辐射力则使这座庄园成了真正的圣地。托尔斯泰被视为"俄国精神的主教"，亚斯纳亚·波利亚纳则被视为"俄国思想的麦加"，忠诚的托尔斯泰主义者和普通的文学爱好者，文化界的名流和托尔斯泰的亲朋好友，纯朴的俄国农民和猎奇的外国记者，川流不息地拥向这里，或在庄园小住，或在庄园附近安营扎寨，希望得到托尔斯泰的某种"祝福"。1900年5月，当时还很年轻的奥地利诗人里尔克在拜访此地后给友人的信中这样写道："山谷左首两座蓊然树冠掩映下的小圆塔标志着一个古老废园的入口。亚斯纳亚·波利亚纳的陋屋就藏匿其中。我们在这座大门前下了车，像朝圣者一样轻轻地沿着幽静的林中小径而上……"托尔斯泰去世之后，这座托尔斯泰诞生、成长、写作和长眠的庄园，更成了全世界文学爱好者的向往之地。

从莫斯科乘火车南行四小时左右到达图拉城，再换乘汽车西行几十分钟，便可到达亚斯纳亚·波利亚纳庄园。庄园的门口有两个石砌圆柱，圆柱很粗，但是不高，被刷成白色，上面还有一个草帽似的绿色铁皮顶，就像两位朴实、厚道的乡间守门人。

走进这座巨大的庄园，不禁让人心生感慨：也许，就是这样一个自由、独立的空间才使托尔斯泰彻底脱离世俗的困扰，而能专注于内心的反省和思想的探索，潜心于文学创作；但是反过来，一个主张消灭私有制的人却一直拥有如此广大的庄园，并占有家奴和仆人的劳动成果，这又始终是托尔斯泰精神痛苦的主要原因之一。亚斯纳亚·波利亚纳对于托尔斯泰来说，就是俄国的自然，因为地处俄国腹地的这座庄园有着茂密的橡树林和白桦林，有着蜿蜒流淌、水波不兴的溪流，有着微微倾斜、平坦得像毯子一样的牧场，从每一个角度看去，都可以看到一片典型的俄罗斯景致，都可以看到一幅列维坦的风景画。对于托尔斯泰来说，亚斯纳亚·波利亚纳还是俄国历史的微缩，这座庄园是由托尔斯泰母亲的祖先创建的,托尔斯泰的母亲出身显赫,其祖先是彼得大帝的近臣,是俄国第一批被封为贵族的高官。后来,托尔斯泰的外祖父、曾任俄国驻柏林大使的沃尔康斯基公爵继承了这份遗产,他在政治上失意之后专心经营这座庄园,如今庄园里的建筑设施大多是他留下的。关于祖先们的神奇传说和故事似乎就散落在庄园的各个角落,等待托尔斯泰的捡拾,它们也分别以不同的面目步入了托尔斯泰的作品。比如,《战争与和平》中的老公爵保尔康斯基的形象,其原型就是托尔斯泰的外祖父沃尔康斯基,托尔斯泰似乎并不想掩饰这个形象的来源,只改动了他姓氏中的第一个字母。自然和历史的交融,家族和民族的相系,使得亚斯纳亚·波利亚纳庄园不啻是托尔斯泰心目中俄罗斯的化身。

走进大门,路的两旁各有一个小池塘,左边的叫"大池塘",托尔斯泰一家人夏日在此垂钓,冬天在此滑冰;右手是"下池塘",一座水闸连接着两个水位有些落差的池塘,据说这水闸是托尔斯泰亲手修建的。走过水闸,是一条缓缓上行的林荫道,一眼望不到尽头,这条被托尔斯泰称为"大街"的林荫道,两边密密地排列着两行高大的树木,给人一种既亲切又庄严的感觉。甬道结束在一幢两层白色楼房前,这里就是托尔斯泰的故居。

沿着一道狭窄的木楼梯走上二楼,首先来到的是托尔斯泰家的客厅。不算太大的客厅里摆放着一架钢琴,想起曾看到一幅托尔斯泰和女儿亚历山德拉一起弹钢琴的照片,便蓦然觉得这钢琴似乎还缠绕着几缕余音。客厅的墙壁上挂满托尔斯泰的祖先和家庭成员的肖像画,画像下方是一张餐桌,让人怀疑的是,这张不大的餐桌如何能坐得下托尔斯泰那庞大的家庭，以及数不清的亲朋好友和慕名而来的客人。客厅中最引人注目的是所谓的"严肃谈话之角"，它由一个小圆桌和几把椅子组成，在供待客、交际、就餐用的场所里辟出了一块思想交流和碰撞的角落，托尔斯泰大约是在有意用这个"思想之角"来替代俄罗斯人家中常有的那种供奉圣像的"红角"。由客厅左转，来到向阳的三个房间，它们分别是托尔斯泰夫人的卧室、托尔斯泰的书房和托尔斯泰的卧室。托尔斯泰那张十分宽大却仍显拥挤的写字台上，一切都依原样放置，只加盖了一个大玻璃罩。托尔斯泰的床铺却又短又窄，甚至会让参观者担心，睡梦中的托尔斯泰一翻身就会掉下床来。卧室背后是托尔斯泰晚年的秘书布尔加科夫的办公间，相邻的房间是托尔斯泰的图书室，图书室中的十来个书柜里装满了世界各国的经典，其中就有汉语版的老庄著作。托尔斯泰对东方文化的兴趣众所皆知，但我们却不大清楚，托尔斯泰当年是通过何种方式阅读这些中国经典的。

下到一层，走进几个光线显得很暗淡的房间，在托尔斯泰童年时期，他和三个哥哥、一个妹妹就生活在这些房间里，而其中那个被称为"拱顶房间"的屋子，就是托尔斯泰写作《战争与和平》《安娜·卡列尼娜》等作品的地方。在创作最紧张的岁月里，托尔斯泰就躲在这间幽暗的小屋里勤奋书写，写好的手稿再被送到楼上，由托尔斯泰的妻子索菲娅一遍又一遍地抄写。

走出故居，打量着这幢十分简朴、简朴得与庞大的庄园很不协调的房子，不由得会重温起托尔斯泰的家庭生活。托尔斯泰的童年是不幸的，他很早就成了孤儿，在他还不到两岁时母亲就病逝了，在他九岁时，父亲又突然不明不白地死在图拉的大街上。他是在缺少父母之爱的家庭环境中长大成人的。对于母亲只有朦胧记忆的托尔斯泰，晚年却在日记中一次又一次地写到母亲。他曾这样写道："今天早晨走进花园，我像往常一样又回忆起了母亲，我对她的印象非常模糊，但她却一直是我的一个神圣的理想。"因此，我们可以想象，留有双亲生活遗迹的亚斯纳亚·波利亚纳对于早早成了孤儿的托尔斯泰来说，在一定程度上或许就扮演着父母的角色。然而，托尔斯泰的童年又是幸福的，他没有感受到一般孤儿那样的孤独和凄惨，这是因为，他的一个姑妈像母亲一样照看着他们五个孩子，而且，在家里年纪最小的男孩托尔斯泰还得到了三个哥哥的关爱，他们年龄相差不大，成天在一起玩耍，十分和睦，他的大哥尼古拉对托尔斯泰更是关爱有加。在晚年写的一部回忆录中，托尔斯泰曾写道，他们兄弟四人经常在一起玩"蚂蚁兄弟"游戏，大家躲到桌椅底下或密林之中，紧紧地相互依偎，感受着兄弟间的温暖、亲情和集体的力量。因此，我们又可以说，亚斯纳亚·波利亚纳是托尔斯泰的摇篮，是他无忧、幸福的成长乐园。托尔斯泰十三岁时，与哥哥和妹妹一起被姑妈领到喀山去上学，1847年，阔别故园六年之久的托尔斯泰自喀山大学退学，返回亚斯纳亚·波利亚纳，并正式继承这份遗产，成为庄园的主人。此后，除了跟随哥哥征战高加索等地、作为文坛新秀在彼得堡的逗留以及随后的游历欧洲、为使子女接受教育而迁居莫斯科的十几年，托尔斯泰一直生活在亚斯纳亚·波利亚纳，他八十二岁的一生中有近六十个春秋是在这里度过的。

离托尔斯泰故居约两百米远的地方，坐落着庄园里的另一个主要建筑——"沃尔康斯基之屋"。这是一幢白色的欧式楼房，为托尔斯泰的外祖父所建，如今被辟为文学陈列馆，经常举办各种主题的托尔斯泰展览。我在这里遇到过一次题为"托尔斯泰与儿童"的专题展览，在展台上看到了托尔斯泰兄弟童年时的玩具和绘画习作，托尔斯泰为儿童编写的《识字课本》，托尔斯泰呼吁改革教育的论文，还幸运地听到了托尔斯泰的录音。一次，托尔斯泰邀请附近乡村小学的孩子们来庄园里做客，并对孩子们说了一番话："孩子们，你们好！很高兴在这里和你们见面……"这段由早期录音机录下的模糊、颤抖的声音立即在我身上激起一阵战栗，已闻其声，自然如见其人。我猜想，这段录音可能就是由爱迪生送给托尔斯泰的那台录音机录制的。据托尔斯泰的女儿亚历山德拉回忆，当年托尔斯泰在接到爱迪生从大洋彼岸邮寄来的这件礼物时十分激动，并试着利用录音机通过口授来写作，但面对录音机的托尔斯泰总是很紧张，无法连贯、完整地表达自己的思想，于是他说："看来这机器是给美国人用的，我们俄国人用不惯。"

走出"沃尔康斯基之屋"，右转走上几百米，就能走到托尔斯泰的墓地。在走向墓地的过程中，随时随地都能感觉到托尔斯泰的存在。眼前这片坡度很缓的耕地，托尔斯泰肯定在其间耕作过，因为根据地形判断，列宾那幅《托尔斯泰在耕地》的著名油画大约就取景于此；缓坡之下的远处，隐约可见一个村庄，它从

067

前应该是亚斯纳亚·波利亚纳农奴们的居住地,这能让我们联想到从喀山归来的托尔斯泰所实施的改革,他试图在自己的庄园率先废除农奴制,将土地以极低的价格出让给农民,可是"狡猾的"农民却不认为天上能掉下馅饼,托尔斯泰变革社会的实践因此流产,这段经历后来成了《安娜·卡列尼娜》中列文不成功改革的情节素材;路旁有一间马厩,这自然会让我们记起白发苍苍的托尔斯泰英姿飒爽地骑在马上的那张照片,以及托尔斯泰因在骑马打猎时不幸摔伤而影响到《战争与和平》写作的典故;继续前行,小径两旁的树林越来越密,不知究竟是在哪片密林里,托尔斯泰曾带着其追随者切尔特科夫、女儿亚历山德拉等"亲信"躲在其中,背着妻子索菲娅起草并签署了他的遗嘱;山坡另一边那条隐约可见的小河沃隆卡,就是托尔斯泰常去游泳的地方,也是索菲娅在与托尔斯泰激烈争吵后多次"投河"的去处……终于来到了托尔斯泰的墓地前,一个棱角分明的长方形土冢,没有墓碑,没有十字架,四周是几株高大的树木,旁边有一个深深的沟壑,托尔斯泰就长眠在这里。这个地方是托尔斯泰兄弟年少时常来玩耍的地方,他们相信有一根能给人类带来永恒幸福的"绿棍",并相信那根魔棍就埋藏在这里。托尔斯泰生前立下遗嘱,把这里选做自己的长眠之地。尽管有着人们络绎不绝的拜访,但这里仍显得十分静谧、安宁,抬头看看墓地上方的树冠,见有灿烂的阳光透过树叶洒在墓地上,构成一片斑斓的图案,这让我想起了纳博科夫在评论托尔斯泰时所用过的那个比喻。有一段时间,纳博科夫在美国的大学讲授俄国文学课程,一次在课堂上,纳博科夫突然拉上教室的窗帘，还关掉所有电灯，然后，他站到电灯开关旁，打开左侧的一盏灯，对那些美国学生说："在俄国文学的苍穹上，这就是普希金。"接着，他打开中间那盏灯，说道："这就是果戈理。"然后，他再打开右侧那盏灯，又说道："这就是契诃夫。"最后，他大步冲到窗前，一把扯开窗帘，指着直射进窗内的一束灿烂阳光，大声地对学生们喊道："而这，就是托尔斯泰！"

瞻仰了墓地，在托尔斯泰庄园的参观通常也就结束了。离开墓地，步履缓慢地向大门走去，一路上我总是会自然而然地想起托尔斯泰的出走。1910年10月28日（新历11月10日）深夜3点，托尔斯泰叫醒自己的医生马科维茨基，和他一起在黑暗中走出亚斯纳亚·波利亚纳庄园，彻底告别了自己生活了几十年的家园。托尔斯泰先是奔他在沙莫尔津修道院当修女的妹妹而去，想在那家修道院附近的奥普塔修道院隐居下来，但这个计划泄露之后，托尔斯泰只好再次坐上火车。疲惫不堪的托尔斯泰在火车上着凉，感染了肺炎，被迫在途中一个名叫阿斯塔波沃的小站下车，躺在站长的小木屋里，几天之后的11月7日（新历11月20日），托尔斯泰在这个铁路小站去世。

托尔斯泰的出走和去世在当时的俄国引起轩然大波，人们议论纷纷，但大都将原因归结为"家庭悲剧"，将矛头指向"不理解"丈夫的索菲娅。在1881年托尔斯泰经受了思想上的危机之后，他与妻子索菲娅就的确长期处于不和甚至争吵之中，但公平地说，托尔斯泰的痛苦恐怕有着更深刻的原因，而并不仅仅是家庭的悲剧。他的痛苦是一个深刻的道德家的痛苦，一方面，他意识到了剥削制度的罪恶,主张放弃一切财产,另一方面,他却仍然难以摆脱自己是剥削阶级之一员的身份和处境;一方面,他呼吁过一种清心寡欲的教徒式生活,另一方面,他又一直生活在一个看似美满、幸福的大家庭里。自己的理想境界和自己的生活现实之间巨大的差异,造成了托尔斯泰精神上的痛苦。人们喜欢抱怨索菲娅不理解托尔斯泰,其实,无论是当时还是现在,能够真正理解托尔斯泰的又有几人呢?索菲娅有她的难处,她要养活一大家人,可托尔斯泰却要宣布放弃一切财产;她认为托尔斯泰是个大天才,可托尔斯泰却要花费大量时间和精力去教那些乡村孩子认字母;她其实是个贤妻良母,为托尔斯泰养育了一大群孩子(她与托尔斯泰先后有过十三个孩子,其中有九个长大成人),还为他一遍又一遍地抄写过手稿;索菲娅并不是一个"财迷",托尔斯泰曾建议把所有家产都归到她的名下,却被她一口回绝,她不愿托尔斯泰把"罪恶"都放到她一个人的头上。再说,索菲娅就是理解了托尔斯泰又能怎样呢?两人手挽手地"出走"吗?所以说,在托尔斯泰和妻子的相互关系中,是很难断定出谁是谁非来的,这是天才和常人之间的隔膜,以及由此导致的悲剧。关于托尔斯泰的出走,有人不解,有人惋惜,但是我觉得俄国作家库普林在托尔斯泰逝世时所说的话最好,他说:托尔斯泰就像一头即将死去的野兽,他知道如何死得安详,死得优美,于是,他就默默地离开兽群,在森林中找一个偏僻的地方,静静地死去。另一位俄国作家梅列日科夫斯基则认为,对托尔斯泰的出走应保持沉默,将其当成一个神话来谈论是不体面的,是一种亵渎,甚至是一种残忍,"他留给索菲娅·安德烈耶夫娜的请求,同时也是留给我们大家的:别去寻找,别去抓捕,让他安静。"然而,梅列日科夫斯基也承认,像托尔斯泰出走这样的事情,在俄国又绝不仅仅是托尔斯泰一家的"私事",而是时代和社会的一件大事,因为托尔斯泰的家不仅仅是亚斯纳亚·波利亚纳,而是整个俄罗斯。

这也就是说,无论是对于托尔斯泰还是对于后人而言,亚斯纳亚·波利亚纳都不仅仅是一座庄园,它象征着俄罗斯,象征着托尔斯泰乃至整个人类的生存环境,托尔斯泰与亚斯纳亚·波利亚纳的关系,对于我们而言因此就有了更为深刻的启示意义。对于这座优美、宁静、温馨的故园,托尔斯泰无疑是充满感情的,他生于斯,长于斯,写作于斯,思考于斯,最后又长眠于斯,从摇篮到坟墓,他在这里走完了自己完整的一生;但是,这里又是他的彷徨之地,罪恶之地,这给予他一切的地方,却同时在以给予他的一切而让他痛苦,并最终成为他决然挣脱的牢笼。摇篮,童年的乐园,父母的替身,世袭领地,宗法制王国,猎场,社会改革的试验田,教育实践的场所,俄罗斯自然和历史的化身,作家的避难所,文学的福地,灵感的源泉,思想的温床,精神的监狱,目睹许多亲人离去的感伤之处,夫妻的角力场,托尔斯泰主义的思想中心,最终的长眠之地……也许,这些各不相同,甚至相互矛盾的定义结合在一起,才能最准确地说明亚斯纳亚·波利亚纳在托尔斯泰的生活和创作中所起的作用。有人将托尔斯泰与亚斯纳亚·波利亚纳的关系定义为一种"复杂的罗曼史",将庄园称为托尔斯泰的"第二自我"。"要是没有我的亚斯纳亚·波利亚纳，我就很难意识到俄罗斯，很难意识到自己对她的态度。"在步出庄园大门时，对于自己脑海中浮现出的托尔斯泰晚年日记中的这句话，我似乎有了更深一层的理解。

明亮的林中空地，托尔斯泰生活和写作过的地方，世界文学森林中闪耀着夺目光辉的一方圣地，我想，若是从太空俯瞰地球，也许能看到这片林中空地衍射出的神奇的光芒。

穿透时空的托尔斯泰

2014年秋冬之交,我先后两次走近托尔斯泰,一次是随中国社会科学院文学代表团参观位于俄罗斯图拉城郊外的亚斯纳亚·波利亚纳庄园,一次是在北京国家博物馆观看"托尔斯泰和他的时代"专题展览。两次出入托尔斯泰的世界,其中的一些场景和感受构成某种重叠和呼应,不时觉得托尔斯泰穿透了时间和空间的隔绝,似乎成了我身边的存在。

克拉姆斯科依的画作

托尔斯泰故居大餐厅的墙上并排挂着数幅托尔斯泰的肖像画,但右手的第二幅却被取下,留下一块空白,讲解员指着这块空白对我们说:"这里原先挂的是克拉姆斯科依为托尔斯泰画的一幅肖像。克拉姆斯科依十分崇敬托尔斯泰,主动提出给托尔斯泰画像,他求了很长时间才获得托尔斯泰同意,后来画出这幅名作。这幅画目前被运到了你们中国,正在北京展出。在此之前,这幅画从未离开亚斯纳亚·波利亚纳。"

在北京的国家博物馆,我更近距离地看到了这幅画作。画面上的托尔斯泰身着蓝色长衫,蓄着黑色长须,人到中年的他神情严峻自信,目光深邃锐利。此画作于1873年,当时的托尔斯泰已完成史诗《战争与和平》,踌躇满志的他又开始了第二部长篇小说《安娜·卡列尼娜》的写作。到过莫斯科特列季亚科夫美术馆的人,一定记得那里也陈列着一幅克拉姆斯科依所作的托尔斯泰肖像画。仔细对比这两幅画,能发现细微的差异,如托尔斯泰垂头的角度和他面对画家的角度均略有不同。原来,这是克拉姆斯科依的两幅同题画作,或曰"一稿两投"。当年,已在莫斯科创建美术馆的富商特列季亚科夫很想拥有一幅托尔斯泰的肖像画,著名画家克拉姆斯科依自告奋勇去完成这个任务,1873年夏,他借做客图拉之机前往亚斯纳亚·波利亚纳庄园,艰难说服托尔斯泰同意做他的模特,但托尔斯泰也提出了自己的要求,即让画家多画一幅,留在他的庄园。

作画的过程成为两个伟大艺术家之间的相互交流和相互探究。托尔斯泰的面貌和神情,乃至他的心理和思想,均被克拉姆斯科依绝妙地再现于他的画布;而克拉姆斯科依的个人性格和工作方式也被托尔斯泰写进了《安娜·卡列尼娜》,在小说中的画家米哈伊洛夫的身上显然有克拉姆斯科依的影子。

不过,国博展厅里的这幅画旁却标明:"列夫·托尔斯泰肖像(临摹自伊万·克拉姆斯科依的作品),索菲娅·托尔斯泰娅(1844—1919),亚斯纳亚·波利亚纳庄园博物馆收藏。"也就是说,这其实是托尔斯泰夫人临摹的克拉姆斯科依画作。很少有人知道,索菲娅居然具有如此之高的绘画技艺;托尔斯泰故居博物馆的讲解员也未必知道，从他们那里送来北京展出的克拉姆斯科依画作居然并非原作。不知托尔斯泰让克拉姆斯科依留在亚斯纳亚·波利亚纳的那幅原作现在何处，也不明白索菲娅的临摹作于何时，不过，这幅由索菲娅"再创作"的克拉姆斯科依版托尔斯泰画作依然十分传神，不仅没有丝毫减色，反而又覆盖了一层温情和感动。

从未离开托尔斯泰庄园的托尔斯泰肖像，第一次出门就来到了北京。正是由于克拉姆斯科依（以及索菲娅），托尔斯泰才穿透时间和空间来到北京，在接受成千上万中国人的注视的同时，他也在注视成千上万的中国人。

托尔斯泰的手套、帽子和围巾

我仍在久久地注视这幅画作，我九岁的儿子却跑过来小声地催促我："快去看托尔斯泰的衣服！"

玻璃柜中陈列着托尔斯泰的外衣和坎肩，我们的身影倒映在玻璃上，与那套服装重叠，我们于是就像穿上了托尔斯泰的衣服。从这套服装可以看出，托尔斯泰身材不高，不像是俄罗斯人，看来更接近中国人的身高。

展柜里还陈列着托尔斯泰的手套、靴子、帽子和围巾，这几件遗物旁的一行说明文字打动了我："手套、帽子和围巾是托尔斯泰离家出走时穿的。"1910年10月28日深夜3点，托尔斯泰叫醒自己的捷克籍医生马科维茨基，和他一起在黑暗中离开亚斯纳亚·波利亚纳庄园，彻底告别自己生活了几十年的家园。

几天后，托尔斯泰在旅途中受凉，感染肺炎，死在一个名叫阿斯塔波沃的铁路小站上。离开故园的托尔斯泰，头上就戴着这顶淡黄色的毛钱帽，脖颈就围着这条淡蓝色的毛线围巾，手上就戴着这双厚厚的五指手套。手套是有些旧了，但帽子和围巾却像是崭新的，那一针一线间似乎还留存着托尔斯泰身体的余温。看着它们，我似乎在目睹托尔斯泰的马车驶出亚斯纳亚·波利亚纳庄园的那一瞬间。

托尔斯泰晚年在日记中曾这样写道："要是没有我的亚斯纳亚·波利亚纳，我就很难意识到俄罗斯，很难意识到自己对她的态度。"其实，无论对于托尔斯泰还是对于其他人而言，亚斯纳亚·波利亚纳都不仅仅是一座庄园，它象征着托尔斯泰全部的生活和创作，也象征着整个俄国。亚斯纳亚·波利亚纳庄园博物馆馆长叶卡捷琳娜·托尔斯泰娅在本次展览的序言中写道："我们常说，带着展品走出国门，就带走了祖国的一部分，也带走了俄罗斯的一片土壤。"的确，这次展览真的给我们带来了托尔斯泰的"一部分"，带来了托尔斯泰脚下的"一片土壤"。

柴可夫斯基的"如歌的行板"

"托尔斯泰和他的时代"展览所在的国博 N19 号展厅里光线很暗，持续播放的背景音乐若有若无，余音绕梁，——是柴可夫斯基的《如歌的行板》！

《如歌的行板》是柴可夫斯基 1871 年创作的《D 大调第一弦

乐四重奏》的第二乐章，它是这部作品中最动人的乐章，也是柴可夫斯基所有作品中最为人称道的段落之一，几乎成了柴可夫斯基音乐的代名词。选取此曲作为北京托尔斯泰展览背景音乐的策展人员，一定非常了解托尔斯泰，非常了解托尔斯泰对柴可夫斯基这段《如歌的行板》的激赏。1876年12月，著名音乐家鲁宾斯坦在他创办的莫斯科音乐学院专门为托尔斯泰举办了一场音乐会，鲁宾斯坦亲自参与演奏柴可夫斯基的《D大调第一弦乐四重奏》，柴可夫斯基则与托尔斯泰并排坐在一起聆听。听到《如歌的行板》时，托尔斯泰不禁泪流满面，因为他通过这首曲子"接触到了忍受苦难的人民的灵魂深处"。事后他致信柴可夫斯基，称那场音乐会"将永远是我最美好的回忆之一"，"我从未获得如此珍贵的奖赏"。柴可夫斯基则在给妹妹的信中写道："我一生中从未感到如此受宠，并为我自己的创作能力感到骄傲，因为列夫·托尔斯泰就坐在我身旁听我的行板乐曲，眼泪流到了他的下颌。"

从此，两位大艺术家相互敬重，多次相聚，谈论文学和音乐。柴可夫斯基阅读了托尔斯泰当时发表的所有作品，在阅读《克莱采奏鸣曲》时，他也曾同样被感动得泪流满面。据托尔斯泰家人回忆，托尔斯泰常常独自弹奏柴可夫斯基的曲目。柴可夫斯基去世后，塔涅耶夫[1]曾把柴可夫斯基的手稿资料带往亚斯纳亚·波利亚纳整理，托尔斯泰常常过来翻阅柴可夫斯基留下的乐谱和文

---

[1] 谢尔盖·塔涅耶夫（1856—1915），俄国作曲家、钢琴家。柴可夫斯基的学生。

字,赞叹伟大音乐家的天赋,唏嘘他的早逝。

我们在参观展览的始终所倾听的,是托尔斯泰曾经倾听的音乐,是他曾经为之落泪的音乐。在这音乐声中,我们仿佛离托尔斯泰更近了,离他的内心世界更近了。

托尔斯泰与中国

托尔斯泰离中国人的确很近。早在20世纪初,托尔斯泰的作品即被译成中文,1907年出版的《托氏宗教小说》是托尔斯泰作品的第一部汉译单行本。此后,他的作品不断被译成中文,被汉语读者所捧读,其种类不计其数,其总数汗牛充栋。

托尔斯泰本人一直对中国怀有强烈兴趣,我们不要忘了,他当年在喀山大学东方系上学时一开始学的就是汉语,尽管他后来未能完成学业,但对中国和"中国智慧"的向往却始终伴随着他。戈宝权先生曾在他的《托尔斯泰和中国》一文中写道:"在19世纪的俄国作家当中,恐怕很少有人像托尔斯泰这样关怀中国人民的生活和命运了。"托尔斯泰关注中国,更关注中国文化,在1884至1910年间,他先后写作或编辑了近十种有关中国哲学思想的著作和论文。就某种意义而言,所谓"托尔斯泰主义"就是基督教思想与"中国智慧"相互结合的产物,人们不难在他的"不以暴力抗恶"中感受到老子的"无为"思想,在他的"道德自我完善"中觉察出孔孟的伦理学说,在他的"博爱论"中分辨出墨子的兼爱说。

托尔斯泰曾与两位中国人通信，一位是辜鸿铭，一位是张庆桐。后者的名字最早出现在罗曼·罗兰所著《托尔斯泰传》中，被拼作"Tsien Huang-tung"，《托尔斯泰传》的译者徐懋庸将这个名字译成"钱玄同"，而郭沫若则认定此人是张之洞，戈宝权先生经多方考证，才确定这位给托尔斯泰去信的人实为1899年由北京同文馆派往彼得堡政法大学留学的张庆桐（1872—?）。张庆桐与托尔斯泰的通信原件此次也被带到北京，张庆桐的俄文书法工整隽秀，与托尔斯泰苍劲奔放的笔迹构成了鲜明对比。张庆桐在信中写道："俄中两国同属世界上人口众多的国家；同欧洲相比，俄国进步得较慢。而中国与俄国相比，进步又慢了一些。由此可见，较之欧洲，中国对俄国的生活现象更加熟悉，而俄国进行的国家体制演化在更大程度上影响中国，而不是欧洲。因此，两国人民之间的友谊应当比与其他国家的友谊更加牢固。"托尔斯泰在回信中写道："很久以来，我就相当熟悉中国的宗教学说和哲学（当然，大概是非常不完全的，这对于一个欧洲人而言是常有的情况）；更不用说孔子、孟子、老子以及关于他们著作的注疏。（被孟子所驳斥的墨翟的学说更特别使我惊佩。）"看着这几张被置换了空间的已经发黄（或原本就是黄纸？）的信笺，百余年的时间似在一瞬之间流逝。

托尔斯泰在他去世前半年的1910年4月17日曾发出这样的感慨："假如我还年轻的话，那我一定要到中国去。"如今，在他去世一百余年之后，他终于穿透时空，以另一种方式来到了中国。

追寻契诃夫的足迹

阅读契诃夫的作品是一种旅行，游历与契诃夫相关的地方也是一种阅读。我读过契诃夫的许多作品，也游历过许多"契诃夫名胜"，一直在阅读和游历中追寻契诃夫的足迹。

一

1990年代初的一个夏日，我从乌克兰的基辅乘火车返回莫斯科，列车在天蒙蒙亮时停靠一个车站，事先有所准备的我下到站台，见站牌上果然写着"塔甘罗格"的字样——这里是契诃夫的故乡。列车停靠十分钟，车站位于高高的山坡，时辰和地势都为我提供了观察这座城市的良好条件。站台上没有人，朦胧的晨雾笼罩四周，但透过薄雾可以看到山坡下低矮凌乱的城市建筑，以及更远处的亚速海。无论大海和房屋，还是山坡和车站，似乎全都是一种色调，即灰色，隐隐地有一股鱼腥味飘过来，这有些暗淡甚至肃杀的氛围几乎顿时让人心生几缕"契诃夫式的忧郁"。

1860年1月29日，未来的作家安东·契诃夫就出生在此城警察街69号的一幢平房里。他的父亲是食品小铺老板，全家共有六个孩子，安东·契诃夫排行老三，有哥哥、弟弟各两个，还有一个妹妹。除了上学，几个孩子还有两项任务：一是帮父亲看守店铺，据说安东四五岁就开始站在凳子上为顾客服务，当然，光顾小店的各色人等无疑也会成为幼小的安东的阅读对象；二是在教堂唱诗班唱歌，每天清晨和傍晚，契诃夫家的几兄弟便在父亲的强迫下去教堂唱歌，雷打不动。契诃夫后来将此称为"苦役"，并感慨："我在童年时没有童年。"

1876年，安东的父亲无法偿还因进货和建房而欠下的债务，带领全家自塔甘罗格逃往莫斯科，把安东独自留在塔甘罗格，名为继续学业，实为留给债主的"变相人质"。十六岁的安东寄人篱下，忍辱负重，靠当家庭教师维持生计。后来，已成为著名作家的契诃夫在给朋友苏沃林的信中这样写道："贵族作家们天生免费得到的东西，平民知识分子们却要以青春为代价去购买。您写一个短篇小说吧，讲一个青年，农奴的后代，他当过小店员和唱诗班歌手，上过中学和大学，受的教育是要尊重长官，要亲吻神父的手，要崇拜他人的思想，为每一片面包道谢，他经常挨打，外出做家教时连一双套鞋也没有……您写吧，写这个青年怎样从自己身上一点一滴地挤走奴性，怎样在一个美妙的早晨一觉醒来时感到，在他血管里流淌的已不再是奴隶的血，而是真正的人的血。"契诃夫建议苏沃林描写的这个"青年"，在某种程度上就是契诃夫自己；契诃夫建议苏沃林写作的这一主题，后来却成了他自己创作中贯穿始终的红线。

契诃夫在塔甘罗格生活了近二十年，约占其一生的一半时光。

塔甘罗格的童年和青少年生活在契诃夫之后的小说中留下了深刻痕迹:契诃夫一家曾租住在叶夫图申科夫斯基家,契诃夫后在《冷血》《市民》等小说中写到这位房主;站柜台的经历和感受,无疑在《万卡》《困》《三年》等小说中得到体现;他学生时代的体验和见闻被写进《套中人》,在《贪图钱财的婚姻》《乌鸦》《姚内奇》等小说中我们也不难分辨出塔甘罗格的街景和习俗。更为重要的是,早在塔甘罗格,契诃夫就已经开始了真正的文学创作。独自待在塔甘罗格的契诃夫享有较多自由,他是当地剧院的常客,耳濡目染之余,他自己也写起剧本来。除了几个篇幅很短的轻松喜剧外,他还创作了一部真正意义上的"大戏"。1878至1879年间,在七八年级就读的契诃夫写下剧本《没有父亲的状态》。此戏主角是三十岁左右的乡村教师普拉东诺夫,在与一群爱他的女人的纠葛中,在与身为将军的父亲的冲突中,这个人物展现出了其丰富的内心世界和生活哲学,契诃夫戏剧人物的诸多特质似乎都可以在他身上寻到源头。这部剧本直到1920年代才被发现,许多契诃夫学家在仔细研究后断定这部作品确系中学生契诃夫所作。1950年代,此戏开始登上世界各地戏剧舞台,但多更名为《普拉东诺夫》。看过这部戏的观众,甚至排演此戏的导演和演员,往往都会疑惑:这样一部人物关系如此复杂、戏剧元素如此饱满的剧作,这样一部充满现代感甚或存在主义意识的剧作,怎么会出自一位十八九岁的中学生之手呢?这种怀疑,恰恰论证了契诃夫过于早熟的戏剧才华,反而是对契诃夫过人文学天赋的一种肯定。

如今,塔甘罗格已成为一座真正的"契诃夫之城",契诃夫的痕迹在这里俯拾皆是：契诃夫出生的那幢平房被辟为"契诃夫故居博物馆"；契诃夫故居所在的街道被命名为"契诃夫街"；契诃夫家当年开的小铺也依原样恢复，成为"契诃夫家小铺博物馆"（亚历山大街100号），小铺门头的巨大招牌上写有"茶叶红糖咖啡暨其他殖民地产品"的字样；安东·契诃夫读过书的学校如今是"契诃夫文学博物馆"（十月大街9号）；他当年经常去看戏的那家剧院如今是"契诃夫剧院"（彼得罗夫街90号）；塔甘罗格的图书馆被称为"契诃夫图书馆"，因为契诃夫去世时捐款捐书创建了这家图书馆；塔甘罗格的博物馆被称为"契诃夫博物馆"，因为这也是契诃夫当年提议并发起募捐创建的；1934年，城里的一座街心花园被命名为"契诃夫花园"；1960年，为纪念契诃夫100周年诞辰，契诃夫的纪念碑被竖立在塔甘罗格市中心。

1879年，孤身一人在塔甘罗格度过三年的安东·契诃夫考上莫斯科大学医学系，这年8月6日，踌躇满志的十九岁中学生契诃夫乘火车离开故乡塔甘罗格，从这里走向莫斯科，走向了世界。站台上响起铃声，我乘坐的列车也即将出发，沿着契诃夫当年走过的铁路北上。

二

来到莫斯科的安东·契诃夫与家人团聚，但一家人居无定所。据契诃夫的研究者统计，在1880年代，他们一家在莫斯科租住过的地方有近十处，其中居住时间最长、与契诃夫的创作关联最多的,是位于花园道库德林街 6 号的一座两层小楼。1886 至 1890 年间,契诃夫一家租住此地,这幢小楼如今被辟为"契诃夫故居博物馆",是国家文学博物馆的分馆之一。这家博物馆的工作人员对我说,博物馆的内部陈设与契诃夫在世时一模一样,因为契诃夫的兄弟和妹妹留有相关的图画和文字资料,屋内的展品中也有许多珍贵实物,系契诃夫家人所赠。

2017 年 8 月 17 日,借赴俄参加俄国文学大会之机,我走进莫斯科的这座契诃夫故居博物馆。漆成朱红色的小楼上悬挂着一块大理石牌匾,上面写着:"伟大的俄国作家安东·帕夫洛维奇·契诃夫 1886 至 1890 年间生活于此"。这幢砖石结构的楼房建于 1874 年,当年的主人是莫斯科的名医科尔涅耶夫,主人一家住在相邻的主楼,这幢二层小楼是所谓"侧房",或译"附属建筑",共有五六个房间。来契诃夫家做客的朋友开玩笑地称此楼为"准城堡",契诃夫自己则称其为"五斗橱",并将外墙的红色称为"自由派的色彩"。

进门后的第一间展室原为契诃夫家的厨房和餐厅,这里的展览以"契诃夫和莫斯科"为主题,一些老照片展示了 1880 年代的莫斯科建筑和街景。这里有大学生契诃夫穿过的"校服",还有哥哥尼古拉为他画的两张肖像画——一张是他 1880 年入学时的模样,一张是他 1884 年毕业时的形象。后一幅画没有画完,但契诃夫自己却认为这是他最好的肖像画之一。这里自然也摆有契诃夫的许多手稿、最早刊发契诃夫作品的几份杂志以及契诃夫最早的几部短篇小说集。1880 年来到莫斯科后,契诃夫在莫斯科大学医学系上学，一家人都没有稳定收入，日子过得相当拮据。契诃夫的二哥尼古拉擅长画画，常给莫斯科和彼得堡的幽默杂志画一些插图以赚点稿费，契诃夫受他影响，也试着给幽默杂志投稿。1880年3月9日，彼得堡的幽默杂志《蜻蜓》第10期刊出契诃夫的两个短篇，即《写给有学问的邻居的信》和《在长篇小说和中篇小说等作品里最常见的是什么》，这是契诃夫的处女作。自此以后，契诃夫的幽默小品写作一发不可收，每年都有百余篇面世，多家幽默杂志向他约稿，除《蜻蜓》外还有《闹钟》《观众》《娱乐》《蟋蟀》《花絮》等。看着这些五花八门的杂志以及契诃夫作品的复印件，真不知当时的医学系大学生契诃夫怎么能有如此旺盛的文字创作精力。1884年，契诃夫的第一部短篇集《梅尔波梅尼的故事》面世；1886年，第二部集子《形形色色的故事》也得以出版。这两部短篇集都摆放在展柜里，但与它们并列在展柜里的还有一部已由契诃夫亲自编好的小说集，题为《谐谑集》，后由于种种原因未能面世。这一时期的契诃夫在发表小说时使用了数十个笔名，但最常用的是"安东·契洪特"，这是他上中学时一位老师给他起的外号，用俄语发音时重音位于最后一个音节，能产生某种喜剧效果。契诃夫这一时期的创作，因此也被称为"契洪特时期"。一般认为，契诃夫这一时期的创作是搞笑的，为稿费写作的，但正是在这一时期，契诃夫创作的简洁、幽默、冷峻等标识性特征亦已显现，这一时期写出的《一个文官的死》《胖子和瘦子》《猎人》《变色龙》《假面》《苦恼》等，后来均成为俄国文学中的珍品。

一楼的另一个房间是契诃夫的书房，临街的一面又隔出两个小房间，分别是作家和他弟弟米哈伊尔的卧室。书房里最醒目的摆设就是契诃夫的书桌，书桌上铺着绿色呢绒布，摆有两个烛台和一个墨水瓶，还有契诃夫两位好友的照片，分别是作曲家柴可夫斯基和画家列维坦。书桌旁的墙壁上还悬挂多张照片，我认出其中一位是契诃夫的"恩师"格里戈罗维奇。德米特里·格里戈罗维奇是当时俄国文坛的一位大家，1886年3月，他读到契诃夫发表在报纸上的作品后修书契诃夫，在盛赞后者文学天赋的同时，也建议后者不要荒废自己的文学才华："请丢开那种赶时间的写作吧。"契诃夫读信后既激动又惶恐，便转而开始以更严肃的态度对待自己的写作。在此之后，他逐渐疏远那些幽默杂志，开始与《新时代报》等主流文学报刊合作。从1886年起，也就是从住进这幢房子起，契诃夫短篇小说的发表数量逐渐减少，从每年百余篇下降到每年十余篇，但几乎每一篇都是上乘之作，如《万卡》《灯火》《草原》《没意思的故事》《命名日》等。1888年，契诃夫因短篇集《黄昏》获普希金奖，由此奠定了他在俄国文学中的稳固地位。值得一提的是，作为剧作家的契诃夫也形成于这幢房子，他在这里写出《熊》《求婚》《天鹅之歌》《伊万诺夫》《林妖》等剧作。就是在这间书房里，就是在这张书桌旁，契诃夫完成了他的创作转折，从一位幽默小品作家成长为一位俄国文学大家。

契诃夫的书房里有一座壁炉，壁炉旁摆放着两把椅子，上了年纪的女讲解员指着椅子耳语般地对我说，这就是契诃夫接待病人的地方。每天上午，契诃夫大夫在这里给人看病，直到有一天，一个生命垂危的孩子被家人送来，契诃夫最终未能挽救他的生命，这件事对契诃夫打击很大，他从此放弃了行医。不知讲解员的这段"野史"来自何处，契诃夫当时可能的确不再担任"职业医生"，但学医出身的契诃夫之后仍一直没有停止为人看病。在梅里霍沃，在雅尔塔，他都曾义务为周围的民众看病。契诃夫的这间"诊所"在1880年代中期关门歇业倒是有可能的，因为此时，文学写作已经能给契诃夫带来比行医更多的收入和更大的影响。

契诃夫故居博物馆的二层是契诃夫的母亲和妹妹的卧室，另有一间客厅。二楼经过扩建，还辟出一间小剧场，这里经常上演契诃夫的剧目，或举办与契诃夫相关的研讨会。

走出契诃夫故居博物馆，我来到出口处的一个小花园，这花园契诃夫般地简朴自然，但几棵绣球花却开得很灿烂。坐在花园的长椅里，我突然想起契诃夫与家人的一张合影，其拍摄位置可能就在这座小花园旁，因为照片上依稀可见葡萄架的影子。这张照片往往附有这样的说明文字："契诃夫远行萨哈林岛之前与家人合影。"1890年4月，契诃夫就是从这幢小楼出发，踏上了他艰辛的萨哈林之旅。

<h2 style="text-align:center">三</h2>

萨哈林岛位于黑龙江入海口，自隋唐起便为中国领土，清代时称库页岛。1858至1860年间，俄国通过《瑷珲条约》和《中俄北京条约》迫使清朝政府割让库页岛，并改岛名为"萨哈林"。

这一名称其实也源自满语，意为"黑"，是满语"黑龙江"一词的首个音节。俄国占领萨哈林岛后不久，便将该岛辟为关押犯人的流放地，到契诃夫决定造访萨哈林的1890年，该岛的流放犯已逾万人。

契诃夫为何起意前往万里之外的萨哈林呢？契诃夫自己一直没有明说，他在给朋友的信中开玩笑地说，他只是想从他自己的生平传记中"抹去一年或者一年半"。实际上，促成契诃夫踏上萨哈林之旅的原因可能是多方面的：首先，他的哥哥尼古拉于1889年的去世对契诃夫打击很大，使他心烦意乱，情绪消沉，他想寻求一种摆脱这一心境的方式，用他自己的话说就是："我去旅行，是为了在半年时间里换一种方式生活。"其次，他此时正处于他创作中的又一转折时期，如何更上一层楼，是他作为一位严肃作家需要面对的问题，去往陌生疆域的遥远旅行，自然可以开阔眼界，积累创作素材，在破万卷书的同时行万里路。第三，契诃夫选中萨哈林作为旅行目的地，无疑主要是冲着那儿的特殊"居民"去的，在当时的俄国，与苦役犯、流放犯的待遇和命运密切相关的公正、公平、人道等问题已成为社会舆论的热点，作为批判现实主义作家的契诃夫，自然也会把真实地揭示萨哈林囚犯的生活实况视为自己应尽的社会责任。最后，契诃夫在给朋友的信中说过这样一句话："我们应该到萨哈林这样的地方去朝圣，一如土耳其人前往麦加。"这句话道出了契诃夫的一个心机，即他前往萨哈林是去朝觐苦难，同时也是检阅自己，检阅自己对苦难的承受能力，检阅自己的意志和良心。

1890年4月21日，契诃夫离开莫斯科，他先火车后轮船，从秋明开始乘坐马车穿越西伯利亚，历经千辛万苦，然后在6月乘上轮船，沿黑龙江北上，终于在7月9日抵达萨哈林。这次长途旅行历时近三个月。契诃夫在岛上又逗留了三个月，他挨家挨户访问当地住户，探访犯人，留下近万张田野考察卡片。他在给友人的信中写道："我走遍了所有居民点，走访了所有住户，每天5点起床，整天都在一刻不停地想着，还有很多事情要做。"10月13日，契诃夫踏上返程，他乘海船绕过亚洲东海岸，经苏伊士运河到达敖德萨，然后乘火车于12月8日回到莫斯科。

契诃夫萨哈林之旅的最重要成果就是他留下的两本书，即《寄自西伯利亚》和《萨哈林岛游记》。《寄自西伯利亚》是他应苏沃林之约为《新时代报》撰写的系列旅行随笔，契诃夫在这些随笔中记叙西伯利亚的风土人情，旅途中的趣闻逸事，他既抱怨"西伯利亚大道是世界上最漫长、似乎也最糟糕的道路"，也感慨"对被关押在流放地、在这里备受折磨的人如此冷漠，这在一个基督教国度里是不可理喻的"。当然，契诃夫此行最主要的文字收获还是《萨哈林岛游记》，在旅途结束后，契诃夫花费近五年时间才最终完成此书。全书共分二十三章，前十三章以时间为序，描写作者在岛上的行踪和见闻；后十章是就专门问题展开的思考和论述，如岛上的其他民族、被强制移民的生活、妇女问题、流放犯的劳动和生活、犯人的道德面貌和逃跑问题、岛上的医疗问题等等。此书的写作和出版表明，契诃夫不仅是一位杰出的作家，还是一位杰出的社会学家和民俗学家，一位热情饱满的社会活动家。《萨哈林岛游记》的出版引起巨大社会反响,各界人士就此展开相关讨论,最终直接或间接地促成了俄国的多项司法改革,如1893年禁止对妇女进行体罚,修订与流放犯婚姻相关的法律,1899年取缔终身流放和终身苦役,1903年禁止体罚和给犯人剃阴阳头等。契诃夫当时留下的近万张卡片也被结集出版,让人们对契诃夫当年工作的细致和深入有了更多的见识和赞叹。契诃夫的萨哈林之行以及他留下的这三部著作,都是伟大的人道主义壮举。

契诃夫萨哈林之行的足迹永久地留在了这座俄国面积最大的岛屿上,如今,岛上有多处契诃夫名胜,如契诃夫故居博物馆、契诃夫纪念碑、契诃夫剧院、契诃夫大街、契诃夫与萨哈林历史文学博物馆、契诃夫《萨哈林岛游记》博物馆等。契诃夫《萨哈林岛游记》博物馆建于1995年,专门展览与契诃夫此书相关的内容,如此书的写作经过,书中写到的人物和地点的照片、图画和其他实物,此书在世界各地的翻译和传播等。这家博物馆还定期举办国际性的"契诃夫研讨会"。专门为一本书建立一座博物馆,这在世界上还不多见。

契诃夫的萨哈林之行最令我们感兴趣的,还是他在这次旅行中与中国产生的关联。在契诃夫发自伊尔库茨克的信中有这样的话:"我看到了中国人。这些人善良而又聪明。"在布拉戈维申斯克(海兰泡),他又在给苏沃林的信中称中国人"是最善良的民族"。在逗留布拉戈维申斯克的两天里,契诃夫曾渡过黑龙江游览了瑷珲城。在乘船沿黑龙江继续北上时,契诃夫与一位中国人同住一间一等舱室,契诃夫在给家人的信中详细描写了这个中国人的言谈举止，还请那位中国人在他给家人的信中写了一行汉字。值得一提的是，契诃夫的萨哈林之行时在沙皇俄国疯狂侵占中国土地、残酷迫害中国人之后不久，但在契诃夫的文字中却看不到他对中国人的居高临下和盛气凌人，相反，善良的他还感觉到了中国人的善良。契诃夫原打算自萨哈林乘海船回国途中访问上海和汉口，但因故改变计划，只在香港做短暂停留。尽管如此，契诃夫的足迹仍两度印在中国的国土上，这在19世纪的俄国大作家中是绝无仅有的。

我曾在黑河乘过江轮渡前往对面的俄国城市布拉戈维申斯克，船至江心，突然想到两岸的风光就是契诃夫当年看到过的景色，他在一封信中写道："我在阿穆尔江（即黑龙江）上航行了一千多公里，欣赏的美景如此之多，获得的享受如此之多，即使现在死去我也毫无恐惧。"如今在布拉戈维申斯克有一尊契诃夫的纪念浮雕，上面写有一行字："1890年6月27日安·帕·契诃夫曾在此停留"。而在黑龙江此岸的瑷珲古城，也立有一尊契诃夫雕像。

四

1898年，契诃夫写了一个题为《新别墅》的短篇，小说写工程师库切罗夫在一个村子边造了一座漂亮的桥，请妻子来看，妻子来后喜欢上村子，"就开口要求她的丈夫买上一小块土地，在这儿修建一座别墅"，"她的丈夫依了她。他们就买下二十俄亩土地，在陡岸上原先奥勃鲁恰诺沃村民放牛的林边空地上盖起一座漂亮的两层楼房，有凉台，有阳台，有塔楼，房顶上竖着旗杆，每到星期日，旗杆上就飘扬着一面旗子。这座房子用三个月左右的时间盖成，后来他们整个冬天栽种大树，等到春天来临，四下里一片苍翠，新庄园上已经有了树林，花匠和两个系着白色围裙的工人在正房附近挖掘土地，一个小喷水池在喷水，一个镜面的圆球光芒四射，望过去刺得眼睛痛。这个庄园已经起了名字，叫作'新别墅'。"这里关于"新别墅"的描写，几乎就是契诃夫自己为当时计划在雅尔塔兴建的别墅所做的"设计"。

这一年，契诃夫的肺结核病越来越重，医生建议他迁居气候温暖、空气清新的俄国南方。此时，契诃夫的父亲去世，契诃夫家位于莫斯科南郊的梅里霍沃庄园便显得空旷起来，契诃夫于是决定离开梅里霍沃。他与出版商阿多尔夫·马尔克斯签订合同，将全集的版权以七万五千卢布的价格售出，用这笔"预支"的稿费收入在雅尔塔郊外阿乌特卡村购置一块面积为三千七百平方米的土地，开始建造房屋。建筑过程持续十个月，1899年9月，契诃夫便和母亲、妹妹一起住进了新家。这是一座三层楼房，共有九个房间，被称为"白色别墅"。当年曾做客契诃夫家的俄国作家库普林对这幢别墅有过这样的描述："整幢别墅都漆成白色，很整洁，很轻盈，有一种非对称的美，用一种很难确定的建筑风格建成，有一座高塔似的阁楼，有几处意外的突出部位，下层有个带玻璃窗的阳台，上层有个敞开式露台，敞向四方的窗户有宽有窄。这座别墅有点近似现代派，但是其设计中无疑有着某人很有用心、别出心裁的创意,有着某人独特的趣味。"契诃夫请来设计此房的设计师沙波瓦洛夫当时还是一位中学教师,他在设计过程中自然会听取契诃夫本人的意见,这座别墅设计中"很有用心、别出心裁的创意"和"独特的趣味"无疑来自契诃夫本人。库普林在同一篇回忆录中还写道,有人对契诃夫说,这幢楼房建在陡坡上,屋旁的公路常有灰尘飘进房间,花园坐落在斜坡上,也很难保持水土,契诃夫听了却不以为然:"在我之前,这里是荒地和不成体统的沟壑,遍地石头和野草。我来了,把这片野地变成了漂亮的文明之地……您知道吗,再过三四百年,这块土地就将变成一座鲜花盛开的花园。那时,生活就会变得特别轻松舒适了。"他还开玩笑地说:"如果我现在放弃文学,做一位园丁,这倒不错,能让我多活十来年。"契诃夫在这片斜坡上栽种了一百多棵树木,其中有柏树、杨树、雪松、柳树、木兰、丁香、棕榈、桑树和山楂等,如今这里草木兴旺,早已成为一座真正的大花园。

从1899年9月到1904年5月,契诃夫在雅尔塔的白色别墅居住了四年多,这是契诃夫一生中的最后四年,也是他创作上的总结期。他在这里写下十个短篇,即《宝贝儿》《新别墅》《公差》《带小狗的女人》《在圣诞节节期》《在峡谷里》《主教》《补偿的障碍》《一封信》和《新娘》,还有两部剧作,即《三姐妹》和《樱桃园》。这都是他最为成熟的作品,他还在这里编成了自己的第一部作品全集。

居住在雅尔塔时的契诃夫已是俄国文坛的中心人物之一,白色别墅因此也成为当时俄国文化生活的中心之一，这里宾客盈门，高朋满座。在雅尔塔，契诃夫分别留下了与托尔斯泰和高尔基的合影，托尔斯泰是文坛的泰斗，高尔基是文坛的新秀，而契诃夫就像是俄国文学中承上启下的关键人物，他们共同组成了俄国文学的"三驾马车"。当时的其他重要作家，如安德烈耶夫、柯罗连科等，以及当时刚刚崭露头角的布宁、库普林等都曾造访这里。契诃夫的艺术家朋友们也纷纷来此探望契诃夫，列维坦描绘过这里的风景，夏里亚宾曾在这里歌唱，拉赫玛尼诺夫弹奏过契诃夫家客厅里的钢琴。最让契诃夫开心的，是1900年4月莫斯科艺术剧院全体人员的造访。当时，斯坦尼斯拉夫斯基和丹琴科率团巡回演出，在雅尔塔演出契诃夫的《海鸥》。演出前后，演员们在白色别墅聚会，大家谈笑风生，此时的契诃夫正处在与艺术剧院女主角克尼碧尔的热恋之中。

　　白色别墅在契诃夫离开之后一直以原样保持至今，这要归功于契诃夫的妹妹玛丽娅·契诃娃，她是这座别墅真正的守护神。玛丽娅比哥哥小三岁，自三哥正式开始文学创作后，她便全副身心地帮助哥哥，照料哥哥的生活，负责处理哥哥的版权事宜，她也是梅里霍沃和白色别墅真正的女主人，她甚至因此而终身未嫁。哥哥死后，她更为保护和传播契诃夫的文学遗产而殚精竭虑，操劳一生。哥哥去世后不久，她就让契诃夫的崇拜者走进白色别墅参观作家的卧室和书房，尽管她和母亲一直住在白色别墅的二楼和三楼。十月革命后，白色别墅被收归国有，但玛丽娅被任命为终身看护人，她得以继续居住于此，直到她在1957年以九十四岁高龄去世。在她的守护下,契诃夫的这座故居始终如故。据统计,目前世界各国有十几家契诃夫博物馆,其中俄罗斯有六家,乌克兰有两家,德国和斯里兰卡各一家,而藏品最为丰富的契诃夫博物馆就是雅尔塔的这家契诃夫故居博物馆,该馆有藏品一万三千件,其中包括契诃夫的手稿、各种版本的出版物、契诃夫的生前用品、书信和图片等。

像每一座契诃夫留下深刻痕迹的城市一样,雅尔塔也深切地怀念着契诃夫,这里除"白色别墅"契诃夫故居博物馆外,同样也有契诃夫纪念碑和契诃夫大街。在前面提及的小说《新别墅》中,新别墅的主人由于与村民们合不来,最终只得卖掉别墅,离开此地,契诃夫以这个故事来表现俄国地主和农民之间的隔阂,更广义地说,是富人和穷人之间、本地人和外来人之间的隔膜,甚至人与人之间无处不在的难以沟通。但在雅尔塔的现实生活中,契诃夫却深深地融入了当地社会。契诃夫最值得一提的善举,就是他提议创建了此地的结核病疗养院。在契诃夫定居雅尔塔前后,成千上万身患肺结核病的病人也来到这里,希望这里的阳光和空气能帮助他们战胜疾病。这些病人中不乏身无分文的大学生和其他穷人,他们中的有些人曾向契诃夫求助。了解到这一情况,契诃夫倡议在雅尔塔兴建一所慈善性质的疗养院,他在报上刊出呼吁书,题目是《请帮助奄奄一息的人们!》。契诃夫的募捐引起热烈反响,在短时间内便募捐到四万卢布,契诃夫自己又拿出五千卢布,用这笔钱在雅尔塔郊外购置一处房产,建成疗养院。这座专门收治肺结核病患者的疗养院至今仍在发挥功用,在百余年间挽救了成千上万的病人。雅尔塔未能挽救身患肺结核病的契诃夫的生命，但由他倡议并捐资建成的"契诃夫结核病疗养院"却使众多肺结核病人恢复了健康。

雅尔塔离契诃夫的出生地塔甘罗格不远，两座城市分别位于亚速海的北端和克里米亚半岛的南端，中间隔着并不辽阔的亚速海，直线距离只有四五百公里。

五

2015年夏天，我随中国社会科学院代表团访问德国弗莱堡大学，访问结束后，我们乘坐大巴从弗莱堡驶向斯图加特机场。路途很远，但沿途的风光很美；德国的高速公路不限速，可我们大巴车的时速也只有一百多公里。我静心地欣赏着道路两旁的风景，突然，我远远地看到前方的指路牌上有一个似曾相识的地名Badenweiler——巴登韦勒，契诃夫去世的地方！小镇巴登韦勒在我的右手，这被森林掩映着的小镇在我眼前一闪而过，而我的脑海里则浮现出了一百一十一年前契诃夫在这里离世的一幕。

1904年6月，契诃夫的肺结核病病情恶化，医生建议他出国疗养，契诃夫与医生和家人商量后选中了德国西南部的小镇巴登韦勒。1904年6月3日，契诃夫和妻子离开莫斯科，他对前来送行的人说："我是去死的。"契诃夫夫妇在巴登韦勒的一家疗养院住下，但契诃夫的病情并未见好转。7月1日夜，契诃夫醒了过来，据一直陪伴在侧的契诃夫妻子后来回忆，"他平生第一次让人去叫医生过来"，并主动提出想喝点香槟酒，他从床上坐起身，大声地用德语对赶到床边的医生说了一句："Ich sterbe."然后又用俄语向妻子重复了这句话的意思："我要死了。"之后，他端起酒杯，面对妻子微笑了一下，说道："我很久没喝香槟了……"然后平静地喝干香槟，轻轻地躺下，向左侧卧着，很快就永久地睡去了，用他妻子的话说，"像婴儿一样睡去了"，此时已是7月2日的凌晨。契诃夫说过："人的一切都应该是美的，无论面孔，还是衣裳、心灵或思想。"他的一切也的确都是美的，甚至包括他的死亡。

巴登韦勒是一处驰名欧洲的温泉疗养胜地，在契诃夫之前和之后，来过此地的欧洲名人不计其数。但是，这座小镇仍以契诃夫在此留下的遗迹为荣：在小镇的一处山坡上立有一座契诃夫纪念碑；契诃夫住过的疗养院房间被辟为博物馆，阳台旁的墙壁上悬挂着契诃夫的青铜浮雕，阳台下方有一座海鸥造型的雕塑；这座小城还与契诃夫的故乡塔甘罗格建立了姐妹城市关系。

六

契诃夫留下痕迹最多的城市，可能还是莫斯科。在莫斯科给我留下最深刻印象的"契诃夫场所"有三处。

首先是莫斯科艺术剧院。莫斯科艺术剧院由著名导演斯坦尼斯拉夫斯基和丹琴科联袂创建，但它艺术上的诞生却归功于契诃夫，归功于契诃夫的剧本《海鸥》。《海鸥》写于艺术剧院创建前的1895年，写成后曾在彼得堡上演，但未获成功，可这并未妨碍丹琴科要用此剧来扬名艺术剧院的决心。他苦口婆心地说服契诃夫拿出剧本，他在给契诃夫的信中称《海鸥》是"让作为导演的我难以释怀的唯一一部当代剧作"。终于，《海鸥》于1898年12月在莫斯科艺术剧院上演，并获空前成功，由此也开始了契诃夫与艺术剧院的密切合作。在接下来的几年内，契诃夫又相继为剧院写作了《万尼亚舅舅》《三姐妹》和《樱桃园》等名剧。从《海鸥》开始，人们对"舞台真实"产生了新的理解，人的内在世界成为戏剧主要的再现对象，所谓"情绪的潜流"彻底改变了戏剧的面貌。在今天的莫斯科艺术剧院老剧场入口处的门楣上有一个巨大的海鸥雕像，一个飞翔在海浪之上的海鸥图案也成了艺术剧院的院徽，人们在用这样的方式昭示契诃夫及其《海鸥》的不朽。一部戏造就了一座剧院，一个戏剧流派，甚至一种戏剧美学，这就是契诃夫对于莫斯科艺术剧院、对于俄国戏剧乃至整个世界戏剧做出的奉献。1989年首度访学莫斯科，我就在一个冬夜前往艺术剧院看契诃夫的戏，记得是《三姐妹》，在戏的末尾，三姐妹中的大姐搂着两个妹妹的肩膀在台上念出那段著名的独白："音乐演奏得多么欢乐，多么振奋，真想生活！哦，我的上帝！总有一天，我们会永远地离去，人们会忘记我们，忘记我们的脸庞、声音和我们的年纪，但是，我们的痛苦却会转化为后代人的欢乐，幸福和安宁将降临大地，如今生活着的人们将获得祝福。哦，亲爱的妹妹，我们的生活还没有结束。我们将生活下去！音乐演奏得多么欢乐，多么欢快，似乎要不了多久，我们就会知道，我们因为什么而生活，因为什么而痛苦……如果能知道的话，如果能知道的话！"全场安静极了，没有一丝声响，少顷，有黄色的树叶自舞台上方落下，一片，两片，越来越多，在随后响起的雷鸣般的掌声中缓缓地飘落。

其次，就是莫斯科艺术剧院所在的侍从官胡同与特维尔大街相交处的契诃夫雕像。2004年，在契诃夫去世一百周年纪念日，一座契诃夫新雕像在莫斯科艺术剧院所在的胡同与莫斯科最主要的大街特维尔街相交处的街心花园落成。我在一次出差莫斯科期间特意来到这座纪念雕像前。这座雕像令人震撼，因为它最好不过地体现了契诃夫的性格和举止，似乎构成了契诃夫之谦逊和善良的永恒化身：身材修长的契诃夫背倚着一个半人高的台子，身体有几分紧张，似乎正要起身来帮助眼前的某位路人，他清瘦的脸庞上呈现出倦态甚至病容，但俯视的双目中却分明含有悲悯和体谅。关于契诃夫的善良，人们留下过许多描述和佐证。契诃夫的妻子克尼碧尔后来在回忆录中这样写到契诃夫给她留下的第一印象："我永远不会忘记我第一次站在契诃夫面前的那一刹那。我们都深深地感觉到了他人性的魅力，他的纯朴，他的不善于'教诲'和'指导'……"打动克尼碧尔的是契诃夫的"纯朴"和"不善教诲"。契诃夫被托尔斯泰称为"小说中的普希金"，在世时就被公认为世界上最杰出的短篇小说家之一，但他从不以大师自居，而与其同时代的所有作家几乎都保持着良好的关系；有着强烈平等意识的契诃夫，一贯反对"天才"和"庸人"、"诗人"和"群氓"等等的对立，他在1888年给友人的信中写道："把人划分为成功者和失败者，就是在用狭隘的、先入为主的眼光看待人的本质。"在预感到自己将不久于人世后，契诃夫给妹妹立下遗嘱，把财产分别留给母亲、妹妹和妻子,他特意强调,"在母亲和你去世之后,全部财产捐给塔甘罗格市政府用作家乡教育基金"。他在遗嘱的最后写道:"帮助穷人,爱护母亲,保持全家的和睦。"契诃夫曾说,他的作品中"既没有恶棍,也没有天使……我不谴责任何人,也不为任何人辩护"。站在这尊契诃夫雕像前,我们似乎更能感觉到他的善良以及这种善良中所蕴含着的伟大和崇高,在当下世界,契诃夫的平和与"中立",契诃夫的冷静和宽容,较之于那些"灵魂工程师"和"生活教科书",会让我们感到更为亲近和亲切。契诃夫的善良和宽容,契诃夫的平等意识和"挤出奴性"的吁求,无疑是契诃夫创作之现代意义的重要内涵之一。去年出差莫斯科时再去瞻仰契诃夫的这座雕像,我却突然发现在这座雕像前的胡同口又立起一座体量很大的纪念碑,纪念碑上的两个人身高体壮,气宇轩昂,宛如红场上的米宁和波扎尔斯基纪念碑,似乎是有意要与他们身后的契诃夫雕像构成反差极大的对比。走近一看,方知是斯坦尼斯拉夫斯基和丹琴科的纪念碑。与他俩的纪念碑相比,偏居两座建筑物拐角处的契诃夫雕像显得更小、更不显眼了,甚至有些寒酸,不过我想,契诃夫一定不会反对他的纪念碑所处的位置和所具有的体量。

最后,自然就是位于莫斯科新处女公墓的契诃夫墓。一次,我领一位深爱契诃夫的中国作家去新处女公墓拜谒契诃夫墓,在墓地门口向看门人索要一张墓园地图,他问清我们来意,便指了指契诃夫墓地所在的位置,还添了一句:"来看他的中国人很多。"来到契诃夫墓前,见墓地的设计似乎具有某种童话色彩,四五米见方的墓园用高高的铁栅栏围着，铁栅栏上的花纹像是一朵朵玫瑰，白色的墓碑很厚，顶部呈楔形，有一个铁皮顶，就像一间微型的木头小屋，顶端还有三个枪矛一样的金属装饰。契诃夫与他的父亲长眠在一起，而他最爱的母亲和妹妹则长眠在雅尔塔的市民墓地。静静地站在契诃夫的墓前，树上和地面的落叶在微风中窃窃私语，似在向我们复述托尔斯泰在契诃夫去世时说过的话："契诃夫的去世是我们的巨大损失，我们不仅失去了一个无与伦比的艺术家，而且还失去了一个杰出的、真诚的、正直的人……他是一个富有魅力的人，一个谦虚的人，一个可爱的人。"

梅里霍沃的秋天

俄国作家多出身贵族，他们的生活和创作因而也往往与他们的庄园联系在一起，如普希金曾在波尔金诺庄园赢得创作的"金秋"，托尔斯泰在他的亚斯纳亚·波利亚纳庄园相继写出《战争与和平》和《安娜·卡列尼娜》，谢尔盖·阿克萨科夫的"家庭记事"和"渔猎笔记"的情节发生地正是他自家的庄园新阿克萨科沃和阿勃拉姆采沃。契诃夫不是贵族，可他位于莫斯科以南数十公里处的梅里霍沃庄园却也是一处闻名遐迩的俄国文学名胜。2015年9月，我随中国作家代表团走进梅里霍沃，走进了梅里霍沃的秋天。

大作家的大家庭

1892年3月，三十刚刚出头、却已在俄国文坛赢得极高地位的契诃夫带领全家由莫斯科迁居梅里霍沃。契诃夫一家此前生活一直不甚宽裕，他那位当过杂货铺小老板的父亲当初就是为了躲债才离开故乡塔甘罗格来到莫斯科的，契诃夫一家很长时间都挤在莫斯科的一间小屋里。契诃夫成为大作家后，终于有可能为全家购置一座庄园。1892年,契诃夫在报上看到梅里霍沃庄园主人索罗赫金的出售广告,便花费一万三千卢布购得此处房地产。之后,契诃夫全家齐上阵,下大力气整修和新建房屋,耕种土地,终于将梅里霍沃打造成一座像样的庄园。契诃夫常在给友人的信中谈及自己的庄园。初到庄园时他写道:"我一连三天待在我购买的庄园里。印象不错。从车站到庄园的路始终掩映在森林里……庄园自身也很漂亮。"多年后他又写道:"如您所知,我现居乡间,在自己的庄园……我像从前一样没有成家,也不富裕……父母住在我这里,他们见老,但身体还行。妹妹夏季住在这里,操持庄园,冬季在莫斯科教书。几位兄弟各有工作。我的庄园不大,也不漂亮,房子很小,就像女地主科罗勃奇卡[①]的房子,可是生活很安静,也很便宜,夏季十分舒适。"

梅里霍沃庄园的核心建筑是一幢共有八个房间的平房,其中除契诃夫的书房和卧室外,如今还保留着契诃夫的父亲、母亲、妹妹和弟弟的卧室。契诃夫在兄弟姐妹中排行老三,他有两个哥哥、两个弟弟和一个妹妹,他的父母常住梅里霍沃,兄弟妹妹以及侄子们也是梅里霍沃的居民,他们构成一个庞大的家庭。成为大作家后的契诃夫仍与自己的大家庭合住,这在俄国作家中十分罕见。其中原因,除了契诃夫家抱团合群的小商人家庭的固有传统外,无疑也与契诃夫本人随和宽容的性格相关。

在如今辟为国家文学博物馆的这座庄园里,随时随地都能感

---

① 果戈理《死魂灵》中的人物。

觉到契诃夫不无幽默的温情。主屋背后有个小池塘，是契诃夫一家入住后开挖的，据说契诃夫喜欢坐在塘边钓鱼，他称这池塘为"水族箱"（也可译为"鱼缸"）；契诃夫的书房正对一片菜地，据说契诃夫的妹妹玛丽娅善于种菜，每到秋天，这片菜园总是硕果累累，契诃夫因而称之为"法国南方"；花园里有一棵老榆树，契诃夫称之为"幔利橡树"（《圣经》里记载，耶和华在幔利橡树旁对亚伯兰罕显身），他还亲手在树上装了一个"三居室"鸟笼，起名为"椋鸟兄弟酒家"；契诃夫爱狗，入住梅里霍沃之后，他从友人处要来两只矮脚猎犬幼崽，取名希娜和勃罗姆，几年过后，狗已长大，他认为应该像俄国人对待成年人那样对它们采用以名字加父称的尊称，即"希娜·马尔科夫娜"和"勃罗姆·以撒耶维奇"……

契诃夫不仅将他的家人安置在梅里霍沃，他更将梅里霍沃及其周边地区视为自己的大家庭。"梅里霍沃时期"（1892—1899）是契诃夫一生的壮年时期，也是他社会活动最为积极的时期。在这段时间里，契诃夫于1894、1897年两次当选谢尔普霍夫乡村自治会任期三年的议员；契诃夫在这里先后为农民子弟建起三所学校（这些学校的旧址如今分别辟为乡村教师博物馆、乡村学校博物馆、契诃夫作品主人公博物馆，均为契诃夫梅里霍沃文学博物馆的分馆）；根据他的建议，在梅里霍沃所在的洛帕斯尼亚镇设立邮电局（该邮局旧址现为契诃夫书信博物馆）；更为人们所记忆的是，在契诃夫入住梅里霍沃后不久，该地区霍乱流行，契诃夫作为一名医生勇敢地站出来，应地方政府之邀创办诊所，免费为病人看病，他负责的巡诊区包括二十五个村庄、四家工厂和一座修道院，他没有助手，没有补贴，所有花费均靠他自掏腰包和四处化缘，他甚至在自家园子里种植草药，自制所需药品。契诃夫在梅里霍沃的行医经历，曾让契诃夫本人说出一句名言："医学是我的合法妻子，文学是我的情人。"也让他的研究者后来有过这样的归纳："作为作家的契诃夫从不为人开具药方，作为医生的契诃夫则始终在治病救人。"

契诃夫当年以梅里霍沃为家，而梅里霍沃所在的广阔区域如今也成了契诃夫永远的家。为纪念契诃夫，梅里霍沃所在的洛帕斯尼亚区如今被命名为契诃夫区，作为区中心所在地的洛帕斯尼亚城也更名为契诃夫市。

契诃夫创作的收获期

契诃夫一生写有三百余部作品（不包括他早期的大量幽默小品），其中有四十二部作品写于梅里霍沃。自1886年接受格里戈罗维奇和苏沃林的建议开始"严肃的创作"，到他去世的1904年，契诃夫的创作持续不到二十年，其中在梅里霍沃的七年写作可以说是他创作上的金色收获期。前往萨哈林岛的长途旅行之后，契诃夫在宁静的梅里霍沃歇息下来，静心思考，写完《萨哈林岛游记》。契诃夫这一时期的中短篇小说常以"县城C"及其附近乡间为情节发生地，这个C就是指梅里霍沃附近的谢尔普霍夫县。契诃夫的许多小说名篇，如《决斗》《六号病室》《黑修士》《文学教师》《挂在脖子上的安娜》《带阁楼的房子》《我的一生》《套中人》《农民》《约内奇》等，均写于这一时期。著名俄国文学史家米尔斯基在其《俄国文学史》中写道："契诃夫写于90年代的小说几乎无一例外均为完美艺术品。"

在契诃夫的书房，讲解员让大家注意房间的色调，从写字台上铺的呢绒到沙发和扶手椅，均为绿色，讲解员说，契诃夫患有严重的眼疾，又要长时间伏案写作，绿色能减轻他的视觉疲劳。书房里并列的三个长方形窗户正对着妹妹玛丽娅经营过的那片菜地，虽在秋天，那里仍是一片葱翠。契诃夫著名的夹鼻眼镜也摆在书桌上的玻璃罩里，眼镜旁边还有一张打着粗横线的透格板，契诃夫常把这张纸板垫在稿纸下，按照透过来的横格写作。桌上有几份契诃夫的手稿，手稿上的字迹也很粗大。看着夹鼻眼镜旁的透格板和手稿，我觉得契诃夫这副著名的、标识性的夹鼻眼镜所衍射出的不再是绅士般知识分子的优雅，而是一位无比勤奋的写作者的艰辛。

契诃夫家人丁兴旺，何况还有大量来客造访，这对一位作家而言毕竟有所妨碍，于是，契诃夫便在1894年为自己建起一座专供写作的小屋。这间小巧玲珑的木屋藏身花园深处，只有一间书房和一间小卧室，小屋被漆成浅色，楼梯和门漆成深红。正是在这间像是舞台道具的小屋里，契诃夫写出了《海鸥》。小屋入口处的外墙上如今挂着一块白色大理石板，其上镌刻着几个字："我写成《海鸥》的屋子。契诃夫。"在这座所谓的"《海鸥》小屋"里，契诃夫后又写成《万尼亚舅舅》等其他剧作。契诃夫于1899年离开梅里霍沃，将庄园出让给一位名叫斯图亚特的俄国贵族，这位贵族在十月革命后被枪毙，庄园充公，先后用作孤儿院、集体农庄的仓库和牲口棚，庄园里的建筑几乎全部被毁，仅有这幢小屋原封不动地保留下来（庄园里如今的建筑均是在1940年设立博物馆时根据契诃夫妹妹和侄子保存的设计图和照片依原样复建的，展品也大多是契诃夫家人捐出的实物），这或许是因为它位置较偏，不引人注目；或许因为它体积太小，不便挪作他用。在梅里霍沃庄园，也只有这间小屋不对访客开放，我们只能透过门缝，窥视一下这俄国现代戏剧的摇篮。从梅里霍沃这间小屋里飞出的"海鸥"，不仅造就了契诃夫和莫斯科艺术剧院，也成了整个俄国现代戏剧艺术的象征。

契诃夫情感的秋季

梅里霍沃的秋天就像列维坦的画（列维坦作为契诃夫的好友，作为契诃夫妹妹的绘画老师，是梅里霍沃的常客），色彩斑斓，宁静之中却又蕴含着躁动。我们在一场突如其来的暴雨后走进庄园，只见绿色的草地上散落着黄色的、红色的或红黄绿交织的树叶，留在枝头的叶片则依然鲜绿。成熟的苹果或挂在枝头，或落在地上，不知是博物馆的工作人员还是游客，好心地把落在地上的红苹果拾起来放在路边的长椅上，供他人食用。

在梅里霍沃，"像从前一样没有成家的"契诃夫还收获了他的两份爱情。契诃夫一家住进梅里霍沃后不久,契诃夫的妹妹玛丽娅常领她在莫斯科中学的女同事丽季娅·米奇诺娃来家里做客,玛丽娅后在回忆录中写道:"夏季,丽卡[①]来我们梅里霍沃长住。她和我们一起举办了许多出色的音乐晚会。丽卡唱歌唱得不错……在丽卡和安东·帕夫洛维奇[②]之间产生了相当复杂的关系。他俩走得很近,似乎彼此依恋。"关于两人的罗曼史,有人写过专著,童道明先生在《爱恋·契诃夫》一剧中做过细腻的揣摩和诗意的再现,契诃夫与米奇诺娃1897年摄于梅里霍沃的那张照片,也曾被用作该剧在中国国家话剧院上演时的海报。根据这张照片上两人的衣着和身边的植物来判断,时间像是夏末秋初。这段历时三年的恋情,以丽卡与人私奔至巴黎而告结束,但它却在契诃夫的创作中留下了深刻痕迹,人们在《海鸥》中的尼娜等契诃夫笔下的许多人物身上都能发现丽卡的身影。1898年9月,在莫斯科艺术剧院排演《海鸥》的现场,契诃夫与该剧院女演员克尼碧尔一见倾心。次年5月初,他带克尼碧尔回到梅里霍沃,在这里度过刻骨铭心的三天,大约正是在梅里霍沃,他们做出了结婚的决定。在这里最终收获了爱情果实的契诃夫,也最终离开了梅里霍沃。契诃夫的肺结核病越来越重,医生建议他迁居气候更加温暖的南方地区,契诃夫于是售出梅里霍沃庄园,在雅尔塔购置了一处别墅。

---

① 米奇诺娃名字的昵称。
② 即契诃夫。

契诃夫与米奇诺娃，契诃夫与克尼碧尔，两段相隔七年的恋情均始于秋季，两段结局不同的爱情构成了契诃夫梅里霍沃时期情感生活的开端和终结。

走在梅里霍沃长长的椴树林荫道上，秋风拂面，仿佛觉得身着风衣、头戴礼帽的契诃夫转眼之间就会出现在道路的尽头。他与这座庄园秋天的氛围太协调了，不知是这座庄园给了他的个性以很多添加，还是他用他的风格塑造了这座庄园。契诃夫在梅里霍沃住了七年。契诃夫有过七个梅里霍沃的秋天。人们总喜欢用秋天来形容契诃夫的创作个性，的确，契诃夫的生活和创作与梅里霍沃的秋天构成了高度的契合和呼应。梅里霍沃的秋天是优美的，却也散发着莫名的无奈；梅里霍沃的秋天是忧伤的，却又洋溢着收获的喜悦；梅里霍沃的秋天是明媚的，却也充满着神秘和疏离。

在我们即将走出梅里霍沃庄园时，突然听到契诃夫纪念碑后面的草坪上传来一阵喧闹，原来这里正在举办一年一度的"全俄契诃夫矮脚猎犬节"。讲解员颇为自豪地告诉我们，梅里霍沃每年都要举办两件具有世界影响的盛事：一是"梅里霍沃之春国际戏剧节"，每年都有世界各地的剧院来此演出契诃夫的剧作，花园里、大树下和池塘边都会成为演员们的舞台；另一盛事即"猎犬节"，全俄的矮脚猎犬爱好者会带上他们的爱犬来此参加竞赛。我们来到赛场，但见几十只与契诃夫的爱犬希娜和勃罗姆十分相像的矮脚猎犬在场上轮流亮相，一位来自德国的主裁判根据狗们的相貌和步态打出分数,并颁发等级不一的证书。梅里霍沃无疑是全俄,乃至全世界举办戏剧节的最理想舞台之一,可此类爱犬狂欢节却未必能讨得契诃夫欢心,我发现,纪念碑上的契诃夫始终梗着青铜的脖子,不愿回首一望身后的游戏。

茨维塔耶娃和她的诗歌

茨维塔耶娃是俄国白银时代最重要的诗人之一，也被布罗茨基称为"20 世纪的第一诗人"。

玛丽娜·茨维塔耶娃（1892—1941）生于莫斯科，她的父亲伊万·茨维塔耶夫是莫斯科大学艺术学教授，是莫斯科美术博物馆（今莫斯科普希金造型艺术博物馆）的创建人；她的母亲玛丽娅·梅因具有波兰、德国和捷克血统，曾随著名钢琴家鲁宾斯坦学习钢琴演奏。茨维塔耶娃后来在自传中写道："我对诗的激情源自母亲，对工作的激情源自父亲，对自然的激情则源自父母双方……"由于身患肺结核病的母亲需出国治疗，童年的玛丽娜和妹妹曾随母亲到过德、法、意等国，并在那里的寄宿学校就读，这使玛丽娜·茨维塔耶娃自幼便熟练掌握了德语和法语。1906 年母亲去世后，姐妹俩回莫斯科上学。1910 年，刚满十八岁的玛丽娜·茨维塔耶娃出版了她的第一部诗集《黄昏纪念册》，诗集得到勃留索夫、古米廖夫、沃罗申等当时著名诗人的肯定，茨维塔耶娃从此走上诗坛。1911 年，茨维塔耶娃应沃罗申之邀前往后者位于克里米亚科克捷别里的"诗人之家"别墅，在那里与谢尔盖·埃夫隆相识并相恋，1912 年 1 月，两人在莫斯科结婚。同年，茨维塔耶娃出版第二部诗集《神灯集》，这部诗集由于较多的"自我重复"而遭冷遇。主要由头两部诗集中的诗作构成的第三部诗集《两书集》（1913）出版后，其影响也远逊于《黄昏纪念册》。此后数年，茨维塔耶娃紧张写诗，佳作频出，但没有诗集面世，编成的诗集《青春诗抄》（1913—1915）并未正式出版。抒情女主人公的不羁个性及其真诚诉说，躁动感受及其复杂呈现，构成了茨维塔耶娃早期诗作的主题和基调。

1916年标志着茨维塔耶娃诗歌创作中一个新阶段的开始，此年编成，但直到1921年方才出版的诗集《里程碑》，就是标志她的诗歌成熟的一座"里程碑"。从诗歌主题上看，一方面，诗人的极端情绪化有所冷静，转向固执的自我中心主义，这一时期的抒情诗成了她"灵魂的日记"；另一方面，作者所处的时代和社会开始发生剧烈动荡，"一战"、革命、内战等社会事件相继爆发，与近乎坐以待毙的家庭生活一同，都在日复一日地强化诗人紧张的内心感受，她因此写出《天鹅营》等"现实题材"诗作，尽管茨维塔耶娃从来都不是一个关注现实的政治诗人。从调性上看，茨维塔耶娃的诗歌在这一时期出现一个转向，即歌唱性和民间性的强化。她描写莫斯科和塔鲁萨的抒情诗作，她在这一时期因接近莫斯科戏剧界而创作的一些诗体剧作和长诗等"大型体裁"，都具有较强的民间文学特征。关于茨维塔耶娃诗歌创作"民间性"的来历，后来的研究者们大感不解，因为茨维塔耶娃之前从未生活在俄国乡间（除了在父母的别墅所在地塔鲁萨小住，除了在沃罗申的别墅所在地科克捷别里做客），她也没有一位熟悉俄罗斯童话的"奶娘"或"外婆",但对俄语诗歌中"俄罗斯性"的探寻,却使她掌握了"歌唱性"这一典型的诗歌手法。俄文版七卷本《茨维塔耶娃作品集》的编者在题为《诗人玛丽娜·茨维塔耶娃》的后记中写道:"她1916年的诗就实质而言大多为歌。其女主人公其实是在歌唱自我,歌唱自己的忧伤、大胆和痛苦,当然,也在歌唱自己的爱情……"

1922年夏,获悉丈夫流亡国外,在布拉格上大学,茨维塔耶娃带着大女儿阿丽娅经柏林前往布拉格。逗留柏林期间,茨维塔耶娃出版两部诗集,即《致勃洛克》和《离别集》。在柏林的两个多月时间里,茨维塔耶娃写了二十多首诗,这些诗作后多收入诗集《手艺集》,它们体现出茨维塔耶娃诗风的又一次"微调",即转向隐秘的内心感受以及与之相关联的更为隐晦的诗歌形象和诗歌语言,茨维塔耶娃自己所说的"我了解了手艺"这句话,自身也似乎具有某种隐喻成分。1922年8月,茨维塔耶娃来到捷克,在布拉格及其郊外生活了三年多。她在艰难的流亡生活中不懈写诗,与此同时,与罗德泽维奇的热烈相恋也留下了许多诗歌杰作,其中最著名的要数长诗《山之诗》(1924)和《终结之诗》(1924)。1923年,她还出版了两部抒情诗集,即《普叙赫》和前面提到的《手艺集》。流亡捷克时期,外在生活的沉重压力和内心生活的极度紧张构成呼应,被迫的孤独处境和主动的深刻内省相互促进,使得茨维塔耶娃诗歌中关于"生活和存在"的主题不断扩展和深化。流亡捷克的三年多,是茨维塔耶娃诗歌创作的巅峰期之一,她在捷克成长为一位伟大的诗人。

1925年10月，仍旧是出于物质生活方面的考虑，茨维塔耶娃全家迁居巴黎，但是在法国，他们仍旧生活在贫困之中。由于茨维塔耶娃的桀骜个性，由于她丈夫与苏联情报机构的合作，也由于她对马雅可夫斯基等苏维埃诗人的公开推崇，她与俄国侨民界的关系相当紧张，几乎丧失发表作品的机会。在这一时期，茨维塔耶娃也将大部精力投入散文创作，写下许多回忆录和评论性质的文字，但在流亡法国的近十四年时间里，她却只写了不到一百首诗作，她曾在给捷克友人捷斯科娃的信中感慨："流亡生活将我变成了一位散文作家。"但是，1928年面世的《俄罗斯之后》作为茨维塔耶娃生前出版的最后一部诗集，作为她流亡时期诗歌创作的集大成者，其中也收有她"法国时期"的最初诗作。除抒情诗外，茨维塔耶娃在流亡期间还写作了大量长诗，除前面提到的《山之诗》和《终结之诗》外，还有《美少年》（1922）、《捕鼠者》（1925）、《自大海》（1926）、《房间的尝试》（1926）、《阶梯之诗》（1926）、《新年书信》（1927）和《空气之诗》（1927）等。在茨维塔耶娃流亡法国时期的诗歌中，怀旧的主题越来越突出，悲剧的情绪越来越浓烈，但怀旧中也不时闪现出片刻的欢乐，悲剧中往往也体现着宁静和超然，比如她在《接骨木》一诗中用顽强绽放、死而复生的接骨木作为自我之投射，在《故乡的思念》一诗中将花楸树当作故土的象征，在《书桌》一诗中将书桌当作毕生最忠诚的告白对象（其实她在很多租住地甚至连一张书桌都没有）。1938年9月，纳粹德国吞并捷克斯洛伐克，茨维塔耶娃写下激越昂扬的组诗《致捷克》，这组诗构成了她诗歌创作的"天鹅之歌"。

1937年，茨维塔耶娃的丈夫埃夫隆因卷入一场由苏联情报机构组织的暗杀行动而秘密逃回苏联，他们的女儿在稍前也已返回莫斯科。两年之后，生活拮据又置身非议和敌意的茨维塔耶娃被迫带着儿子格奥尔基（小名穆尔）返回祖国，可迎接茨维塔耶娃的却是更加严酷的厄运：女儿和丈夫相继被苏联内务部逮捕，女儿坐牢十五年，丈夫被枪毙。1941年8月31日，因为战争被从莫斯科疏散至鞑靼斯坦小城叶拉布加的茨维塔耶娃，在申请担任作家协会食堂洗碗工的申请也被拒绝，并与儿子发生了一场争吵之后，在租住的木屋中自缢。1945年，她的儿子也牺牲在卫国战争的战场上。回到苏联之后，茨维塔耶娃更无发表作品的可能，只能搞一点文学翻译，但她还是有一些零星诗作存世，我们所知的她的最后一首诗《我一直在重复第一行诗句》写于1941年3月6日，此时距她离世尚有五个多月，而在这五个多月时间里，作为一位伟大诗人的茨维塔耶娃却很有可能始终不曾动笔写诗。

无论在生活中还是在诗歌创作中，茨维塔耶娃都体现出了十分鲜明的个性。在她刚刚登上诗坛后不久，当时的诗界首领勃留索夫在肯定她的第一部诗集之后却对她的第二部诗集有所微词，茨维塔耶娃立即连续写出两首以《致勃留索夫》为题的诗作，予以反驳和讥讽；1921年2月，她曾在莫斯科一场诗歌晚会上公开朗诵她的组诗《顿河》，歌颂"像白色的鸟群飞向断头台"的白军，而台下的听众主要是红军士兵，当时国内战争已基本结束，苏维埃政权得到巩固，在这样的背景下，身为失踪白军军官之妻的茨维塔耶娃居然敢在大庭广众之下朗读她的白军"颂歌";1928年,马雅可夫斯基访问巴黎时遭到俄国侨民界的冷遇和敌意,茨维塔耶娃却出面接待马雅可夫斯基,并在报上发表题为《致马雅可夫斯基》的文章,称"真理"和"力量"都在马雅可夫斯基一边,在茨维塔耶娃保留下来的这张报纸上有她的一行批注:"为此我立即被赶出了《最新消息报》。"《最新消息报》是巴黎最重要的俄侨报纸,茨维塔耶娃因此基本丧失了在俄侨报刊上发表诗文的机会。这就是茨维塔耶娃的个性,无论何时何地,她总是显得"不合时宜"。这种个性或许是家族的遗传,是天生的性格,也或许是颠沛流离的童年生活、父母的早亡等生活经历所导致的后果,但更可能的是,她的个性和她的诗歌是互为因果的,是相互放大的。独树一帜的个性是成为一位优秀诗人的必要前提之一,而诗歌作品,尤其是一首抒情诗作,也可能成为个性的最佳表达方式,成为个性的塑造手段。

在茨维塔耶娃自由、孤傲的个性中,积淀着这样两个基本的性格因素,即真诚和不安。诗贵在真诚,一个好的诗人首先必须是一个真诚的人。真正的诗容不下,也藏不住虚假,因此,认真的诗人们在现实生活中往往表现得像个大孩子。茨维塔耶娃的为人和作诗都体现着真诚,她仿佛不想隐瞒什么,不想装扮自己,只求把原本的个性真实地表现出来。茨维塔耶娃对爱情主题的诉诸就颇具典型意义,布罗茨基因此称茨维塔耶娃是"最真诚的俄罗斯人"。1908年,勃洛克曾在《库利科沃战场》一诗中写道:"我们在梦境里才有安宁。"这一名句几乎成了大多数诗人的谶语,尤其是对于白银时代的俄语诗人而言,尤其是对于白银时代最为"不安"的诗人茨维塔耶娃而言。她将"生活与存在"当成她的主要诗歌命题,或者说,当成她的诗歌创作中主要的思索对象,在这一总的命题之下,她思索苦难以及对于苦难的态度,思索诗人以及诗人的身份认同问题,思索爱以及爱的本质和意义。或是由于内心激情的涌动和生存状态的刺激,或是关于个人命运和文化命运的担忧,她的诗始终贯穿着一种不安的情绪主线。这种焦虑感的真诚表露,构成了她诗歌的主要风格特征之一。茨维塔耶娃的诗像是一种"独白的诗",这分明是一个个体在吐露心曲,但这一个体是一个深刻体验过多种生活的天才演员,因此她的诉说就不再仅仅是一个个体的声音;她分明是在面向众人诉说,却又像是在自言自语,并不关心听众的反应。茨维塔耶娃的长诗情节性不强,但她的抒情诗却因充满细节和情节而具有戏剧性;诗人真诚的天性使她不能不吐出内心的一切,而焦虑的人生态度又让她难以以表现自我为满足。于是,才有了这种充满内心冲突的抒情主人公以及她时而为自我忏悔、时而为醒世之言、时而是激动的、时而是苦闷的独白。布罗茨基在茨维塔耶娃的诗中听出了这种独特的调性:"在她的诗歌和散文中,我们经常听到一个独白;但这不是女主人公的独白,而是由于无人可以交谈而作的独自。这一说话方式的特征,就是说话人同时也是听话人。民间文学——牧羊人的歌——就是说给自己听的话:自己的耳朵倾听自己的嘴。这样,语言通过自我倾听实现了自我认知。"茨维塔耶娃本人在《终结之诗》中也有过相似的表达,即:"生活全在肋骨!/它是耳朵,也是回音。"耳朵"（yxo）和"回音"（эхo）构成一对意味深长的韵脚。

茨维塔耶娃诗歌个性的首要表达方式，就是其独特的诗歌语言。茨维塔耶娃的诗中充满隐喻，而且，她的一首诗，甚至是一部长诗，往往就是建立在一个大隐喻之上的，自身就是一个拉长的隐喻，组合的隐喻。比如《接骨木》一诗，从春天里淹没花园的绿色波浪写起，写到接骨木花朵像火焰、像麻疹的盛开，然后是冬季，它的浆果像珊瑚，像鲜血，这意味着接骨木的被处决，意味着"一切血中最欢乐的血：/心脏的血，你的血，我的血……""一丛孤独的接骨木""能代替我的艺术宫""我想把世纪的疾病称作/接骨木……"窗外历经一年四季的接骨木树丛，由此成为"我"的生活和人类存在的象征物。在《山之诗》中，茨维塔耶娃将布拉格的佩伦山文学化，用来象征她与罗德泽维奇那场刻骨铭心的爱情。在茨维塔耶娃与罗德泽维奇热恋的这段时间，茨维塔耶娃租住在佩伦山坡上的一户人家，他们两人经常一起爬山，佩伦山于是成了他俩热烈爱情的见证人，也成了茨维塔耶娃心目中爱情的等价物。在《山之诗》中，茨维塔耶娃将佩伦山写成情感的高峰，将她与罗德泽维奇的爱情比喻成登山之旅。另一部长诗《终结之诗》也建立在一个巨大的隐喻之上。这部长诗共十四章，这可不是一个偶然的数目，而是茨维塔耶娃有意为之的设计。她在关于此诗的写作计划中直截了当地写道："在写一部分手之诗（另一部）。完整的十字架之路，展示每个阶段。"

立陶宛诗人温茨洛瓦在他的《茨维塔耶娃的〈山之诗〉〈终结之诗〉与〈旧约〉〈新约〉》一文中对茨维塔耶娃的这一设计作了更为具体的说明:"在最终文本中,长诗分作十四章。这个初看上去并不具宗教含义的数字,实际上包含这一意义:它恰好是与十字架之路,即天主教传统中苦路的十四个阶段相呼应的。"也就是说,茨维塔耶娃在诗中把她道别爱情的过程比作耶稣背负十字架走向各各他的苦路。尽管《终结之诗》中十四个章节的内容并不完全与苦路十四站的情景一一对应,但背负十字架一步步走向受难地的耶稣,却无疑就是长诗中一步步走向分手的抒情主人公的象征,她的十字架就是她的恋爱对象,更确切地说,就是她的爱情。茨维塔耶娃曾这样定义爱情:"爱情,就是受难。"也就是说,在她的意识中,爱情往往不是幸福、索取和生存,而是伤害、给予和毁灭。在俄语原文中,《终结之诗》这一标题中的"终结"(Конец)一词是以大写字母开头的,这是在暗示我们,"终结"本身就是长诗中另一个隐在的主人公,它作为一个硕大的象征,构成"爱情苦路"这一整体隐喻的核心。这对恋人分手途中的每一个阶段都是朝向"终结"的迫近,同时也是对"终结"的消解;"终结"既指爱情的终结,世俗生活的终结,甚至世界的终结,但"终结的终结"也意味着新的开端,亦即灵魂的净化、爱的复活,乃至存在的无垠。

茨维塔耶娃诗歌的突出特征之一,就是多种文学和艺术体裁的因素在她诗歌中的渗透。首先,茨维塔耶娃的诗不论长短,都写得十分酣畅,虽随意却不显零乱,虽自然却不失精致,带有一种明显的"散文风格"。布罗茨基在评论茨维塔耶娃的散文时曾说："散文不过是她的诗歌以另一种方式的继续。"其实，在她转向散文写作之前，散文因素早已渗透进了她的诗歌，她将散文的因素融合进诗歌，又将诗歌的因素带入散文。她的诗有散文风，是散文化的诗；她的散文更具诗味，是诗化的散文。诗与散文的界限在她的创作中被淡化了，模糊化了。作为其结果，她的诗与散文均双双获益。其次，是戏剧因素在茨维塔耶娃诗歌中的显著作用。茨维塔耶娃的诗很有画面感，而这些画面又时常是流动的，就像不断变幻的戏剧舞台。茨维塔耶娃同时是一位杰出的剧作家，在1918至1920年间，她一度与瓦赫坦戈夫剧院等莫斯科多家剧院关系密切，创作出一系列浪漫主义剧作；"诗剧"也一直是她心仪的文学体裁之一。更为重要的是，她的诗作无论长短，往往都有着紧张的冲突、剧烈的突转和激烈的对白，似乎稍加扩充，就会变成一部舞台剧本。《终结之诗》无疑就是男女主人公的一出对手戏，诗中不时出现两位主人公的直接引语，就像剧本中的台词，而且，"这种对话酷似网球比赛，词句像来回飞舞着的网球"；长诗中还多次出现被置于括号内的舞台提示，如"（鹰一样环顾四周）""（断头台和广场）"等。广义地说，《终结之诗》整部长诗就是两位主人公的舞台对白。此外，长诗中的舞台"背景音"也此起彼伏，如汽笛、雷霆、笑声、交谈、手指的鼓点、耳朵的轰鸣、声音洪亮的厂房、红色过道的哗啦声、空心的喧嚣、锯子穿透睡梦、脚掌的叹息、接缝的崩裂、妓女的笑声等。这些声响与主人公简短的对话形成呼应，也是长诗舞台效果的重要来源之一,这使我们联想到茨维塔耶娃说过的一句名言:"帕斯捷尔纳克在诗中是看见,我在诗中是听见。"最后,茨维塔耶娃的诗作又是高度音乐性的,她曾自称她继承了母亲对"音乐和诗"的爱好,这种"爱好"是融化在血液中的。她的篇幅较长的诗,多具有交响乐般的结构,具有呈示、发展和再现等不同阶段;她的短诗则如歌曲,具有前文提及的浓烈的"歌唱性"。在俄语诗人中,茨维塔耶娃是最受作曲家青睐的诗人之一,肖斯塔科维奇等著名音乐家曾将她的许多诗作谱成歌曲,这并非偶然。

茨维塔耶娃的诗歌语言别具一格,具有很高的识别度,这种茨维塔耶娃诗语呈现出这样一些特征:首先,是多种格律的混成。俄国学者伊万诺夫在对茨维塔耶娃《终结之诗》的格律和节奏进行细致研究后发现,诗人在这部长诗中采用了十余种格律,如常用的抑扬格、扬抑格、抑抑格、抑扬抑格和扬抑抑格,还有比较罕见的混合格和三音节诗格变体,也就是说,茨维塔耶娃在一部诗歌作品中几乎运用了俄语中所有的诗歌格律形式,而且,所有这些格律还与不同的音步搭配,即分别搭配两音步、三音步和四音步,从而组合出变化多端的诗歌格律。不过,伊万诺夫同时也发现,《终结之诗》尽管存在"格律的多样",却又神奇地具有"节奏的一致"。即便在茨维塔耶娃的短诗中,也时常会出现不同的格律。其次,是诗节的创新。所谓"诗节创新",是第一部研究茨维塔耶娃的专著的作者赛蒙·卡尔林斯基提出的,指的是茨维塔耶娃与众不同的诗节构成方式,即她写诗不再遵守一句一行、若干行一段的传统诗节定式,而是依据情感的涨落来进行诗节的划分，在规范中插入不规范。俄语诗歌的形式较为传统，一般为一句一行，四句（或六句、八句）一节，押严格的韵脚，这一传统一直持续到茨维塔耶娃开始创作的20世纪初。当时，虽然不是每一个诗人在每一首诗中都严格遵循传统的诗律，但如茨维塔耶娃这样大胆的诗节划分诗还是比较少见的，她有近一半的诗均未自始至终保持一成不变的诗节。第三，是断句移行。在茨维塔耶娃的诗中，移行可能出现在任何地方，即她并不永远在标点符号处移行，而是依据内在的韵律和停顿来断句，这样的做法不仅凸显了作者的主观感受，而且还以一个强加的停顿去刺激读者，同时，这种做法还能极大地扩大诗语的可能性，为韵脚的选择和音步的安排提供更大的自由。有时，茨维塔耶娃甚至将某一个词拦腰截断，分别置于上行的末尾和次行的开端，这大约就是布罗茨基在评论茨维塔耶娃的语言风格时所言的"语义移行"（semantic enjambment）。第四，是别出心裁的词法。斯洛尼姆说："她喜欢采用追溯词根的方法。她通过去掉前缀、改变词尾及一两个元音或辅音（有点像法国的超现实主义者）而成功地解释各种词语的原始意义。她巧妙地运用了语音学，从声音的接近中得到词语的新意义。"她喜欢使用最高级形容词，有些还是她自造的最高级形容词，如"超无意义的词汇""最基督的世界"等；她会用一个连字符来关联两个单词，或拆开某个单词，以凸显新的含义。顺便说一句，茨维塔耶娃的这种"构词法"，似乎很难在任何一种语言的译文中获得等值的再现。最后，是跳跃式的省略。语言的简洁和意象的跳跃，是茨维塔耶娃诗歌的一大特色，急促的节奏间布满一个又一个破折号，使人感觉到，茨维塔耶娃似乎永远来不及写尽她的思想和感受。布罗茨基注意到茨维塔耶娃诗歌中的这个标点符号，并说她的这一"主要的标点符号"，"不仅被她用来说明现象的类同，而且还旨在跳过不言自明的一切"，"此外，这一符号还有一个功能：它删除了20世纪俄国文学中的许多东西"。面对这由一个又一个破折号造成的意义的空白，置身于由各种跳跃所形成的语义停顿，读者感受到了一种阅读的刺激和挑战，被迫用积极的思考和想象来还原作者的情感过程，这大约就是茨维塔耶娃所说的"阅读是创作过程的同谋"一语的含义吧。

多变的格律和急促的节奏，洗练的句法和陌生化的词法，紧张的对话和戏剧化的冲突，所有这些诗歌手法合为一体，共同营造出一种极度的紧张感和不和谐感。一位《终结之诗》的研究者将这部长诗的总体美学风格定义为"临界诗学"，这个说法似乎也可以用来概括茨维塔耶娃的整个诗歌创作。

作为诗人的茨维塔耶娃，她在俄国文学史中的价值和意义至少体现在这样几个方面：首先，她是白银时代最为杰出的诗歌代表之一。19世纪末、20世纪初的白银时代是俄国文学史中继黄金时代后的又一个文学繁荣期，俄国再度出现"天才成群诞生"的壮观景象。白银时代是俄国的"文艺复兴"，是一个文化的时代，更是一个文学的时代，诗歌的时代，在这一时期，象征派、阿克梅派、未来派等诗歌流派相继崛起，各领风骚，每一流派均推出了其代表诗人，如象征派的勃洛克和勃留索夫，阿克梅派的阿赫马托娃和曼德尔施塔姆，未来派的马雅可夫斯基和帕斯捷尔纳克等，而唯一一位从未加入任何诗歌流派、却又成为白银时代最杰出诗歌代表的诗人，就是茨维塔耶娃，她鲜明的个性和独特的诗风就像一面鲜艳的旗帜，孤独地飘扬在白银时代的诗歌巅峰之上。

其次，茨维塔耶娃是俄国文学史中最早出现的女性大诗人。在茨维塔耶娃之前，俄国文学主要是一种"男性文学"，黄金时代的一流作家和诗人中间很少看到女性的身影，直到白银时代，一大批女性作家和诗人，如阿赫马托娃、吉比乌斯、苔菲等，才突然涌现，使俄国文学成为真正的男女声重唱。茨维塔耶娃几乎与阿赫马托娃同时登上诗坛，阿赫马托娃的第一部诗集《黄昏集》出版于1912年，而茨维塔耶娃的第一部诗集《黄昏纪念册》出版于1910年。这两位伟大的女诗人不仅以女性的身份步入俄国诗坛，更把女性的情感、女性的主题、女性的立场带进了俄语诗歌。两人的早期抒情诗大多为爱情诗，抒写爱情给抒情女主人公带来的悲剧感受。但是，如果说阿赫马托娃形式严谨的诗作主要是用细节来传导女主人公细腻的内心活动，茨维塔耶娃则更多地用奔放的诗句直接道出女主人公的执意，甚至决绝，因此可以说，较之于阿赫马托娃，茨维塔耶娃的诗似乎更具"女性主义"意识。试比较一下她俩各自的一首名诗，即阿赫马托娃的《最后一次相见的歌》（1911）和茨维塔耶娃的《我要收复你》（1916）。阿赫马托娃在诗中写道：

胸口无援地发冷，

但我的脚步还算轻快。
我在用我的右手
把左手的手套穿戴。

楼梯仿佛很漫长，
但我知道它只有三级！
秋风在槭树间低语：
"求求你，和我一同死去！"

……

这就是最后一次相见的歌。
我打量黑暗的房间。
只有几支冷漠的蜡烛，
在卧室抖动昏黄的火焰。

此诗用"我在用我的右手／把左手的手套穿戴"这一著名"细节"，绝妙地体现了女主人公内心的慌乱，它与后面送别的"楼梯"、痛苦的"秋风"和卧室的"烛光"相叠加，透露出一位与爱人（爱情）分手的女性深刻的悲伤；但是，此诗也表达了女主人公的克制，分手时她并未忘记戴上手套，面对一切她试图表现得从容和坦然一些。对痛苦内心的深刻体验和体验之后的努力克制，是阿赫马托娃这首诗乃至她整个早期诗歌总的情绪特征。和《最后一次相见的歌》一样，茨维塔耶娃的《我要收复你》大约也是一首"失恋诗"，但女主人公的态度却大相径庭：

> 我要收复你，从所有土地，所有天空，
> 因为森林是我的摇篮，坟墓是森林，
> 因为我站在大地，只用一条腿，
> 因为我为你歌唱，只有我一人。
>
> 我要收复你，从所有时代，所有夜晚，
> 从所有金色的旗帜，所有的宝剑，
> 我扔掉钥匙，把狗赶下台阶，
> 因为在尘世的夜我比狗更忠诚。
>
> 我要收复你，从所有人，从某个女人，
> 你不会做别人的夫，我不会做别人的妻，
> 我要从上帝那里夺回你，住口！——
> 在最后的争吵，在夜里。
>
> 但我暂时还不会为你送终，
> 哦诅咒！你依然留在你的身边：
> 你的两只翅膀向往天空，
> 因为世界是你的摇篮，坟墓是世界！

此诗中的女主人公坚定自信，声称要从"所有土地""所有天空""所有时代""所有夜晚"收复你，"要从上帝那里夺回你"，而且，"我暂时还不会为你送终"！显而易见，茨维塔耶娃的"女性立场"是更为激进的。茨维塔耶娃的诗歌创作在当年就引起了众多女性读者的共鸣和崇尚，在她以及阿赫马托娃等女性诗人出现之后，一代又一代俄罗斯女性仿效她俩，拿起笔来写诗，从此之后，女性声音便成了俄国文学，尤其是俄语诗歌中一个水量丰沛的潮流，一种硕果累累的传统。

第三，茨维塔耶娃极具现代感的诗歌创作构成了俄语诗歌发展进程中的一个路标。前文谈及茨维塔耶娃诗歌语言的诸多"现代"特征，这里再以她的长诗《终结之诗》为例，来说明她的创作的"先锋性"。《终结之诗》是一部地道的"20世纪长诗"，所谓"20世纪长诗"，是比照传统的"19世纪长诗"而言的。以拜伦的《唐璜》、普希金的《叶夫盖尼·奥涅金》等为代表的"19世纪长诗"大多表现为"诗体的叙事"，其中有着统一的情节和统一的格律，而到了茨维塔耶娃写作《终结之诗》的1920年代，世界诗歌中却突然出现一种新的长诗形式，或曰长诗写作的新范式，其特征总体说来，就是篇幅和体量的缩减，故事情节的淡化，抒情性和主观性的加强，作品呈现出碎片化、印象式、象征性等趋向。我们注意到，在茨维塔耶娃写作《终结之诗》的前后，勃洛克写出《十二个》（1918）和《报复》（1921），马雅可夫斯基写出《穿裤子的云》（1916）和《关于这个》（1923），帕斯捷尔纳克写出《施密特中尉》（1925—1927），T.S.艾略特也写出《荒原》（1922）。众多大诗人在长诗写作范式方面这种"不约而同"的尝试应引起我们的关注和思索，而且，长诗体裁自身的这一变化也是与世界范围内现代派诗歌的生成密切相关的，理解了这一点，便不难理解茨维塔耶娃的《终结之诗》在世界诗歌发展史中显明的"路标转换"意味，而在整个俄语诗歌的发展过程中，茨维塔耶娃和她那个时代的许多大诗人一样，也是从古典向现代转向过程中的"里程碑"。

最后，茨维塔耶娃的一生构成了20世纪俄语诗人悲剧命运的一个象征。茨维塔耶娃的一生是饱经磨难的一生：她很早就失去父母；她成为一位成熟诗人之时，恰逢俄国革命爆发，她的生活一落千丈，丈夫失踪，小女儿饿死，孤女寡母相依为命；她"俄罗斯之后"的流亡生活持续长达十七年，其间始终居无定所，在极度的贫困中度日；返回苏联后，她和她的家人又无一例外地遭遇厄运……她似乎在用她真实的生活际遇，图解她自己给出的一个关于诗人和诗歌创作的定义：诗人就是犹太人，就是永远被逐的人；写诗就是殉道，就是一种受难的方式。

茨维塔耶娃的布拉格

一

我们乘坐的 HU7937 航班经过十个小时的飞行，于 7 月 16 日清晨抵达布拉格；将近一百年前，1922 年 8 月 1 日，茨维塔耶娃自柏林抵达这座城市，她乘坐的是火车，当时的航空交通还不发达，逃亡中的茨维塔耶娃也买不起机票，她一生从未坐过飞机，她说她害怕飞机，害怕一切高速运动的东西，她在布拉格的友人回忆，她从来不敢独自一人过马路，而总要紧紧抓住同行者的手，东张西望、脚步急促地穿过马路，嘴里还不停地嘀咕："汽车可真是个怪物！"茨维塔耶娃对运动和速度的恐惧，似乎与她永远激荡的内心生活、与她诗歌中无处不在的跌宕和跃进形成了巨大反差。

步出登机桥，看到航站楼上的一行大字："瓦茨拉夫·哈维尔机场"（Václav Havel Airport）。这可能是世界上唯一以文学家的名字命名的国际机场，不过，我想象着茨维塔耶娃就走在我们身边的人群中，她提着寒酸的行李，牵着十岁的女儿阿丽娅，高傲地昂着诗人的头颅，看到哈维尔的名字后她摇了摇头，有些不屑地说道："还不是因为这位文学家后来当上了总统。"

此番应《十月》杂志社和徐晖、韩葵夫妇邀请来布拉格十月作家居住地小住，主要目的就是寻访茨维塔耶娃留在布拉格的痕迹。1922年8月至1925年10月，茨维塔耶娃在布拉格生活了三年多。这是她生活中颠沛流离、捉襟见肘的三年，后来却被她视为一生中最幸福的时光。当年三十多岁的茨维塔耶娃风华正茂，在异国他乡顽强生存，在持家、恋爱、生子的同时不懈地写作，登上了她创作的高峰。三年三个月的时间里，茨维塔耶娃共写下一百三十九首长短诗作，平均每周一首，显示出旺盛的文学创造力，可以说，正是在布拉格，茨维塔耶娃成长为了一位世界级的大诗人。

二

布拉格最著名的去处或许就是查理大桥，桥面上终日人流如织，人们踩着古老的石头桥面散步，或凭栏欣赏伏尔塔瓦河两岸的风光，或端详桥上鳞次栉比的巨大雕塑，却很少有人注意到大桥靠近古城堡一端的一尊骑士雕像。这雕像不知为何竟被置于桥墩之上，需俯视方能看见，这便是茨维塔耶娃的"布拉格骑士"。

雕像上的人物是捷克民间传说中的英雄布隆茨维克，石质雕像上的武士头戴盔甲，左手扶着放在脚边的正方形巨大盾牌，右手持一把笔直细长的利剑，黑色的石头与金色的宝剑构成强烈的明暗对比，一如静立的雕像与其背后流动的河水构成的静动反差。来到布拉格后不久的茨维塔耶娃，一次在友人斯洛尼姆的陪伴下游览查理大桥，斯洛尼姆把藏在桥下的骑士雕像介绍给茨维塔耶娃，女诗人看到后兴奋不已，惊呼道：他太像我了！

把茨维塔耶娃布拉格时期的照片与这位骑士的面容做比较，老实说，我们很少能看到两者的相像。布拉格骑士脸庞瘦削，眉清目秀，表情安静，而茨维塔耶娃却是宽脸庞，浓眉大眼，五官都洋溢着冲动和激烈。但茨维塔耶娃坚持认为这位骑士像她，一定有着她的逻辑：首先，这位骑士的面容倒是与茨维塔耶娃的丈夫埃夫隆的相貌十分接近，而埃夫隆毕竟是年轻的茨维塔耶娃一见钟情并以身相许的男人，茨维塔耶娃在布拉格疯狂爱上的另一位男人罗德泽维奇长得也很像这尊雕像，也就是说，布拉格骑士长着一副茨维塔耶娃喜欢的男性面容；其次，茨维塔耶娃一贯欣赏女人身上的男性特征和男人身上的女性特征，这位富有阴柔韵味的布拉格骑士，在茨维塔耶娃看来或许就是男女两种性别特征的结合，或曰矛盾组合，是不协调的协调，是对立的统一，这是会让茨维塔耶娃心动的一种组合状态；最后，在茨维塔耶娃对这位骑士的情感中，无疑掺杂着某种同情和怜悯，这位骑士毕竟只是一位骑士，比不上查理大桥栏杆上的高大雕塑，那些雕塑形象不是神话人物、宗教圣人，便是帝王将相，而一位普通的骑士是难以与他们平起平坐的，因此被放在了桥墩上。那些大型雕像需要仰视，即便你不仰视它们，它们也会俯视你，而这位骑士却被所有人俯视着，或者说被忽略着，他的这种处境一定会引起茨维塔耶娃的同情。

在与斯洛尼姆一同散步查理大桥后不久，茨维塔耶娃写出一首题为《布拉格骑士》的诗：

苍白的脸庞，
世纪水声的守卫——
骑士啊，骑士，
紧盯着河水。

（哦我能否在河里找到
嘴唇和手的宁静？！）
守——卫——者，
在离别的岗位。

誓言，戒指……
是啊，但石头扔进河，
我们这样的人有过多少，
在四个世纪！

进入河水的自由
通行证。让玫瑰开放！
他扔出，我冲过去！
就这样报复你！

我们不累——
激情至今尚存！

用大桥复仇。
张开翅膀吧!

向着泥潭,
向着锦缎般的河水!
桥面的错,
如今我不哭!

"从命定的桥上
跳下,别怕!"
我身高与你相同,
布拉格骑士。

无论甜蜜还是忧郁,
你都看得更清楚,
骑士啊,你在守护
岁月的河。

"我身高与你相同",茨维塔耶娃就这样写出了她与布拉格骑士本质上的相像;在对岁月的河的守护中,在对跃入河水的冲动的不断抑制中,在对命中注定的守护角色既不认同,又无法逃避的痛切感受中,她深刻地理解了这位布拉格骑士,或者说,她把自己流亡捷克时的内心感受一股脑儿投射在这位布拉格骑士的身上。这首写于 1923 年 9 月 27 日的诗,因此成为茨维塔耶娃最著名的诗作之一,而查理大桥一端的布拉格骑士也由此成为 20 世纪俄语诗歌中的一处"名胜"。

离开捷克后,茨维塔耶娃始终惦记着查理大桥上这位"守护着河水的小伙子",在寄往布拉格的书信中,她一遍又一遍地重复:"我的骑士""我的布拉格兄弟""我命中注定的同貌人""我在布拉格有位男朋友,他的脸长得很像我"……她数次求人给她往巴黎邮寄布拉格骑士的照片或肖像:"有没有一幅他的画像,更大一些,更清楚一些,比如版画?我会把它挂在书桌上方。如果我有一位护佑天使,就应该带有他的面孔,他的狮子,他的宝剑。"茨维塔耶娃的捷克友人捷斯科娃后来果真给她寄去了一幅布拉格骑士的画,这幅画被茨维塔耶娃视作最珍贵的艺术品,在颠沛流离的生活中一直带在身边。

三

布拉格十月作家居住地的窗户正对着一座山,即布拉格著名的佩伦山。佩伦是斯拉夫原始宗教中的雷神,这座不高的山因为这个高贵的名称而具有了特别的含义。无论是在茨维塔耶娃的心目中,还是在布拉格的文学地图中,这座并不高大的山都有着超越它自身的海拔高度。

茨维塔耶娃有一部题为《山之诗》的长诗,写的就是这座山,也写于这座山上(此山南坡的一幢小楼),在《山之诗》开篇的"献诗"中，茨维塔耶娃写道：

> 颤抖，山从肩头卸下，
> 心却在爬山。
> 让我来歌唱痛苦，
> 歌唱我的山！
>
> 无论现在还是往后，
> 黑洞我都难以封堵。
> 让我来歌唱痛苦，
> 在山的顶部。

这是一部"山之诗"，也是一部"爱之诗"，它记录了茨维塔耶娃一生中最刻骨铭心的一场爱情。1923年8月，来到布拉格刚好一年的茨维塔耶娃疯狂地爱上了康斯坦丁·罗德泽维奇（1895—1988），这位风度翩翩的男人是茨维塔耶娃的丈夫埃夫隆在布拉格查理大学的同学。罗德泽维奇生于彼得堡，比茨维塔耶娃小三岁，大学未毕业他便参军，成为黑海舰队水兵，十月革命期间两次转换身份，先成为红军，后随白军流亡海外，在1920年代初来到布拉格，获捷克政府奖学金，成为查理大学法律系学生。1926年底，罗德泽维奇来到法国，在巴黎大学继续学习法律，同时接近法国左翼政党；1936年他投身西班牙内战，在国际纵队任军事专家；"二战"时期他参加法国抵抗运动，曾被关进纳粹集中营，战后留在法国，据说身为苏联特工。晚年，罗德泽维奇成为一位艺术家，曾创作一尊茨维塔耶娃的木雕头像。

罗德泽维奇保存了茨维塔耶娃写给他的所有书信，并在1960年把它们转交给茨维塔耶娃的女儿阿丽娅，后者把这些信原封不动地封存起来，但其中两封（9月22、23日）被转交者私自复印，因而流传开来，通过这两封信中的只言片语，我们不难感觉出茨维塔耶娃当时的情感之炽烈：

> 我第一次爱上有福的人，或许是第一次寻求幸福而非伤害，想获得而非给予，想生存而非毁灭！我在您身上感受到一种力量，这是我从未有过的体验。
>
> 您在我的身上创造了奇迹，我第一次感觉到了天和地的统一。
>
> 啊，您多么深沉，多么实在！您无比优雅，又极其淳朴！您是教会我人性的游戏高手。我和您在相遇之前似乎不曾活在世上！对于您，我就是灵魂；对于我，您就是生命。
>
> 离开您，抑或您不把我放在心上，我就难以活下去。只有通过您，我才能热爱生活。您如果放开手，我就会离开，不过会更加痛苦。您是我第一根，也是最后一根支柱！
>
> 您是我的救星，让我把生死置之度外吧，您就是生命！（上帝啊，因为这幸福饶恕我吧！）
>
> 我把你黑发的脑袋揽入怀中。我的眼睛，我的睫毛，我的嘴唇。

朋友，记住我吧。

茨维塔耶娃改称爱人的姓氏，称他为"拉德泽维奇"（Радзевич）而非"罗德泽维奇"（Родзевич），因为"拉德泽维奇"有"欢乐之子"的意思。然而，就像茨维塔耶娃一生中所有火一般的爱情一样，这段始于秋天的罗曼史也仅持续数月，在冬季便开始暗淡了。后来，罗德泽维奇娶俄国宗教哲学家谢尔盖·布尔加科夫的女儿玛丽娅为妻，茨维塔耶娃则留在了丈夫身边。不过，作为这场爱情之文学结晶的《山之诗》（以及另一部长诗《终结之诗》和抒情诗《嫉妒的尝试》等作品），却构成茨维塔耶娃布拉格时期诗歌创作，乃至她整个文学创作的巅峰。在茨维塔耶娃与罗德泽维奇热恋的这段时间，茨维塔耶娃租住在佩伦山坡一户人家，两人经常一起爬山，佩伦山于是就成了他俩热烈爱情的见证人，也成了茨维塔耶娃心目中爱情的等价物。

在《山之诗》中，茨维塔耶娃将佩伦山写成情感的高峰，将她与罗德泽维奇的爱情比喻成登山之旅。在长诗的开头，"那山像新兵的胸口，/新兵被弹片击中。/那山渴望少女的唇，/那山在希求/盛大的婚礼"，这座山"不是帕那索斯，不是西奈，/只是兵营似的裸丘，""为何在我眼中/……/那山竟是天堂？"然而，激情、爱和幸福都像山一样，终归是有顶峰的，"据说，要用深渊的引力/测量山的高度"，于是，"山在哀悼（山用苦涩的粘土/哀悼，在离别的时候），/山在哀悼我们无名的清晨/鸽子般的温柔"；"山在哀悼，如今的血和酷暑/只会变成愁闷。/山在哀悼，不放走我们，/不让你爱别的女人！""痛苦从山开始。/那山像墓碑把我压住"，但是，这座山又是"火山口"，蕴藏着愤怒的熔岩，这将是"我""记忆的报复"！

爱情是一座山，需要两个人携手攀爬，但爬到山顶之后却面临两种选择：要么原路返回，这就意味着注定要走下坡路，越来越低；要么追求更高，这就意味着从山头跃起，短暂地飞向高空。如此一来，佩伦山在茨维塔耶娃的诗中便从爱情之山转化为存在之山，构成了关于人类存在之实质的巨大隐喻。或许正因为如此，茨维塔耶娃才在《山之诗》中运用了这对令人震惊的韵脚：山/痛苦（ropa/rope）。

傍晚，当夕阳渐渐西沉，或粉或金的云彩会在佩伦山背后的天空聚汇成一幅缓慢流动的水彩画；待天完全黑下来，山就会显得雄伟起来，黑压压一片绵延在地平线上，而山坡上此起彼伏的灯火则像一只只不知疲倦的眼睛，看向我们住处的窗口；夜深之后，山的轮廓线才渐渐隐去，与夜幕融为一体，于是，山坡上的零星灯火也就与天上的繁星连成了一片。

四

佩伦山南坡瑞典街51/1373号，是茨维塔耶娃在布拉格市区的故居。1923年9月2日，茨维塔耶娃一家租住此处，直到1924年5月。茨维塔耶娃住进这幢房子后心情愉悦，她在给友人的信中写道："我在布拉格一切都好：一扇巨大的窗户敞向整个城市，敞向整个天空，阶梯构成的街道，远方，火车，雾。"

如今这里像是布拉格的富人区，沿着整洁的坡道向上走去，路边是一幢接一幢风格各异的别墅，绿树掩映着庭院，门前和露台上鲜花盛开，身边不时有几辆高级轿车静静地驶过。茨维塔耶娃一家住了近一年的这幢两层小楼，从外貌上看与当年留下的照片并无二致，绿色的铁皮屋顶像是给小楼扣上一顶硕大的钢盔，淡黄色的外壁与四周的绿树构成色彩上的呼应，房子侧面有一道长长的阶梯，阶梯的末端消失在一片幽静的树林中。房子正中有一个露台，露台四周围着半圆形的铁栏杆，房屋立面的左侧有两个门牌号，较小的蓝色号牌上标明"51"，稍大的红色号牌上却写有"1373"，据说蓝牌上写的是街道编号，而红牌上写的是布拉格第五区的编号。正门的右侧悬挂着一面纪念铜牌，铜牌右上角有茨维塔耶娃的头像浮雕，浮雕的左侧和下方镌刻着这样几行捷克文字：

致捷克

人民，你不会死去！
上帝在将你护佑！
让石榴石成为心脏，
让花岗岩成为胸膛。

俄国诗人
玛丽娜·茨维塔耶娃
1923 至 1924 年间曾在此生活和创作

纪念牌上的诗句引自茨维塔耶娃的组诗《致捷克》。1939年3月，纳粹德国吞并捷克斯洛伐克，当时侨居法国的茨维塔耶娃闻之义愤填膺，很快写出对捷克人民饱含深情的组诗《致捷克》。布拉格人为茨维塔耶娃的故居设置纪念牌，并引用此诗，显然是对茨维塔耶娃的"捷克情结"的一种回报。

看到这幢"豪宅"，人们往往会惊叹于茨维塔耶娃当年流亡生活的舒适和惬意，殊不知茨维塔耶娃一家仅仅租住了这幢房子阁楼上的一个房间，即便如此，茨维塔耶娃当年也十分满意；尽管在莫斯科市中心长大的"城里人"茨维塔耶娃曾将这幢小楼所处的区域称为"郊外"，可这幢小楼实际上却是她整个捷克流亡期间在布拉格市区的唯一固定住处，其余时间她都落脚在距布拉格数十公里远的真正的郊外；看到这幢房子前的纪念铜牌，人们不禁为布拉格人对茨维塔耶娃的怀念而心生感激，但楼前高高的栏杆和铁门上崭新的电子门锁，以及停在楼前的几辆豪华轿车，却又形成一种拒斥，似乎在有意与茨维塔耶娃当年的生活构成反差，划清界限；楼前有一条路，左拐向山上延伸，这大约就是茨维塔耶娃和罗德泽维奇"登山"时常走的路，而楼的一侧那道通向树林的漫长阶梯，则有可能是茨维塔耶娃独自下山的必经之路，据说她在接到书信后便会走下阶梯，在树林深处找一个地方坐下来仔细阅读。

茨维塔耶娃住在这幢楼里的时候，自柏林到布拉格的纳博科夫曾来此造访茨维塔耶娃，看来，纳博科夫对这幢小楼很满意，他后来出资租下这套住宅，让他侨居布拉格的母亲和姐妹住在了这里。

五

布拉格旧城木炭市场 1 号是一幢三层小楼，这里曾是俄国侨民文学杂志《俄罗斯意志》编辑部的所在地。《俄罗斯意志》由流亡布拉格的俄国社会革命党人创办，起初是日报，后改成周报，到茨维塔耶娃来布拉格时它已为月刊。十月革命之后，大批俄国知识分子流亡境外，他们在异域坚守俄国文学传统，或不懈写作，或创办刊物，使得俄语文学在俄国境外继续开花结果，构成"20 世纪俄国侨民文学"这一文学奇观。在所谓"第一浪潮"俄国侨民文学中，布拉格与巴黎、柏林以及我国的哈尔滨等地一样也是一座重镇，而《俄罗斯意志》则是布拉格俄侨文学生活的中心，与这家杂志的合作，是茨维塔耶娃布拉格时期文学生活的主要内容，而她在《俄罗斯意志》上不间断发表的作品，则不仅塑造了她布拉格第一俄侨诗人的身份，也奠定了她最优秀俄侨诗人，乃至 20 世纪最优秀俄语诗人的文学史地位。

茨维塔耶娃与《俄罗斯意志》的关系，得益于该刊文学主编斯洛尼姆。马克·斯洛尼姆（1894—1976）生于敖德萨，先后就读于佛罗伦萨大学和彼得堡大学，后加入社会革命党，十月革命期间前往南俄活动，后经海参崴到日本，从日本到欧洲，1922 至 1927 年间侨居布拉格，后去法国，并于 1941 年定居美国，在纽约劳伦斯学院教授俄国文学，成为美国最重要的俄国文学研究家，他出版多部俄国文学论著，其中的《苏维埃俄罗斯文学》（1977）一书在我国影响很大。作者在这部文学史性质的书中写道："茨维塔耶娃是在她创作的全盛时期到欧洲的。在十七年的流亡生活中，她创作了她的最佳诗歌和散文。旅居捷克斯洛伐克的那几年，是她创作最旺盛的时期，也证实了她是有创新天才的诗人。""她像所有真正的诗人一样，致力于使现实理想化，并把最微不足道的小事变为激动人心的事件，变为一种令人振奋、经常是神话式的东西。她把客观的事实、感情和思想加以扩大，不论当时什么样的东西占据她的思想和心灵，她都以非常强烈的手法，用诗歌甚或简单的对话来表达它们，使她的读者和听众都能全神贯注。""无论在东方或西方，人们都普遍地认为茨维塔耶娃是二十世纪最伟大的俄罗斯诗人之一。"就是在这部文学史著作中，在提及《俄罗斯意志》时，作者还加了这样一个注脚："作为该月刊的文学编辑，笔者在1922至1932年间连续发表了茨维塔耶娃的大量诗作、论文和诗剧。"作为《俄罗斯意志》文学编辑的斯洛尼姆，从未拒绝发表茨维塔耶娃的作品，茨维塔耶娃布拉格时期创作的诗文大多首发于《俄罗斯意志》，这家杂志开出的稿费也成了茨维塔耶娃一家布拉格时期生活的重要经济来源之一，甚至可以说，没有《俄罗斯意志》和斯洛尼姆的关注和帮助，茨维塔耶娃布拉格时期的生活和创作都是难以想象的。

斯洛尼姆写有一篇题为《忆玛丽娜·茨维塔耶娃》的长篇回

忆录，回忆了他与茨维塔耶娃的交往和合作。斯洛尼姆写了他与茨维塔耶娃的"布拉格散步"，也谈到他对茨维塔耶娃及其创作的理解和认识：

> 1922年末，尤其是1923年，我常对茨维塔耶娃说，我们的友谊是行走中的友谊。我俩一边在街道和花园漫步，一边相互交谈，我们的散步注定会在咖啡馆结束。茨维塔耶娃曾对安娜·捷斯科娃说，她由于我而熟知了数十家咖啡馆。不过，她也同样熟悉了布拉格。我当年和现在都十分喜爱这座十分出色的、带有几分悲剧色彩的城市，我常领着茨维塔耶娃走过现已成为大学的克莱门特学院附近的胡同，走过布满宫殿和神话的小城，走过狭窄的黄金小巷，传说在15至17世纪，小巷两旁的低矮房屋曾是炼金术师和占星学家的居所，我们还一起漫步于壮观的洛布科维茨宫和华伦斯坦宫，在这些宫殿建筑中，崇高的文艺复兴风格转变成了巴洛克。

> 在1922至1925年末的这三年间，我与茨维塔耶娃经常见面，一连数小时地谈话和散步，我们很快亲近起来。文学方面的一致很快转变成私人友谊。这种友谊持续十七年之久，它并不平缓，有些复杂，伴有争执与和解，高潮与低落。有一点我却始终不渝，即我认为她是一位大诗人，非凡的诗人，堪与帕斯捷尔纳克、马雅可夫斯基、曼德尔施塔姆和阿赫马

托娃并列,早在1925年我就写到,在侨民界仅有霍达谢维奇可与她比肩。我至今仍持这一看法。

从斯洛尼姆的文字中不难看出,在布拉格期间,他是茨维塔耶娃诗歌天赋的赏识者,他力排众议,发表了茨维塔耶娃交给他的所有作品。在布拉格时期之后,斯洛尼姆仍在继续研究和宣传茨维塔耶娃,为茨维塔耶娃文学史地位的确立做出了突出贡献,反过来说,斯洛尼姆后来成为一位杰出的俄国文学研究家,他与茨维塔耶娃在布拉格的相识或许也发挥了一定的作用。

斯洛尼姆与茨维塔耶娃的亲近,甚至一度超出了友谊的范畴,斯洛尼姆在回忆录中不无遮掩地写道:茨维塔耶娃在与罗德泽维奇分手后需要"一个友善的肩膀",她仿佛觉得"我"能够给她这种精神支持,"我"当时与第一任妻子的分手也使两人生出同病相怜的感觉,但两人在个性、激情和追求等方面的差异构成障碍,使"我"最终意识到,"我既不能接受那种暴风雨,也不能接受她那种导致拒绝生活、拒绝自己本人、拒绝自己的道路的绝对现象"。"我知道,我们的生活道路无法会合,只是有时相互交叉,我俩的命运完全不同。她由此得出错误的看法,似乎我在推开她,而且还看上了一些卑微的女人,我宁肯要'石膏的碎屑,而非卡拉拉的大理石'(她在《嫉妒的尝试》一诗中就是这样写的)。"在《嫉妒的尝试》一诗中,茨维塔耶娃的确曾向离她而去、娶了另一个女子的负心汉发出了嫉妒的质问:"在卡拉拉的大理石之后,/您与石膏碎屑过得如何？"然而，斯洛尼姆在这里多少有些自作多情了，因为，无论是茨维塔耶娃的同时代人，还是当今的茨维塔耶娃研究者，大多认为《嫉妒的尝试》一诗的矛头还是指向罗德泽维奇的。

斯洛尼姆第一次向茨维塔耶娃约稿时曾告诉她，《俄罗斯意志》编辑部所在的木炭市场 1 号曾是莫扎特的下榻之处，据说在 1787 年，莫扎特在楼上一间阳台朝向内院的房间里写成了歌剧《唐璜》，茨维塔耶娃闻之大为振奋："如果是这样的话，我答应与你们合作。"斯洛尼姆在他的回忆录中一本正经地写道："我直到如今依然坚信，正是莫扎特影响了她的决定。"在这幢小楼的墙面上，如今可以看到一尊不大的莫扎特头像浮雕。

六

在茨维塔耶娃布拉格时期的生活中，如果说斯洛尼姆在创作上对她帮助最大，那么在生活上对她搀扶最多的人，无疑就是捷斯科娃。

安娜·捷斯科娃（1872—1954）生于布拉格，两岁时便随父母迁居莫斯科，父亲在莫斯科一家啤酒厂任厂长，安娜·捷斯科娃在莫斯科上学，在她十二岁时，父亲在一场车祸中丧生，她和母亲、妹妹后来被迫返回布拉格，中学毕业后成为教师。她终身未嫁，却将情感投向俄国文学，将包括索洛维约夫、陀思妥耶夫斯基、托尔斯泰等人作品在内的大量俄国文学、哲学著作译成捷克语。茨维塔耶娃来到布拉格时，捷斯科娃是捷俄友好协会负责人，对俄国和俄国文化充满友好感情的捷斯科娃，为在布拉格接待和安置俄国侨民做了大量工作。她对茨维塔耶娃的帮助更是无微不至，她张罗举办茨维塔耶娃诗歌晚会，亲自翻译茨维塔耶娃的作品，对茨维塔耶娃有求必应，提供接济，送去食品和衣物，在茨维塔耶娃离开捷克去巴黎之后，她仍为诗人着想，甚至发起成立了一个"帮助茨维塔耶娃委员会"。

茨维塔耶娃这样描写捷斯科娃的相貌："头发花白，举止端庄，没有欲望的叶卡捷琳娜，不，比叶卡捷琳娜更好！内在的威严。两只平静如水的眼睛像两汪天蓝色的湖水，中间的鹰钩鼻子像是山脊，头发像银色的皇冠（冰川，永恒），高耸的脖子，高耸的胸口，一切都是高耸的。"照片上的捷斯科娃的确相貌端庄，圆圆的脸庞与茨维塔耶娃倒有几分相像。捷斯科娃年长茨维塔耶娃二十岁，她对茨维塔耶娃的关照几乎是带有母性意味的，而茨维塔耶娃对捷斯科娃的态度也十分坦诚，甚至不无撒娇和任性。她们两人的关系能完整地呈现在我们面前，是因为捷斯科娃保留下了茨维塔耶娃写给她的一百四十封信，捷斯科娃在去世之前将这些书信捐给了布拉格的国家文字博物馆。1969年，这些书信部分面世；2009年，它们被悉数编辑成书，书名为《感谢长久的爱的记忆：茨维塔耶娃致捷斯科娃书信集》，由莫斯科"俄罗斯道路"出版社出版。茨维塔耶娃给捷斯科娃的第一封信写于1922年11月2日，是对捷斯科娃要求她前来参加文学晚会所做的回应，最后一封信则写于1939年6月12日，是她在返回苏联之前对捷斯科娃的告别,她们两人的通信持续近十七年,而十七年正是茨维塔耶娃流亡生活的总长,也就是说,她俩的通信伴随了茨维塔耶娃流亡生活的始终。

茨维塔耶娃致捷斯科娃的书信如今已成为最珍贵的茨维塔耶娃研究资料,茨维塔耶娃布拉格时期的生活状况和心理活动,茨维塔耶娃离开布拉格之后对这座城市的眷念和"神化",都集中地体现在这些书信中。在离开布拉格前夕,她在给捷斯科娃的信中这样写道:

> 您来和我们告别吧。我温柔地爱着您。您来自另一个世界,那里只有灵魂才有价值,是梦境或童话的世界。我很想和您漫步在布拉格,因为布拉格就本质而言是那样的城市,那里只有灵魂才有价值。我爱布拉格,仅次于莫斯科,并非因为"亲缘的斯拉夫血统",而是因为我自己和她的亲缘关系:因为她的混合性和多灵魂性。我想我会在巴黎写布拉格,不是因为感激,而是出于喜爱。(1925年10月1日)

去往法国之后,茨维塔耶娃对布拉格的情感却逐渐增强,她在给捷斯科娃的信中一次又一次地写到布拉格,"布拉格之后"的"布拉格主题"始终贯穿在她的书信中,一如她在"俄罗斯之后"(她生前出版的最后一部诗集名称为《俄罗斯之后》)对于俄罗斯的眷念:

布拉格是一座神话般的城市：那里是礼物的世界，是枞树的世界。（1925年12月19日）

我还是更喜欢布拉格，更喜欢它的宁静，尽管有嘈杂，或许是透过嘈杂的宁静。（1925年12月30日）

我非常想去布拉格。您或许能在捷俄友协举办一场我的晚会，把我介绍给我完全不认识的捷克人，我们可以在布拉格漫步，总之，那该有多么美妙啊。（1926年9月24日）

您会来车站接我，想想吧，多么美妙啊！让我们一起来实现这个梦想吧。任何一片海洋都不会让我如此高兴，如同我此刻想到了布拉格。（1927年10月4日，复活节）

布拉格！布拉格！我从未挣脱她的怀抱，我始终在扑向她。……有人（不是您，是其他人！）会对我说："您的布拉格。"而我将狡猾地，却又内心坦荡地回答："是的，我的布拉格。"（1927年11月28日）

今天我想起了布拉格，花园。花园和桥。夏日的布拉格。这座城市给了我什么，使得我如此地爱她？（1929年6月19日）

哦，我多么思念布拉格啊，我当初为什么要离开她呢？！原以为只是离开两个星期，可是却离开了13年，到11月1日就整整13年了……（1938年10月24日）

我经常在电影中看到布拉格，始终觉得她是我的故乡城，我更经常地收听她的T.S.F.(电台)，永远能听到亲切的话语和音乐。这个地方比地图上任何一个地方都更令我激动。（1939年1月23日）

颠沛流离、居无定所的茨维塔耶娃，自然无法像捷斯科娃那样完整地保存对方的信件，捷斯科娃写给她的信仅留存十一封。茨维塔耶娃应捷斯科娃之邀参加她来到布拉格后的第一场文学晚会，时间在 1922 年 11 月 20 日，地点在哈尔科夫街 35 号的"俄罗斯恳谈会"，这个地方离我们布拉格十月作家居住地仅百步之遥。茨维塔耶娃和捷斯科娃大约就是在这个地方首次见面的。

七

到布拉格之前，徐晖便说要介绍我认识一位布拉格的茨维塔耶娃研究专家，在布拉格一家名叫"雾"的中餐馆里，我终于见到了她。她名叫加琳娜·瓦涅切科娃，是一位八十多岁的俄国老太太，但刚一见面，她就让我们用俄语中的爱称称她"加里娅"。中餐馆的老板菲利普是加里娅的学生，在查理大学跟她学过俄语，菲利普也曾留学中国，说一口流利的中文。对于"茨维塔耶娃的布拉格"这一话题同样很感兴趣的菲利普，便在他的"文学咖啡馆"里安排了一场报告会，邀请加里娅和我发言。

加里娅兴致勃勃，滔滔不绝，先说起她来到布拉格的原因。当年，在加里娅的故乡乌拉尔，还是少女的她遇见一位留学苏联的捷克小伙子，小伙子生有一双蔚蓝色的眼睛，所学的专业又是不无浪漫色彩的地质学，这两样东西迷倒了加里娅，她便义无反顾地跟随捷克小伙子来到了布拉格。加里娅在发言中多次重复"蔚蓝色的眼睛"和"地质学家"这两个词组,同时把微笑的目光投向听众席里一位满头银发的老头儿,老头儿也每每用微笑的目光做出回应,他的眼睛眯成了一道缝,已很难断定其中的颜色。这就是加里娅的"地质学家",查理大学地质系教授米尔科·瓦涅切克。

来到捷克后,加里娅一直在查理大学教俄语,直到退休。到布拉格后不久,她在查理大学图书馆偶然读到一部茨维塔耶娃诗集,深感震撼,而她之前在苏联居然对这样一位杰出的俄语诗人一无所知。从此,除了地质学家及其蔚蓝色的眼睛之外,她又有了另一个迷恋对象。在捷克的数十年间,她不懈地搜寻一切与茨维塔耶娃的生活和创作相关的资料,遍访茨维塔耶娃的遗迹,研究茨维塔耶娃的创作。她策划了捷克国家博物馆的茨维塔耶娃诞辰一百周年纪念展(1992)、圣因德里赫教堂的"天上的拱门——里尔克、帕斯捷尔纳克和茨维塔耶娃的通信"特展(2003)、斯拉夫图书馆的"捷克人致茨维塔耶娃"特展(2004)、捷克美术学校学生茨维塔耶娃作品插图展(2004)以及"茨维塔耶娃的布拉格"图片展(2012),她发起成立了捷克茨维塔耶娃学会(2001),茨维塔耶娃在布拉格两处故居的纪念铜牌的设立,也都有加里娅的功劳。上面提及的《茨维塔耶娃致捷斯科娃通信集》一书,也是加里娅编辑和资助出版的;她还编了一本"旅游手册",题为《茨维塔耶娃的布拉格旅游指南》。加里娅的作为令人动容,她几乎以一己之力描绘出了茨维塔耶娃的布拉格生活史,也奠基了捷克的茨维塔耶娃学。加里娅还经常参加世界各地与茨维塔耶娃相关的活动,我回到北京后不久接到她的一封电子邮件，说她刚去了一趟俄罗斯，参加在茨维塔耶娃最后的长眠之地叶拉布加举行的一场国际学术研讨会，并在会上荣获俄方颁发的茨维塔耶娃研究贡献奖。

我在加里娅之后发言，称加里娅有一位"布拉格的茨维塔耶娃"，我们同样也有一位"中国的茨维塔耶娃"。我介绍了中国的茨维塔耶娃译介情况，如汪剑钊先生编选的五卷本《茨维塔耶娃文集》、谷羽先生翻译的三卷本《玛丽娜·茨维塔耶娃：生活与创作》、我翻译的《三诗人书简》(再版时更名为《抒情诗的呼吸》)等，也谈及茨维塔耶娃在中国诗人和普通读者心目中的地位，以及中国学者的茨维塔耶娃研究成果和现状。

加里娅把她编的《指南》带到会上，标明二百捷克克朗一本，我们赶紧买了几本。在我们分手时，加里娅主动提出要领我们去看茨维塔耶娃在布拉格郊外的住处。

八

一个晴朗的日子里，在加里娅的率领下，我们驱车前往弗舍诺雷。这是位于布拉格西南方的一个村庄，它和周围的若干村庄连成一片，原是布拉格市民的别墅区，布拉格人会在周末或假期来此度假。在茨维塔耶娃来到布拉格时，这里已成为俄国侨民的聚居地。

沿着并不宽敞的高速公路驶向郊外，四周风景如画，公路两边一个接一个的广告牌上千篇一律地张贴着巨幅捷克国旗，开车的小伙子解释说，公路管理部门担心驾驶员开车时看广告分心，从而引发交通事故，便决定用国旗来覆盖所有广告，如此一来，倒是营造出了一片浓烈的爱国主义氛围。

俄国十月革命后，大批俄国贵族、白军和知识分子及其家属流亡境外，当时刚刚摆脱奥匈帝国而独立的年轻的捷克斯洛伐克共和国，却向俄国流亡者敞开了热情的怀抱，1921年，捷克斯洛伐克政府展开著名的"俄国救助行动"，由国家财政拨出大量资金，即所谓"马萨里克奖学金"（马萨里克是当时的捷克斯洛伐克总统），资助对象不仅有生活困难的难民，也有青年学生，捷克政府甚至在布拉格创办了好几所用俄语教学的大学，使得布拉格一时竟有"俄国的牛津"之别称。据统计，当年约有三万五千名俄国流亡者获得工作机会，四千名俄国大学生获得奖学金，数百名俄国文化人士按月领取津贴，茨维塔耶娃也是其中之一。捷克政府的"俄国救助行动"使布拉格成为俄国流亡者心向往之的福地，而布拉格郊外的弗舍诺雷，则因为相对低廉的生活开支而吸引来大量俄国侨民。

茨维塔耶娃一家的第一个落脚点是诺维德乌尔，1922年8月3日，也就是抵达捷克后的第三天，茨维塔耶娃和女儿被埃夫隆领到了这里，住在一位护林员的农舍里。加里娅领我们走近院门，敲打木栅栏，院里响起狗吠声，女主人应声而出，与加里娅热情拥抱，加里娅显然来过这里多次，与房东已成为熟人。房东就站在栅栏旁与加里娅交谈，不时呵斥一下身边那条黑狗；与女主人交谈的间隙，加里娅也不时转身朝向我们，她指了指正对栅栏的窗户:"茨维塔耶娃当年就住那间房。"她指了指远处的山崖:"茨维塔耶娃最喜欢爬这座悬崖。"她指了指小村四周的树林:"茨维塔耶娃喜欢到林中散步,一走就是好几个小时。"最后,她指了指栅栏门口的一棵树,这棵歪脖子树的根部紧贴着地面,像是一张木凳:"茨维塔耶娃经常坐在这里看书写作。"她俩谈了许久,女房东却丝毫没有让我们进屋的意思,其实,如果茨维塔耶娃当年就难以在这间农舍里拥有一条木凳,那么如今那里面也就的确不会再有她的任何痕迹了。

我们乘车驶向弗舍诺雷车站,沿一条狭窄的道路穿过这座很大的村庄。即便在今天,这座村庄也显得有些萧条,房屋低矮,墙面斑驳,庭院很小,在茨维塔耶娃的时代这里可能更破落,倒是能与俄国侨民的落魄处境构成呼应。加里娅左顾右盼,不停地"导游":"茨维塔耶娃在这里住过,但是房子已经毁了。""快看,就是那间房子,山坡上的那间,茨维塔耶娃在那儿生下了儿子,生下了穆尔!""这就是著名的博仁卡别墅,奇里科夫[①]和安德烈耶娃[②]当年的住处,茨维塔耶娃常来这里参加文学晚会。"来到弗舍诺雷车站,加里娅在下车之前又说:"我们刚才走的这段路,就是茨维塔耶娃母女每周送埃夫隆返回布拉格时走过的路。"茨维塔耶娃的丈夫当时在查理大学哲学系学习,每个周末来这里与妻女团聚,周一早晨返回布拉格,茨维塔耶娃和女儿总要把他一

---

① 叶夫盖尼·奇里科夫(1864—1932),俄国作家、剧作家。
② 安娜·安德烈耶娃(1883—1948),俄国作家安德烈耶夫的第二任妻子。

直送到车站。我们车行这条路用了十多分钟，茨维塔耶娃母女当年徒步来回，大约要走一两个小时，那时，茨维塔耶娃的女儿阿丽娅只有十岁。

阿丽娅是爱称，她的全名是阿里阿德涅·埃夫隆（1912—1975）。阿里阿德涅是希腊神话中克里特王的女儿，她先后与忒修斯和狄俄尼索斯相爱，均遭遗弃，她曾赠忒修斯以线团，帮他逃出迷宫。茨维塔耶娃给女儿取了此名，没想到女儿后来果真在一定程度上重复了那位克里特公主的命运。阿丽娅继承了母亲的文学艺术天赋，很早就开始写诗、记日记。茨维塔耶娃曾在组诗《给女儿》中写道："我是你的第一个诗人，/你是我最好的诗。"阿丽娅与母亲相依为命，从莫斯科到柏林，再从布拉格到巴黎。她在巴黎学习绘画和艺术史，成为一名美术编辑，后在1937年返回苏联，不久被捕，坐牢二十年，20世纪50年代获得自由后，她以整理、宣传母亲的文学遗产为使命，并撰写了大量回忆文字。在回忆录《缅怀玛丽娜·茨维塔耶娃：女儿的回忆》中，阿丽娅在描写了当年她和妈妈一起送爸爸去车站的场景之后深情地写道：

我想，在玛丽娜到过的所有车站中，在她送过人或接过人的所有车站中，她最称心的就是这一座，弗舍诺雷小站，这是一座整洁的郊外车站，人很少，遮阳棚下有几个小花坛，花坛里是微微垂首的金莲花；站台两端有两个路灯；信号灯；铁轨。

玛丽娜常乘火车去布拉格。等车的时候，她站在路灯旁在内心与帕斯捷尔纳克交谈。她的思绪随着奔驰的列车飞向病榻上的里尔克，或飞向相距不远，却难以抵达的魏玛。

　　在这个站台上，玛丽娜在心中推敲着她的长诗。两条铁轨把她的思绪引向远方。那里是俄罗斯。

　　令人惊讶的是，眼前的铁路小站与阿丽娅的描写、与当年的老照片几乎如出一辙，时间在这座铁路小站上几乎停止了，就连阿丽娅见过的金莲花也依然在"微微垂首"地开放，似乎就这样一直开放了将近一百年。突然，一列崭新的双层客运列车从我们身边隆隆驶过，丝毫没有减速，列车就像一道彩色的拉链，把茨维塔耶娃的时代和我们所在的站台拉合了起来。

　　紧挨着车站，就是弗舍诺雷村的图书馆，与图书馆馆长熟悉的加里娅经多方努力，把她的"茨维塔耶娃博物馆"设在了这里。所谓"博物馆"不过是一间十平米见方的小屋，看模样像是这家图书馆的门卫室。走进小屋，墙上的茨维塔耶娃肖像让人震撼，这幅占据一面墙一半的照片因为小屋之小而显得更加巨大，茨维塔耶娃的目光似乎充斥着小屋的所有空间。加里娅一一打开巧妙地悬挂在墙上的多个展板，指着上面的照片，向我们介绍茨维塔耶娃的一生，尤其是茨维塔耶娃在弗舍诺雷的生活和创作。若将那些展板同时展开，小屋就绝无任何人的立足之地了。小屋的上方有几层搁架，摆放着加里娅从世界各地收集来的茨维塔耶娃作品或关于茨维塔耶娃的研究著作，其数量之少也令人心酸。这无疑是世界上最小的茨维塔耶娃博物馆，也极有可能是世界上最小的一家文学博物馆！

加里娅打开留言簿让我们留言,我用俄语在上面写道:

尊敬的加里娅:
　　请允许我以茨维塔耶娃的名义向您致敬,感谢您为她所做的一切!
　　　　　　　　　　——一位中国的茨维塔耶娃译者

我们在弗舍诺雷的最后一个节目,是去拜谒茨维塔耶娃在这里居住最久的一个住处。茨维塔耶娃一家在这片区域也同样是颠沛流离的,三年时间里租住过的地方就不下七八处,这处故居离车站不远,沿一道山坡上行,也就两三百米。如今这里的住户可能也不喜欢被打扰,加里娅轻轻敲了敲院门,无人应答,她竟然有些如释重负地对我们说:"没人!"于是,我们便将所有的注意力投向了悬挂在斑驳院墙上的那块纪念铜牌,铜牌上刻着一幅线条画,画着一头狮子和一只猞猁,这是茨维塔耶娃留给丈夫埃夫隆的一张便条,因为他俩相互为对方取了"狮子"和"猞猁"的绰号。纪念铜牌上用捷克语写着:"玛丽娜·茨维塔耶娃1923年曾生活于此。"

乘车返回布拉格市区,汽车的轰鸣声中,耳边却响起了茨维塔耶娃在给捷斯科娃的最后一封信(1939年6月12日)中所说的话。当时,茨维塔耶娃已决定返回苏联,在离开法国前夕,她却在向捷克、向布拉格道别:

十七年的生活就要结束了。当时我是多么的幸福啊！我一生中最幸福的时光——请您记住这一点！——就是莫科罗普西和弗舍诺雷，还有我那座亲爱的山。

九

布拉格是一座享誉世界的文学之都，这里的"文学纪念碑"随处可见：旧城广场上有捷克民族语言文学的奠基人胡斯的巨大雕像，我们住处附近的查理广场上也坐落着多位作家和诗人的造像；大街小巷里，以哈谢克的小说《好兵帅克》命名的连锁餐馆随处可见，赫拉巴尔与克林顿见过面的金虎酒吧人满为患；1984年的诺贝尔文学奖塞弗尔特就出生在布拉格的日夫科夫区，由哈维尔、昆德拉、克里玛组成的"捷克文坛三驾马车"自20世纪下半期起更让布拉格成为世界文学的中心之一。在布拉格，一些非捷克语作家也同样受到推崇，其中最突出的就是卡夫卡，卡夫卡几乎成了文学布拉格的符号和象征，这里有卡夫卡博物馆、卡夫卡书店、卡夫卡咖啡馆，各种各样带有卡夫卡头像的旅游纪念品几乎出现在每一家商店，每一个商铺。另一位德语诗人里尔克也在布拉格得到怀念，在他就读过的德语学校旧址的墙壁上就镶嵌着一座他的雕像。

里尔克的这尊雕像，是茨维塔耶娃协会提议建造的，然而，在文学的布拉格，作为诗人的茨维塔耶娃却似乎是被低估的。与里尔克和卡夫卡相比，茨维塔耶娃的确只是布拉格的匆匆过客，里尔克和卡夫卡虽然只用德语写作，但他俩毕竟都是土生土长的布拉格人。早在1916年，茨维塔耶娃的一首诗就被译成了捷克文，这也是茨维塔耶娃的诗作第一次被译成外文；1927年，茨维塔耶娃写给里尔克的《你的死》一文被捷斯科娃译成捷克文，这也是茨维塔耶娃的散文首次被译成外文。然而，茨维塔耶娃似乎始终没有成为一位被捷克读者广泛接受的诗人。或许，茨维塔耶娃的"俄国诗人"身份在一定程度上构成了妨碍。在茨维塔耶娃来到布拉格时，捷克人对俄国是充满好感的，"俄国救助行动"的开展就是一个例证。捷克作为一个中欧小国，却是斯拉夫主义的倡导者和践行者，18、19世纪之交的捷克语言学家约瑟夫·东布罗夫斯基（1753—1829）被公认为"斯拉夫学之父"，19、20世纪之交的捷克画家慕夏（1860—1939）的巨幅组画《斯拉夫史诗》曾风靡东欧，捷克国家图书馆中的斯拉夫图书馆直到目前仍是世界上最好的斯拉夫学资料库。但是，地处欧洲中部的小国捷克，毕竟像是一个在拉丁文化和斯拉夫文化之间来回摆动的钟摆，时而倾向俄国，时而亲近德国。在被德国吞并之后，德语和德国文化在布拉格占据统治地位，像茨维塔耶娃这样的俄语诗人自然会被排斥；而在捷克斯洛伐克于"二战"后再次赢得独立之后，受苏联体制影响，茨维塔耶娃所属的俄侨文学也不可能在社会主义的捷克斯洛伐克得到官方认可。东欧剧变之后，捷克社会中生发的仇俄情绪似乎也连累到了茨维塔耶娃。我在网上看到查理大学一位俄国文学专业研究生的学位论文，题为《玛丽娜·茨维塔耶娃与捷克文学界》，论文作者就对茨维塔耶娃没有学习捷克语、不愿接近捷克文学而颇有微词。我在查理大学的一间酒吧与捷克科学院斯拉夫研究所的两位研究人员交谈，他们无意之间流露出的对于茨维塔耶娃的态度也让我大吃一惊，他们认为：茨维塔耶娃看不起捷克，认为这里是乡下，她有些居高临下；她在捷克的生活其实不太困难，捷克政府的救济足够他们一家生活，只是茨维塔耶娃不会过日子；茨维塔耶娃离开捷克后还一直在领取捷克政府的救济金；茨维塔耶娃在创作中也很少写到捷克人……我忍不住提醒他们：可是她在她的诗歌中写到了布拉格！

是的，单凭茨维塔耶娃写下的《山之诗》和《终结之诗》，她就有权被称为"布拉格诗人"，单凭她的组诗《致捷克》以及她写给捷斯科娃的书信，我们就不难判断出她对捷克和布拉格的一片深情。就对布拉格的文学呈现而言，茨维塔耶娃做了与里尔克、卡夫卡、昆德拉等相同的事情，只不过布拉格人尚未意识到，或暂时还不愿承认这一点。茨维塔耶娃毕竟在布拉格留下了深刻的痕迹，茨维塔耶娃毕竟也让布拉格在她的诗歌中留下了深刻的痕迹，在布拉格的文学神话中，在将布拉格文学化的神话中，茨维塔耶娃应该占有一席之地。

十

捷克人的斯拉夫乌托邦意识或多或少也体现在市中心一家咖啡馆的名称上，即斯拉维亚咖啡馆，因为"斯拉维亚"就有"斯拉夫大地"或"斯拉夫国"之意。这座咖啡馆开张于1881年，据说一直保持原样，已成为布拉格最古老的咖啡馆。咖啡馆开在最繁华的商业街，又紧邻布拉格最重要的文化场所——民族剧院，离查理大学和科学院也不远，因而成为布拉格世世代代知识分子、文化人和艺术家的聚会场所。

这座呈L形的咖啡馆位于民族大街与斯美塔那滨河街交汇处，一面正对着富丽堂皇的民族剧院，一面敞向风景秀丽的伏尔塔瓦河，而河对岸就是佩伦山，这里无疑是看山看河的绝佳地方。不过，对于一家"咖啡馆"来说，这里似乎过于宽敞明亮、过于色彩缤纷了，巨大的玻璃窗就像一幅幅活动的画面，远处的红顶古堡建筑群和苍翠的佩伦山在近处的伏尔塔瓦河面上留下斑斓的倒影，河上的几座大桥像是摆在镜面上的积木，隆隆驶过的有轨电车的红色车身不时切割着民族剧院的巨大外立面，剧院的绿色屋顶和屋顶上的金色雕塑也会在窗玻璃上留下复调般的反光，每个窗口上方悬挂的红色遮阳伞更使咖啡馆内洋溢着一派喜庆，散落的红色光斑似乎随着乐手奏出的钢琴曲在忘情地舞蹈。

茨维塔耶娃当年也来过这里，斯洛尼姆在他的回忆录中就写到他与茨维塔耶娃在这间咖啡馆里一连聊了两个小时。我们坐在咖啡馆里喝啤酒，吃冰激凌，只见不远处临窗的座位上坐着一位中年妇女，她正与对面的中年男性交谈，神情有些激动，幅度很大地做着手势，男子指了指墙上悬挂的哈维尔造访这家咖啡馆的大幅照片，那女子略微转过身来，面容竟有些像布拉格时期的茨维塔耶娃，只见她摇了摇头，似乎在有些不屑地说："还不是因为他后来当上了总统。"

"你是我最好的诗":茨维塔耶娃和她的女儿

茨维塔耶娃女儿的回忆录《缅怀玛丽娜·茨维塔耶娃:女儿的回忆》(谷羽译,广西师范大学出版社 2015 年版)在一定程度上修正了我心目中的茨维塔耶娃形象。我曾在博士论文中探讨茨维塔耶娃的创作个性对布罗茨基的影响,也翻译过她的诗文,自认为还比较了解她,尤其是对她作为主角之一的《三诗人书简》一书的翻译,更让我得以一窥她的内心世界,不知不觉中,我形成了这样一种关于茨维塔耶娃的印象:她特立独行,激情似火;她敢作敢为,粗犷豪放。然而,在女儿笔下,茨维塔耶娃却显示出了她从外形到内心、从个性到举止的另一侧面。

我们见过许多茨维塔耶娃的照片,从年轻时的美貌高雅到年老时的不修边幅,但无论哪个年龄段的照片,她不知为何都给我留下了壮实厚重,甚至颇为剽悍的感觉,可是《女儿的回忆》一开头便这样写道:

> 我母亲,玛丽娜·伊万诺夫娜·茨维塔耶娃,个子不高,只有一米六三,体形跟埃及男孩子相像,肩膀宽阔,胯骨窄小,腰身纤细。少女时的圆润,很快就发生了变化,变得结实、

消瘦，有贵族气质；她的踝骨和脚腕部位又硬又细，走起路来，步子轻快，举手投足动作频率极快，但是并不猛烈。当着人的面，感觉有人在看她，甚至频频注视她的时候，她会有意识地放慢脚步，尽力显得更温和。那时候，她的手势会变得小心谨慎，有所节制，但是从来不会拘谨呆板。

这里的"纤细""消瘦""温和""谨慎""节制"等词，于我而言都具有某种颠覆意义，它们折射出了茨维塔耶娃婉约细腻的一面。

茨维塔耶娃的传记作者往往都会提及茨维塔耶娃像阿赫马托娃一样不善家务，生活能力较弱，对孩子的关注似乎不如寻常的母亲，可是通过她女儿的眼睛我们却看到，茨维塔耶娃同样是一位忍辱负重、含辛茹苦的伟大母亲。作为杰出诗人的茨维塔耶娃，本可以靠诗歌为生，她五岁开始同时用俄、法、德三种语言写诗，十八岁时出版的诗集《黄昏纪念册》赢得古米廖夫、沃洛申、勃留索夫等众多大诗人的齐声喝彩。在很长一段时间里，诗歌创作也的确成了她的生存方式，即便在国内战争的严酷环境里她都能靠朗诵自己的诗挣钱（听众常常有红、白双方的士兵！）。但在自流亡至离世的近二十年时间里，茨维塔耶娃在生活方面始终捉襟见肘。她难以再以诗为生，原因其实很简单：在国外，她因不愿与俄国侨民界同声讨伐苏联及其文学和文化而备受冷落；回到苏联后，她又因丈夫和女儿的被捕、因被怀疑是西方间谍而遭到孤立。无论国内国外，她都丧失了发表作品的机会，失去了生活来源。茨维塔耶娃的同时代人在回忆她时，大多都会提到她"极度的贫困"。女儿也写到了家庭的窘境，字里行间处处渗透着辛酸，她写到茨维塔耶娃"很早就出现了白发"（《她是个什么样的人？》），"玛丽娜对于时髦服饰看都不看一眼，原因很简单：昂贵，高不可攀……她已经永远脱离了时尚！"（《柏林》）茨维塔耶娃的女儿在回忆录中引用了瓦连金·布尔加科夫的文字："玛丽娜·伊万诺夫娜家里的环境，不是一般的困苦，简直就像贫民窟一样。"她还引用了萨洛梅娅·安德罗尼科娃－加尔佩恩的话："我从来没有见过任何人像茨维塔耶娃那样贫困。"但与此同时，女儿也让我们看到了一位在逆境中拼尽全力养家糊口的母亲。长期与丈夫分离的茨维塔耶娃独自抚养三个孩子（小女儿后来不幸夭折）：她会提着口袋去向熟人或邻居乞讨几个土豆；她被迫变卖最后的物品，却因为"不会卖东西，总是受人欺骗，要不她就可怜人家，把想卖的东西白白送人"（《给叶·奥·沃洛申娜的信》）；她去旧书摊卖书，却总是卖掉的书少，买回来的书多；她曾给人织毛衣，尽管她其实并不擅长此活……在女儿的记忆中，母亲只做两件事：操持家务和写诗。女儿记得母亲的双手："日常生活的操劳使她的双手永远是那么粗糙。"（《萨莫特拉斯胜利女神》）茨维塔耶娃一生无业（如果写诗不算一项"职业"的话），她1918年在民族事务人民委员会的短暂逗留，"是她一生当中唯一供职的单位，或者说是她尝试上班的一次失败经历"（《1919年5月1日》），但在生命的最后几天，她却给疏散至鞑靼共和国的作协机构写下了这样一份申请：

文学基金会理事会：

　　我请求担任即将开设的文学基金会食堂的洗碗工工作。

玛·茨维塔耶娃

1941年8月26日

　　茨维塔耶娃要求获得这份工作，就是为了养活儿子穆尔（即格奥尔基·埃夫隆）。两天后，茨维塔耶娃在叶拉布加小镇自缢身亡，原因之一据说就是没能获得这份"洗碗工工作"！这张字条奇迹般地被保存下来，后来落到丽季娅·楚科夫斯卡娅手里。这几行文字饱含着辛酸和血泪，散发着时世的残忍，同时也渗透着茨维塔耶娃伟大的母爱。

　　关于茨维塔耶娃的情感生活，很多人也颇有微词。有人说她曾把她同时代的男性诗人"轮流"爱了一遍，有"研究者"津津乐道于她的同性恋私生活。作为女儿的阿里阿德涅自然不便过多涉猎这一话题，甚至会刻意回避或掩饰，但是在她的笔下，我们毕竟能看到她关于父母情感生活的真实描述。茨维塔耶娃比丈夫谢尔盖·埃夫隆大两岁，在女儿眼中，父母的关系更像一场姐弟恋，不仅是年龄上的，而且也是精神上的。但这份感情是纯真的，恒久的。女儿写到父母当年的爱情信物"红玛瑙"：在科克捷别里的海滩，两情相悦的玛丽娜和谢尔盖在一起挑选好看的石子，"玛丽娜心中暗想：如果他能找到一块红玛瑙宝石，我就嫁给他！说来也巧，这样的红玛瑙他立刻就找到了，是用手摸索到的，因为他那双灰色眼睛一直凝视着她绿莹莹的明眸，他把挺大的一颗红玛瑙宝石放到她的手心里，粉红色的玛瑙晶莹剔透，她一辈子带在身边，流传至今，堪称神奇……"（《她的丈夫他的家庭》）这枚玛瑙后被镶嵌在茨维塔耶娃一直戴着的那枚戒指上。女儿还满怀深情地写到父母当年在莫斯科的戏剧活动（《瓦赫坦戈夫剧院》），两人别离后在柏林车站的动人相拥（《柏林》），全家三口在捷克乡间一起阅读文学作品的温情场景："让人难忘的还有那些夜晚，有时候我们一家人在一起，吃过晚饭，把桌上的食品和碗碟全都端走，用湿抹布把桌子擦得干干净净，庄严的煤油灯摆放在中央，透过玻璃罩释放出柔和而明亮的光，圆形的白铁灯罩——就像反光板，我们舒舒服服坐在桌子旁边；谢廖沙给我们大声朗读从布拉格带回来的书籍。"（《搬上阁楼》）茨维塔耶娃当初出国，是为了追随丈夫，一部俄国作家词典中的"茨维塔耶娃"词条的作者就这样写道："她的流亡不是一个政治举动，而是一位爱恋丈夫的女子之行为。"她后来的回国，也同样是为了与丈夫和女儿团聚。茨维塔耶娃的不幸，在一定程度上可以说就源自她对丈夫和家庭的忠诚。而她的那些情感轶事，则更多是柏拉图式的，至少从初衷和本质上看是柏拉图式的，比如她1926年与里尔克和帕斯捷尔纳克间的书信罗曼史。我们赞同谷羽先生在《玛丽娜·茨维塔耶娃：生活与创作》一书的译后记中所说的这样一段话："茨维塔耶娃每次恋爱，最终都转化为真挚的诗篇，因此可以说她向缪斯无私地奉献出了自己的心灵。"

阿里阿德涅认为母亲"天生具有双重性（绝非两面性）"（《搬

上阁楼》),她的回忆录就更多地让我们在特立独行的茨维塔耶娃之外又看到一个温良恭俭让的女诗人。女儿的视角是独特的,或许是不无偏袒的,但我们无疑更愿意相信女儿眼中的茨维塔耶娃性格的真实性,更愿意接受由阿里阿德涅塑造出的这个温情细腻、忍辱负重的茨维塔耶娃形象。

《女儿的回忆》一书的扉页上印有茨维塔耶娃的这样四行诗:

> 在严酷的未来,
> 你要记住我们的往昔:
> 我是你的第一个诗人,
> 你是我最好的诗。

这是茨维塔耶娃当年为年幼的女儿阿里阿德涅写下的诗句。这里的"第一个诗人"和"最好的诗"固然是诗的隐喻,可它们同时也是写实的,是茨维塔耶娃母女一生关系的真实写照。换句话说,茨维塔耶娃始终像写诗一样养育孩子,或者说,她始终像养育孩子一样写诗。

阿里阿德涅是茨维塔耶娃的长女,茨维塔耶娃在二十岁时生下她这第一个孩子,母女俩出生在同一个月,即9月(而茨维塔耶娃与丈夫埃夫隆则出生在同月同天,即俄历9月26日)。茨维塔耶娃给孩子取名"阿里阿德涅",这个名字取自古希腊神话中的人物阿里阿德涅。阿里阿德涅是克里特王弥诺斯的女儿,她帮助雅典英雄忒修斯杀死半人半牛怪（忒修斯用阿里阿德涅给的线团边走边放线，后沿此线原路返回，成功逃出迷宫），之后却被忒修斯遗弃；她后与酒神狄俄尼索斯的爱情也无果而终。母亲在给女儿取名时，大约没料到她也会把这个名字的"悲剧性"带给女儿。阿里阿德涅一生不幸，四五岁时便遭遇革命和内战，后又随母亲流亡，漂泊异乡；1937年返回苏联后不久，她便因"间谍罪"被捕，先后两次被流放，直到1955年才获自由。自出生起直到返回苏联，除了在捷克上寄宿学校的短暂数月，阿里阿德涅与母亲几乎形影不离，她分担着母亲的重负，与母亲相依为命，搀扶着母亲走过了最艰难的岁月。1942年，身在集中营的阿丽娅在茨维塔耶娃离世一年后才得知母亲死讯，她在给友人的一封信中内疚地写道："如果我跟妈妈在一起，可能她就死不了。我们一起生活，她背负沉重的十字架，我能跟她分担，苦难再深重，也不至于压垮她……"

阿里阿德涅无疑继承了母亲的天赋，甚至可以说，阿丽娅的才气并不亚于母亲，她自幼聪明过人，四岁识字，五岁便开始"写作"，即写诗写日记。爱伦堡在其著名回忆录《人·岁月·生活》中写到，他去茨维塔耶娃家做客，却见"一个十分瘦削而苍白的小姑娘走到我面前，信任地紧靠着我低声地说：'多么苍白的衣服！多么奇异的宁静！怀中抱着百合花，而你正在漫无目的地瞧着……'我吓得浑身冰凉：茨维塔耶娃的女儿阿丽娅当时才五岁，可她却朗诵起勃洛克的诗来了。"阿里阿德涅曾说茨维塔耶娃在任何情况下都会写诗，都必须写诗，因为对于母亲来说，"写诗

是难以更改的习惯"(《柏林》),母亲显然也把这个习惯遗传给了女儿,或者说,她让女儿也养成了这个习惯,甚至可以说,她把这个习惯强加给了女儿。《女儿的回忆》收录了阿里阿德涅幼时的一些笔记,这是六岁的她写下的两段文字:

> 我的母亲完全不像母亲。母亲总是欣赏自己的孩子,通常也喜欢别人家的孩子,可是玛丽娜不喜欢小孩子。……她常常发愁,动作敏捷,爱好诗歌和音乐。她写诗。她能忍耐,往往忍耐到极限。她也爱生气。她总是匆匆忙忙出门去什么地方。她心胸博大。声音温柔。走路步子很快。玛丽娜的手一直戴着戒指。玛丽娜夜晚读书。她的眼睛几乎总有一种嘲笑的眼神儿。(《我的母亲》)

> 我们沿着一条灰暗的小路走向一座山丘。山顶上有座大教堂,在蓝天和白云衬托下,教堂显得很美。走到教堂跟前,我们才发现,教堂上了锁。我们朝教堂画了十字,然后坐在台阶上。玛丽娜说,我俩就像坐在台阶上的乞丐。……四周很辽阔,但是远处的景物看不清楚,因为有一层雾。我想跟玛丽娜说说话,可是她说,希望我不要打扰她,我就走到一边去玩了。(《四叶草》)

这些笔记所体现出的观察力和文字表达力让人惊叹,这种能力的养成自然要部分地归功于母亲的教育和影响。可以构成旁证的是，茨维塔耶娃十分看重女儿的"创作"，曾精心抄录这些笔记，甚至设法将它们发表出来。茨维塔耶娃1923年在柏林出版诗集《普叙赫》时，曾收入七岁女儿所写的二十首诗；她还将女儿少时的笔记与自己的散文编在一起，组成文集《尘世特征》。也就是说，从很早的时候起，茨维塔耶娃就把女儿当成了自己的文学知音和写作伴侣。《女儿的回忆》记录下了茨维塔耶娃与年幼女儿的这样一段对话，茨维塔耶娃当时试图对七岁的女儿解释什么叫作"化身"：

"爱是概念，爱神就是化身。概念是一般化的，概括性的；化身是有锋芒的，尖锐的，具体的！把所有东西汇聚到一点。你明白吗？"
"哦，玛丽娜，我听明白了！"
"既然听明白了，你就给我举个例子。"
"我怕说不准。两个词都很难理解。"
"没关系，没关系，你说吧。说得不准确，我就告诉你。"
"音乐是概念，声音就是化身。玛丽娜，多么奇妙啊！功勋是概念，英雄就是化身。"

《女儿的回忆》一书的序者将这对母女形容为"两个势均力敌的交谈者"，她还这样再现了茨维塔耶娃母女捷克流亡时期的"日常生活"："她们母女俩的日常作息时间是铁定不变、雷打不动的。阿丽娅跟妈妈一样，很早就起床，她知道，她该做什么事。

母亲做早饭的时候,阿丽娅要收拾房间,拿'房东的扫帚'扫院子,打水,取牛奶。吃完早饭,她要刷锅洗碗。做午饭之前一段时间,母亲坐下来写作。'我也写自己的日记,哪怕只写几行也好……'母亲打开她的'捷克'草稿本,阿丽娅翻开属于她的日记本。"想当年,在革命后饥寒交迫的莫斯科,母女俩就曾身披毛毯坐在屋里"写作",茨维塔耶娃在当时的日记中写道:"精神生活有进展,我写诗,写剧本。阿丽娅写她的笔记。"巴尔蒙特因此感叹说:"这母女俩,更像是两姐妹,生就的诗人心灵,力图摆脱平庸的现实,在幻想之中自由生活。"写作,成了茨维塔耶娃母女在艰难时世的主要生活内容,也是她俩最佳的精神交流方式。正是就这一意义而言,阿里阿德涅在回忆录中写道:"是的,我是妈妈的心灵之子,是她的精神寄托,在爸爸不在家的岁月,我代替了谢廖沙①,是她真正的支柱。在各种各样的天分当中,我被赋予了最为罕见的一种,妈妈需要什么样的爱,我就能用那样的方式爱她。我从一出生就知道应该懂得的那些知识,不用教,光凭听,就知道草怎么样生长,星星怎样在夜空中成熟,我能猜出妈妈的痛苦以及最初的源泉。"(《搬上阁楼》)

可以说,女儿阿里阿德涅就是母亲茨维塔耶娃的某种自我投射或自我复制,是茨维塔耶娃创作出的又一部艺术作品。茨维塔耶娃当初教女儿识字背诗,让女儿写诗记日记,或许未必一准有着明确的目的,即将女儿培养成一位大诗人,但她无疑是在千方

---

① 即阿里阿德涅的父亲埃夫隆。

百计地让女儿成为一个懂诗、爱诗的人，更有可能的是，茨维塔耶娃完全是在凭借她诗人的本能教育孩子，塑造女儿，把自己强大的诗人情感和艺术个性投射给阿里阿德涅，从而让女儿成了真正意义上的"茨维塔耶娃二世"，茨维塔耶娃诗歌精神的继承人。阿里阿德涅在捷克上寄宿学校时所写的一篇作文曾令校长万分感动，校长一把抱起她来，大声喊道："我不知道妈妈写得怎么样，女儿——简直就是普希金！"（《搬上阁楼》）茨维塔耶娃把女儿塑造成一首诗，塑造成了一位真正意义上的诗人，即对文学和文化拥有挚爱和忠诚的人。

阿里阿德涅成人后，也曾一度想摆脱母亲的巨大阴影，这其中既有同样具有天赋的名人之后代往往会有的那种难以充分显露自我的无形压力，也有茨维塔耶娃强大个性给始终任劳任怨的女儿造成的束缚，阿里阿德涅当初不顾母亲反对毅然返回苏联，其中一定有着谋求自己物质和精神独立的内在心理动机。但在集中营里度过十几年岁月而终于获得真正的自由之后，女儿却把自己的所有时光和精力都献给了母亲和母亲的诗歌。如果说，茨维塔耶娃在阿里阿德涅返回苏联之前的二十五年间始终在不懈地按照她自己的方式塑造诗意、诗性的阿里阿德涅，那么，在1955年获释后直到去世的1975年，阿里阿德涅却始终在顽强不屈地为复活她的诗人母亲而奋斗。她广泛搜集母亲留下的一切文字以及与母亲相关的所有资料，她与母亲生前的友人通信，撰写关于母亲的回忆录，编辑母亲的作品集，为出版母亲的作品四处奔波，《女儿的回忆》一书的序者在谈到阿里阿德涅时公正地指出："实际上，她是向苏联读者介绍茨维塔耶娃诗歌的第一人。"正是由于女儿的努力,母亲的诗歌遗产得以重见天日。通过对诗人母亲的捍卫和宣传,阿里阿德涅·埃夫隆这位诗人的女儿也对包括茨维塔耶娃创作在内的整个白银时代诗歌的复兴做出了自己宝贵的贡献。

茨维塔耶娃称阿里阿德涅为她"最好的诗",阿里阿德涅则在回忆录中写道:"玛丽娜不写诗的时候,年幼的我会说:'诗累了。'"(《帕斯捷尔纳克》)这对诗人母女,作为诗的"化身"的母女,在因为诗歌而遭受的厄运和磨难中相依为命,在半个多世纪的时间里相互塑造,最终构成了 20 世纪俄语诗史中一座不朽的双人纪念碑。

帕斯捷尔纳克：生活与创作

一

1890年2月10日，帕斯捷尔纳克出生在莫斯科，这一天恰为普希金忌日。他的父亲列昂尼德·帕斯捷尔纳克是著名画家，俄国美术科学院院士，莫斯科绘画、雕塑和建筑学院教授，曾为托尔斯泰的作品创作插图；他的母亲考夫曼是钢琴家，曾师从著名钢琴家鲁宾斯坦。帕斯捷尔纳克家经常高朋满座，列维坦、斯克里亚宾等都是他们家的常客，托尔斯泰曾专程来听帕斯捷尔纳克母亲举办的家庭钢琴演奏会，未来的诗人就是在这样一种浓郁的家庭艺术氛围中成长起来的。1901年，帕斯捷尔纳克进入莫斯科第五古典学校，插班上了二年级，七年后，他以获金质奖章的优异成绩毕业，被保送进莫斯科大学法律系。青少年时期的帕斯捷尔纳克曾面临多种人生选择：起先是绘画，然后是音乐，他在中学和大学低年级时研习音乐，他的音乐作品曾受到他们家的朋友、俄国著名作曲家斯克里亚宾的肯定，但鲍里斯·帕斯捷尔纳克后来借口自己听觉不敏锐放弃了音乐。1909年，帕斯捷尔纳克转入莫斯科大学文史系哲学专业，决定研究哲学，并于1912年前往新康德主义哲学的重镇马堡大学哲学系进修，师从著名哲学家柯亨教授；在前往马堡之前，帕斯捷尔纳克已经开始诗歌创作，并接近过白银时代的象征派，而在马堡大学研习哲学期间他意识到，对于破解生活之谜而言，诗歌可能是比哲学更好的工具，于是他最终把诗歌当成终身事业。在马堡，帕斯捷尔纳克向前来探望他的女友伊达·维索茨卡娅求婚，遭到拒绝，他当时的心境后来在《马堡》（1916）一诗中得到再现，之后不久他就离开德国，经意大利回国。在德国马堡帕斯捷尔纳克当年住处的墙壁上，如今悬挂着一块纪念铜牌，上面镌刻着帕斯捷尔纳克的自传《安全证书》（1931）中的一句话："别了，哲学！"这是帕斯捷尔纳克离开马堡返回俄国、离开哲学返回诗歌时的一句心声。帕斯捷尔纳克的儿子叶夫盖尼·帕斯捷尔纳克后来在谈起父亲年轻时的选择时曾这样说道："鲍里斯·帕斯捷尔纳克的青春是一连串成功的尝试，可他却意外地放弃已经获得的一切，其原因似乎连他自己也无法解释。"

1913年，帕斯捷尔纳克自莫斯科大学毕业，也就在这一年，他开始发表诗作，与鲍勃罗夫、阿谢耶夫等组成未来派诗人小组"离心机"，结识了马雅可夫斯基，并相继出版两部诗集，即《云中双子星》（1914）和《超越街垒》（1916），从而成为白银时代的一位重要诗人。1915年底，此前在莫斯科等地担任家庭教师的帕斯捷尔纳克应朋友之邀前往乌拉尔，在一家化工厂担任职员，直到1917年初返回莫斯科。这一年多的乌拉尔生活给帕斯捷尔纳克留下深刻印象，当年的见闻和感受后被他当作情节写进了多部小说。帕斯捷尔纳克认为自己真正的诗歌创作始于1917年夏，即他写作诗集《生活是我的姐妹》时，这部诗集在1922年的出版，奠定了帕斯捷尔纳克在俄国诗坛的地位。这一年，帕斯捷尔纳克与画家叶夫盖尼娅·卢里耶在莫斯科结婚，他们曾前往德国探亲，因为帕斯捷尔纳克的父母和两个妹妹此时已移居德国。1923年，帕斯捷尔纳克的诗集《主题与变奏》在柏林出版。1920年代，帕斯捷尔纳克相继写出多部长诗，如《崇高的疾病》（1924—1928）、《斯佩克托尔斯基》（1923—1925）、《1905年》（1925—1926）和《施密特中尉》（1926—1927）等。

1926年4月至年底，帕斯捷尔纳克与里尔克和茨维塔耶娃之间有过一场著名的书信往来。这段通信是心灵的交谈，三位诗人当时分别居住在苏联、法国和瑞士，他们在孤独中彼此敞开心扉，互诉衷肠，交换着珍贵的慰藉；这也是一段"书信三角罗曼史"，帕斯捷尔纳克深爱茨维塔耶娃，在将里尔克介绍给茨维塔耶娃之后，女诗人的爱却成了投向里尔克生命的最后一束阳光；他们的通信更是关于诗歌的深刻讨论，他们视诗歌为生命，视写诗为生命能量的释放和生命价值的实现，他们在世界抒情诗创作出现危机的时刻相互论证着抒情诗和抒情诗人继续存在的价值和意义。这些书信后被帕斯捷尔纳克的长子等人整理出版，多次再版，成为世界范围的文学畅销书。在里尔克去世数年后，帕斯捷尔纳克仍把1931年出版的自传《安全证书》题词献给里尔克，并在书末附上《一封作为跋的信》，继续他与里尔克的"通信"，帕斯捷尔纳克与茨维塔耶娃的书信来往则一直持续至1936年。

1929年，帕斯捷尔纳克爱上钢琴家济娜伊达·涅高兹，济娜伊达是著名钢琴家涅高兹的妻子，帕斯捷尔纳克爱上她后，两个家庭都经历了一番痛苦的动荡，帕斯捷尔纳克曾在涅高兹家服下一瓶碘酒，试图自杀，幸亏济娜伊达及时抢救，帕斯捷尔纳克才保住生命，两人在1931年终成眷属。之后两人旅行格鲁吉亚，新的爱情促成新的诗歌创作高潮，帕斯捷尔纳克写出诗集《再生》（1932）。在1934年的第一次全苏作家代表大会上，苏联著名政治家布哈林在关于诗歌的报告中给予帕斯捷尔纳克极高评价，称他为"我们当代诗歌界的巨匠"，事实上想把他立为诗坛第一人，以与斯大林树立的第一人马雅可夫斯基相对；在这次大会之后，帕斯捷尔纳克成为新成立的苏联作家协会首批百名会员之一，拿到了由高尔基签署的会员证；1935年，他作为苏联作家代表团成员，与爱伦堡、巴别尔等一同前往巴黎出席世界作家保卫和平大会；1936年，帕斯捷尔纳克在莫斯科郊外的作家村佩列捷尔金诺分到一幢别墅，这里成了他后来的主要住处。就在帕斯捷尔纳克的"苏维埃诗人"身份即将被塑造成型时，他却主动与官方文学和所处时代拉开了一定距离，于是，关于他的诗"晦涩难懂"、关于他对现实"不够热情"之类的责难不时出现。1934年，在曼德尔施塔姆被捕后不久，斯大林曾亲自给帕斯捷尔纳克打电话，询问后者与曼德尔施塔姆是否"朋友"，曼德尔施塔姆是否"大师"，慌乱中的帕斯捷尔纳克给予了得体却不甚明确的回答，他之后一直为此深感内疚。大清洗开始之后，帕斯捷尔纳克的态度变得硬朗起来，1937年，帕斯捷尔纳克拒绝在作家们支持枪毙苏联元帅图哈切夫斯基等人的公开信上署名,显示出"另类"身份,此后基本失去发表诗作的机会,于是潜心于翻译,译出大量英、法、德语文学名著,他翻译的莎士比亚的《哈姆雷特》和歌德的《浮士德》,至今仍被视为翻译杰作。

卫国战争期间,帕斯捷尔纳克留在莫斯科,其间曾去苏联作家们的疏散地齐斯托波尔与家人团聚,也曾作为战地记者前往前线,写下一组战地报道和"战争诗作"。1943年底,在十余年间歇之后,帕斯捷尔纳克的诗作终于再度面世,国家文学出版社出版了他的新诗集《早班列车上》,即便在战时,这部收有二十六首短诗的诗集也迅速售罄。1945年,帕斯捷尔纳克出版生前最后两部诗集《大地的辽阔》和《长短诗选》,之后便开始集中精力写作长篇小说《日瓦戈医生》(1945—1955)。1946年,帕斯捷尔纳克在《新世界》杂志编辑部遇见该刊女编辑伊文斯卡娅,两人一见钟情,由此开始了帕斯捷尔纳克一生中的最后一段恋情。这是一段苦恋:受帕斯捷尔纳克牵连,伊文斯卡娅于1949年被捕,坐牢四年多,帕斯捷尔纳克一直关照着她与前夫所生的孩子;伊文斯卡娅1953年获释后,两人走到一起,但帕斯捷尔纳克始终没有离开妻子,他一直在两个女人之间徘徊;在帕斯捷尔纳克因《日瓦戈医生》的出版和诺贝尔奖事件而承受巨大压力时,伊文斯卡娅始终是他最珍贵的慰藉和依靠;帕斯捷尔纳克刚一去世,伊文斯卡娅又再度被捕,被关押八年,直到1988年才被恢复名誉。

1955年,经过十年潜心创作,《日瓦戈医生》终于完稿。帕斯捷尔纳克把这部小说投给《新世界》杂志,遭到拒绝,于是便把小说手稿交给意大利米兰的出版商费尔特里涅利，小说于 1957 年 11 月在意大利米兰用意大利语出版，此后又迅速被译成欧美十几种主要语言。在小说发表次年的 10 月 23 日，瑞典皇家科学院宣布将当年的诺贝尔文学奖授予帕斯捷尔纳克，帕斯捷尔纳克闻讯十分高兴，立即给诺贝尔奖委员会拍去一份电文："无限感激，感动，自豪，吃惊，惭愧。"但是，帕斯捷尔纳克获诺贝尔奖的消息却激怒苏联官方，苏联国内顿时掀起一场针对帕斯捷尔纳克及其小说《日瓦戈医生》的全民声讨运动。报刊上连篇累牍地发表社论、批判文章和群众来信，帕斯捷尔纳克被斥为"叛徒""诽谤者""犹大""走狗"。在巨大的社会压力下，帕斯捷尔纳克做出妥协，10 月 29 日，他给瑞典皇家科学院拍去这样一份电报："鉴于贵奖对我所属社会所造成影响，我必须拒绝授予我的这项我不配拥有的奖项。恳请勿因我的自愿拒绝而不悦。"

值得一提的是，无论是在当年还是之后，人们都将《日瓦戈医生》在西方的出版和获诺贝尔奖这两件事紧紧捆绑在一起，殊不知在此之前，帕斯捷尔纳克作为少数几位健在的俄国白银时代大诗人，已多次被提名为诺贝尔奖候选人，诺贝尔奖评委会决定在 1958 年授奖给帕斯捷尔纳克，其理由是："以表彰他在当代抒情诗歌领域取得的重大成就，以及他对伟大的俄国史诗小说传统的继承。"也就是说，"表彰"对象首先是帕斯捷尔纳克的抒情诗成就，之后才提及他对俄国史诗小说传统的"继承"，而且并未特意点明《日瓦戈医生》。帕斯捷尔纳克原本可以像 20 世纪苏联和东欧一些"持不同政见作家"那样出国领奖，然后拿着诺奖或其他奖金、奖学金等在西方吃香喝辣，利用他"牺牲者"的身份坐收渔利，但他最终还是在故土和诺贝尔奖之间做出了选择，或者说，他依然选择了受难者的路。

晚年的帕斯捷尔纳克幽居于佩列捷尔金诺，在人生的打击过后，在家人和伊文斯卡娅的关照中，在与大自然的相处中，他很快恢复创作力量，继续写诗，完成了他自1956年开始写作的组诗《天放晴时》。帕斯捷尔纳克一生写作的最后一部作品是剧作《盲美人》，这部借古讽今的历史剧最终未能完成。1960年5月30日，帕斯捷尔纳克因为肺癌在佩列捷尔金诺的家中去世。葬礼在6月2日举行，数以千计的帕斯捷尔纳克诗歌读者从城里赶来，长长的送葬队伍跟在诗人的灵柩后面，蜿蜒在帕斯捷尔纳克家的别墅和佩列捷尔金诺墓地之间那片开阔的原野上。

二

帕斯捷尔纳克先后出版九部诗集，这些抒情诗集像一道珠串，把帕斯捷尔纳克延续半个世纪之久的诗歌创作联接为一个整体；它们又像九个色块，共同组合出帕斯捷尔纳克诗歌的斑斓图画。

1914年，帕斯捷尔纳克推出第一部诗集《云中的双子星》，尽管帕斯捷尔纳克自己对这部处女作不太满意，评论家也认为这部诗集中的诗并非皆为成熟之作，但是，帕斯捷尔纳克后来曾多次修改其中的诗作，这反过来表明了诗人对自己最早一批抒情诗作的眷念和重视，更为重要的是，帕斯捷尔纳克的这第一批诗作其实奠定了他的诗歌风格,将这部诗集中的诗作与他后来的诗作相比,似乎也看不出过于醒目的差异,而这部诗集中的第一首诗《二月》(1912)后来几乎成了帕斯捷尔纳克每一部诗歌选本的开篇之作:

> 二月。一蘸墨水就想哭!
> 号啕着书写二月,
> 当轰鸣的泥浆
> 点燃黑色的春天。
>
> 雇辆马车。六十戈比,
> 穿越钟声和车轮声,
> 奔向大雨如注处,
> 雨声盖过墨水和泪水。
>
> 像烧焦的鸭梨,
> 几千只乌鸦从树上
> 坠落水洼,眼底
> 被注入干枯的忧伤。
>
> 雪融化的地方发黑,
> 风被叫喊打磨,
> 诗句号啕着写成,

越是偶然，就越真实。

1917年，帕斯捷尔纳克出版第二部诗集《超越街垒》，其中的许多诗作其实引自其第一部诗集，但这部诗作的书名却不胫而走，不仅是关于当时时代的一种形象概括，同时也构成关于帕斯捷尔纳克人生态度的一种隐喻。在十年后写给茨维塔耶娃的信中，帕斯捷尔纳克曾这样归纳《超越街垒》的内容："开端是灰色、北方、城市、散文、革命来临前的预感……各种语体相互混杂。"当然，让帕斯捷尔纳克赢得广泛诗名的，还是他的第三部诗集《生活是我的姐妹》(1922)。诗集中的诗写于俄国的历史动荡时期，可这些诗作却令人惊奇地充满宁静和欢欣，对叶莲娜·维诺格拉德的爱恋，与俄国大自然的亲近，使得诗人在残酷的年代唱出了一曲生活的赞歌。诗人在主题诗作《生活是我的姐妹》(1922)中写道：

> 生活是我的姐妹，如今在汛期，
> 她像春雨在众人身上撞伤，
> 可戴首饰的人高傲地抱怨，
> 像燕麦地的蛇客气地蜇咬。

关于"生活是我的姐妹"这句话的来历，研究者们有不同发现，比如圣方济各曾称自然万物为"姐妹"，他曾给他的"鸟妹妹"布道；俄国象征派诗人亚历山大·杜勃罗留波夫一首未发表的诗作就以此为题；帕斯捷尔纳克喜爱的法国诗人魏尔伦也有过

"你的生活是你的姐妹"的诗句。但是,帕斯捷尔纳克最终使"姐妹"成了一个关于生活的整体隐喻,人们能在这个隐喻中体会到诗人对于生活的亲切和关爱。雅各布森曾说,《生活是我的姐妹》这一题目是无法译成德语的,因为德语中的"生活"(das Leben)一词为中性而非阴性,因此无法被称为"姐妹"。雅各布森的这个说法能帮助我们更好地意识到帕斯捷尔纳克这行名言所具的隐喻内涵。1922年6月,出国寻夫的茨维塔耶娃在逗留柏林期间收到帕斯捷尔纳克寄赠的诗集《生活是我的姐妹》,她读后十分赞赏,写下一篇题为《光的骤雨》的书评,她以一位杰出诗人的敏锐洞察力对帕斯捷尔纳克诗歌的特征做出了印象的概括,"光的骤雨",这的确是关于帕斯捷尔纳克诗歌的一个美妙隐喻。

在诗集《主题与变奏》(1923)之后,帕斯捷尔纳克一度转向历史题材的长诗和散文写作,直到1930年代初才相继出版两部诗集,《历年诗选》(1931)是旧作选本,《再生》(1932)是一部新诗集,这部诗集的题目曾被当时的诗歌评论家解读为诗人对其所处"巨变"时代的诗歌呼应,但其写作动机实为帕斯捷尔纳克对济娜伊达·涅高兹的热恋以及格鲁吉亚主题在诗人创作中的渗透,"再生"当然也暗示诗人的返回诗歌。1943年,帕斯捷尔纳克出版诗集《早班列车上》,这部在"二战"正酣时面世的诗集与《生活是我的姐妹》一样,帕斯捷尔纳克诗歌世界中的安详与宁静与外部世界中的动荡和震撼构成了独特的对比,其中由十二首短诗构成的组诗《佩列捷尔金诺》,是诗人为他生活其间的莫斯科郊区小镇留下的如画诗篇。1945年,帕斯捷尔纳克又出版了一部薄薄的诗集《大地的辽阔》，之后便将主要精力用于写作小说《日瓦戈医生》。但《日瓦戈医生》毕竟是一部诗人写作的诗性小说，帕斯捷尔纳克用假托为小说主人公日瓦戈所作的二十五首诗构成小说的最后一章，这组《尤里·日瓦戈的诗》也应该被视为帕斯捷尔纳克的一部独特诗集。在《日瓦戈医生》完成后，帕斯捷尔纳克又回过头来写诗，《天放晴时》（1956—1959）是帕斯捷尔纳克的最后一部诗集，也是他最后一部完整的作品。晚年的帕斯捷尔纳克虽然深陷诺贝尔奖事件的漩涡，但在与伊文斯卡娅温暖的夕阳恋中，在与以佩列捷尔金诺为代表的俄罗斯大自然的和谐共处中，他似乎获得了某种向死而生的欣悦和释然，组诗《天放晴时》作为帕斯捷尔纳克晚年这种复杂的情感体验和深刻的人生思考之结晶，为诗人的整个抒情诗创作、整个文学创作乃至整个人生画上了一个完美的句号。这是组诗中的主题诗作《天放晴时》：

> 硕大的湖像只盘子，
> 云朵聚集在湖畔，
> 那巨大的白色堆积，
> 如同冷酷的冰川。
>
> 随着光照的更替，
> 森林变换着色调，
> 时而燃烧，时而披上

烟尘似的黑袍。

当绵延的雨季过去，
湛蓝在云间闪亮，
突围的天空多么喜庆，
草地充满欢畅！

吹拂远方的风静了，
阳光洒向大地。
树叶绿得透明，
像拼画的彩色玻璃。

在教堂窗边的壁画上，
神父，修士，沙皇，
戴着闪烁的失眠之冠，
就这样把永恒张望。

这大地的辽阔，
如同教堂的内部；
窗旁，我时而能听到
合唱曲遥远的回响。

自然，世界，宇宙的密室，

我将久久服务于你，
置身隐秘的颤抖，
噙着幸福的泪滴。

此诗写于1956年，此时的帕斯捷尔纳克66岁，已经历过一次差点让他送命的中风（1952年），已完成《日瓦戈医生》的写作，已基本理顺"大别墅"（妻子和儿子的家）和"小别墅"（伊文斯卡娅的家）之间的关系，帕斯捷尔纳克在再次经受了茨维塔耶娃所言的"光的骤雨"之后，似乎迎来了"天放晴时"的时节。这首诗是一首山水诗，由七小节构成，诗行很短，用词简洁，韵脚干净利落，显示出帕斯捷尔纳克晚年诗作那种返璞归真的意蕴。诗的标题具有多重含义，既指大自然的雨过天晴，也可能暗示社会生活的变化，更是在隐喻抒情主人公的心境。这首诗充满多个大小比喻，如湖像盘子、白云像冰川、烟尘像黑袍、树叶像彩色玻璃等，但所有这些比喻全都服务于一个总的比喻，即"这大地的辽阔，/如同教堂的内部"，辽阔的大地居然只是一座教堂的"内部"，那么，这座教堂应该就是整个大自然，整个世界，整个宇宙，于是便有了最后一小节第一行的总体比喻："自然，世界，宇宙的密室"。森林是教堂，自然是教堂，宇宙也是一座大教堂，——这一隐喻让诗人"颤抖"，令他落泪，因为他体会到了与周围整个世界的精神关联，他感觉到了他可以与万物一起欢乐、一起受难的权利和使命。

作为20世纪最重要的俄语诗人之一，帕斯捷尔纳克诗歌创作的价值和意义或许体现在以下几个方面：

首先，帕斯捷尔纳克的诗歌中存在着一套别具一格的隐喻系统。帕斯捷尔纳克的诗素以"难懂"著称，在中国也曾被目为"朦胧诗"，这主要因为，他的诗大多具有奇特的隐喻、多义的意象和复杂的语法。在帕斯捷尔纳克的诗中，复杂的句法和满载的意义与抒情主人公情绪的明澈和抒情诗主题的单纯往往构成强烈对比，而这两者间的串联者就是无处不在的隐喻。与大多数善用隐喻的诗人不同，帕斯捷尔纳克的隐喻不是单独的而是组合的，叠加的，贯穿的，不断推进的，与此相适应，帕斯捷尔纳克的隐喻往往不单单是一个词，或一句诗，而是一段诗，甚至整首诗，在俄语诗歌中，同样具有此种风格的还有茨维塔耶娃和曼德尔施塔姆，或许还有后来的布罗茨基。这些组合隐喻会演变成一个个意象，扩大成一个个母题，甚至丰富成一个个"时空体"，德米特里·贝科夫在他的《帕斯捷尔纳克传》中就曾归纳出这样六个"时空体"，即"莫斯科""佩列捷尔金诺""南方""高加索""欧洲""乌拉尔"。

其次，帕斯捷尔纳克的诗歌充满亲近自然、感悟人生的主题内涵。1965年，帕斯捷尔纳克的诗被列入著名的"诗人丛书"出版，西尼亚夫斯基在其长篇序言中写道："帕斯捷尔纳克抒情诗中的中心地位属于大自然。这些诗作的内容超出寻常的风景描绘。帕斯捷尔纳克在叙述春天和冬天、雨水和黎明的同时，也在叙述另一种自然，即生活本身和世界的存在，也在诉说他对生活的信仰，我们觉得，生活在他的诗中居于首要位置，并构成其诗歌的精神基础。在他的阐释中，生活成为某种无条件的、永恒的、绝对的东西,是渗透一切的元素,是最为崇高的奇迹。"对自然的拥抱,对生活的参悟,的确是帕斯捷尔纳克抒情诗中两个最突出的主题,而这两者的相互抱合,更是构成了帕斯捷尔纳克诗歌的意义内核。在帕斯捷尔纳克的诗中,作为抒情主人公的"我"往往是隐在的,而大自然却时常扮演主角,成为主体,具有面容和性格,具有行动和感受的能力,诗中的山水因而也成为了"思想着的画面";置身于大自然,诗人思考现实的生活、人的使命和世界的实质,试图在具体和普遍、偶然和必然、瞬间和永恒、生活和存在之间发现关联,这又使他的抒情诗成了真正的"哲学诗歌"。

第三,帕斯捷尔纳克是白银时代诗歌经验的集大成者。帕斯捷尔纳克爱上诗歌并开始写作诗歌的年代,恰逢俄国文学史上的白银时代,那是一个辉煌灿烂的诗歌时代。他比以象征派诗人为主体的白银时代第一批诗人要年幼一些,却几乎是白银时代诗人中最后一位离世的;他最初接近的是以别雷为代表的后期象征派和马雅可夫斯基为首领的未来派,可他却和茨维塔耶娃一样,是白银时代极为罕见的独立于诗歌流派之外的大诗人。更为重要的是,帕斯捷尔纳克的诗歌创作呈现出对白银时代各种诗歌流派的开放性,他的诗中有象征派诗歌的音乐性,也有阿克梅派诗歌的造型感;有未来派诗歌的语言实验,也有新农民诗歌对自然的亲近,帕斯捷尔纳克的诗歌创作似乎就是俄国白银时代诗歌传统的化身,是真正意义上的白银时代诗歌之子。

最后,帕斯捷尔纳克的创作是20世纪下半期俄国文学和文化的旗帜。帕斯捷尔纳克的创作纵贯20世纪俄语诗歌半个多世纪的发展历史，到20世纪下半期，他和阿赫马托娃成为白银时代大诗人中仅有的两位依然留在苏联并坚持写诗的人，他们的存在本身就标志着一种强大的诗歌传统的延续，无论就创作时间之久、创作精力之强而言，还是就诗歌风格的独特和诗歌成就的卓著而言，帕斯捷尔纳克都是20世纪俄语诗歌中的佼佼者。帕斯捷尔纳克悲剧性的生活和创作经历，也折射出20世纪俄国知识分子，乃至俄罗斯文化的历史命运，他在《斯佩克托尔斯基》和《日瓦戈医生》中展示出的20世纪俄国知识分子之命运，几乎就是他本人的一幅历史自画像。帕斯捷尔纳克的诗歌自身也具有很高的文化品位和文化价值；在几十年的创作历史中，无论社会风气和美学趣味如何变化，帕斯捷尔纳克始终忠于自我的感觉，忠于诗歌的价值，而这在某种意义上又恰恰表现为对生活真理的忠诚，就总体而言，他的诗歌创作，就像曼德尔施塔姆对阿克梅主义所下的定义那样，也是一种"对世界文化的眷念"。

三

帕斯捷尔纳克是一位杰出的诗人，也是一位同样杰出的非韵文作家，他写有长篇小说一部、中短篇小说十三篇（包括未完成作品）、自传两部和文论若干，另外还留下大量书信。帕斯捷尔纳克的散文创作几乎与其诗歌创作同时展开，在之后近半个世纪的创作生涯中，他始终在交替地使用这两种文学形式。除了在1910至1912年间写下的一组后被其全集编者命名为《最初试笔》

的小说片段以及他在 1945 至 1956 年间创作的长篇小说《日瓦戈医生》，他的其他散文作品大多较为集中地出现在 1920 年代前后。

1918 年，帕斯捷尔纳克在莫斯科《劳动旗帜报》发表了他的第一个短篇《阿佩莱斯线条》，这个短篇写于 1914 至 1915 年间。小说开篇有这样一段题解性质的说明："有个传说，有一次希腊画家阿佩莱斯去拜访自己的对手宙克西斯，家中没有遇到他，便在墙上画了一条线，宙克西斯根据这条线便猜出他不在家时是哪位客人造访了他。宙克西斯没有欠债。他选择了一个时机，事先知道在家中遇不到阿佩莱斯，便留下了自己的标记，成为美术界的一段醒世警句。"也就是说，所谓"阿佩莱斯线条"即艺术家的独特标记，即他们的身份名片，艺术家们就是借助他们这样的独特符号来进行交流和竞争的。小说的情节发生地是比萨，意大利费拉拉城诗人列林克维米尼听说德国诗人海涅也来到此处，便去旅馆拜访，没见到海涅，于是留下一张名片，名片上有他刺破指头印上去的血迹，并"要求海涅出示……阿佩莱斯的身份证明"。海涅看到名片后留下一个空纸包给列林克维米尼，自己则乘火车赶往费拉拉，设法勾引了列林克维米尼的伴侣，也是他诗中的女主人公卡米拉，以这种方式回应了对方提出的"诗歌较量"。据帕斯捷尔纳克的长子称，这个短篇中的两个人物身上有帕斯捷尔纳克自己和马雅可夫斯基的影子，隐忍的列林克维米尼象征早年的帕斯捷尔纳克，而张扬的"胜利者"海涅是马雅可夫斯基的缩影。当然，这里的海涅及其与卡米拉的韵事自然都是帕斯捷尔纳克的虚构。和《阿佩莱斯线条》一样，《寄自图拉的信》（1922）也同样以艺术家之间的"较量"为描写对象。小说的叙事主人公是一位诗人,为送友人南下来到图拉,在图拉车站等车返回莫斯科的数小时间,他游览市容,在乌帕河边看到来此拍摄一部无声影片的莫斯科剧组,他先后给刚被送走的女友写了五封信,谈了他的所见所闻以及他因此产生的关于艺术、艺术家和艺术家的良心等问题的思考。小说的第二部分转为第三人称叙事,讲述老演员萨瓦·伊格纳季耶维奇的故事,他和作为叙事主人公的"诗人"一样,也目睹了乌帕河边的拍摄场景,也对这样粗制滥造的艺术手法产生不满,如此一来,两人的艺术观便不谋而合了。值得一提的是,小说中两位艺术家的思考,其实在一定程度上就是帕斯捷尔纳克当年相关思考的反映。正是在写作这个短篇小说的前后,帕斯捷尔纳克写作了他的《若干论点》(1918,发表于1922年)一文,他在此文中提出的一些"论点",如"书籍就是炙热的、燃烧着的方块状良心,仅此而已","活的现实世界是唯一的、一旦成功便能无限持续下去的想象构思"等,也在这篇小说中借助两位主人公之口得到了更为具体的表达。

帕斯捷尔纳克公开发表的第二篇短篇小说《对话》(1918)也同样刊于《劳动旗帜报》(1918年5月17日,第203期),但内容却是一场关于社会制度的"对话",参加这场对话的有三人,即"对象""警官"和警官的助手列费福尔,"对象"来自一个"使用教会斯拉夫语的国度",他们那个国家就像一家"活的银行",大家可以随意地各取所需,在他出于好奇来到这另一个国家后,"出于习惯"在市场里"故伎重演",因而被警察视为抢劫犯抓了起来。整篇小说都建立在对话基础上,实为一份审讯记录。"对象"反复声称他忘了他身在国外,警官却感到奇怪,问"对象"为何要离开"世界上最好的国家"来到这里,"对象"认为激情会把人带到能充分发挥其才能的地方。最后,"对象"还是被判坐牢,而警官和助手则去别墅度周末去了。面对警官及其助手所代表的丰衣足食的社会,"对象"是有些鄙视的,因此才在描述他的国家时流露出某种优越和自豪。帕斯捷尔纳克这个篇幅很短的作品富有新意,既有在它稍后出现的以扎米亚金的《我们》为代表的反乌托邦文学的先声,又带有20世纪中期才兴起的荒诞派戏剧的特征。《无爱》和《空中的路》也是社会题材作品,但却更直接地诉诸革命问题。《无爱》(1918)写的是两位主人公的一段旅程,他们在风雪中乘坐马车赶往车站,打算前往莫斯科,他俩在旅途中的思想、交流和行为构成了小说的主要内容,也体现了两种不同"革命态度"的对比。尤里·科瓦列夫斯基是一位坚定果敢的革命者,具有强烈的责任感和使命感,途中一直在思考未来的行动及其意义,即便在梦中也在思考,因为这些思想"比妻子和孩子都更珍贵,比自己和他人的生命都更珍贵";而同样投身地下革命活动的康斯坦丁·格里采夫却多情善感一些,他旅途中的思念对象是他的女友,是与她在一起时的日常生活细节。作为小说标题的"无爱"一词,自然是指科瓦列夫斯基的生活态度,在他看来,在肩负诸如改造现实、实现理想这样一些崇高使命的时候,就必须舍弃个人情感,甚至牺牲亲情和爱;而在格里采夫看来,更确切地说,帕斯捷尔纳克试图通过格里采夫这一形象来表明，革命和爱也是有可能共存的。科瓦列夫斯基和格里采夫这两个形象所构成的反差，既是当时投身社会革命运动的那一代俄国知识分子自身矛盾性的一种体现，也是帕斯捷尔纳克对于革命的悖论实质的一种揭示，或许也是他本人面对革命时的复杂态度的一种表达。

译成中文还不足万字的短篇小说《空中的路》（1924），在帕斯捷尔纳克的散文创作中却占据一个重要地位，这是因为：它写于1920年代中期，这恰是帕斯捷尔纳克散文写作第一个高潮期的顶点；这篇小说的叙事较为完整，比较集中地体现了帕斯捷尔纳克小说创作的美学特征；这篇小说在帕斯捷尔纳克的散文作品中也知名度很高，他在1933年出版的一部短篇小说集就用这篇小说的题目作为书名，后来他的多种选集也以此为题，1960年代，一份美国的俄侨文学丛刊又以《空中的路》作为刊名。这个精致的短篇由三个部分或曰三个片段构成：一，女主人公廖莉娅和丈夫一起去车站接一位海军军校学员，这位军校学员名叫波利瓦诺夫，他是廖莉娅丈夫的朋友，其实也是廖莉娅的情人。就在夫妻俩离家之时，保姆贪睡，摇篮中的孩子被人偷走。二，列车深夜才到达，已被提升为海军准尉的客人与主人一同回家，听说孩子丢了，三人连同保姆在旷野上苦寻一夜，天亮时，在栅栏边，廖莉娅对波利瓦诺夫说："我们再也不行了，你救救我。找到他。他是你的儿子。"三，十五年之后，过去的海军军官波利瓦诺夫已成为省执委主席团成员，一位手握生杀大权的革命者，廖莉娅深夜来找他，因为他们共同的儿子被波利瓦诺夫一方抓住，即将被杀，波利瓦诺夫起先用"神圣的一切来说服她"，在得知实情后他虽然四处打了一通电话，却知道于事无补，"直到他面前裂开一道最后的、最终确凿的信息之深渊"，而廖莉娅则瘫倒在地。私生子的失而复得，手握生杀大权的人却救不了自己的亲生子，一对旧情人在新现实中的无奈和尴尬，这一切都具有很强的戏剧性效果，构成一个情节起伏跌宕的悬念故事，但是，这个短篇小说最突出的地方还在于它给出了一个关于革命的概括隐喻，"空中的路"如同帕斯捷尔纳克诗歌中的"崇高的疾病"一样，也成了一个关于崇高理想及其非人间属性的一种象征。《空中的路》的小说美学特征，就是它强烈的先锋色彩，它跳跃性的情节结构与印象主义和表现主义的景色描写相互呼应，构成一种朦胧斑斓的叙事语境，颇具在帕斯捷尔纳克去世后才开始兴起的"新小说"调性，请看小说中的这样一段描写主人公彻夜寻子之后的黎明：

> 从一排树下，就像从压得低低的僧帽下，挤出了尚未睡醒的早晨最初的萌芽。天带着间歇一阵阵亮起来。大海的喧嚣突然间似乎没有了，周围比先前更安静了。不知自何处而来，一阵甜蜜、急速的颤抖在那排树上掠过。那排树依次地、夹道般地用自己汗珠的白银拍打栅栏，然后又重新久久地陷入刚才被扰乱的梦境。两块稀罕的金刚石在半明半暗的美满的深巢中各自独立地游戏：一只小鸟和它的唧啾。害怕自己的孤独，害羞自己的渺小，鸟儿竭力想不露痕迹地融化在无边的露水海洋中，那露水由于涣散和朦胧而无法集中思想。

鸟儿做到了这一点。它斜垂着小脑袋，紧紧地闭着眼，不声不响地享受着刚刚诞生的大地的愚蠢和忧愁，并因为自己的消失而高兴。

帕斯捷尔纳克第一部自传散文《安全证书》（1928—1931）分为三部分，第一部分的写作缘起于帕斯捷尔纳克对里尔克的追忆，里尔克 1926 年去世后，帕斯捷尔纳克想为他写点文字，他 1928 年动笔写下的文字构成了《安全证书》的第一部分；马雅可夫斯基 1930 年 4 月自杀后，深受震撼的帕斯捷尔纳克又写下一段相关文字，这便是这部自传的第二、三部分。在给自己作品英译者的一封信中，帕斯捷尔纳克曾这样谈到《安全证书》："这是一系列的回忆。它们自身或许索然无味，如果它们并不包含那些率真的努力，即借助这些回忆来理解什么才是文化和艺术，即便不是完整地理解，也至少能在个别人的命运中找到答案。"这里的"个别人"，显然首先就是里尔克、斯克里亚宾、柯亨、马雅可夫斯基等人，帕斯捷尔纳克在叙述自己青少年时期的生活经历时，想要解决的首要问题却是："究竟什么才是文化和艺术？"在《安全证书》中，也有一段关于这部自传之性质的说明：

> 我不是在写自己的传记。我是在别人的传记有此要求时着手写它的。我和它的主角都认为只有英雄才配有真正的传记，而诗人的经历根本就不适于采取这种形式。一定要写，就得搜集一些无关紧要的琐事来凑数，而它们则会证明诗人

对怜悯之情和强制手段做出了让步。诗人使自己的一生具有如此自愿地大起大落的坡度，因此它不可能被放在传记的垂直线中，而我们却希望在那里看到它。诗人的传记是无法在他自己的名下找到的，而是必须到别人的名下，在他的一群追随者的传记中去寻找。多产的个人越是孤僻内向，他的生平事迹就越具有集体性，而且毋需用任何寓意手法。天才作家的下意识领域是无法度量的。在他的读者身上产生的一切感受就构成了这一领域，但他对读者产生的影响是他无从知晓的。我不是在用自己的回忆来纪念里尔克。相反，这回忆是他赠予我的礼物。

相比于所谓"英雄"，诗人似乎没有留下传记的必要；但是，作为最敏感的观察者和体验者，诗人对他经历过的那些"琐事"的记载和再现又是意义深远的，因为它们关涉文化和艺术，甚至就是文化和艺术的本身。《安全证书》中有诸多关于"艺术"的"定义"："我们描写人，就是为了给他们披上天气。我们描写天气，或描写与天气毫无二致的大自然，就是为了给它披上我们的激情。我们把平日生活拽进散文是为了写诗，我们把散文拖进诗歌是为了搞音乐。我就把这种行为最广义地称作为艺术——根据世世代代的人正在撞击的那只活生生的人类之钟所提出的艺术。""俄语里的'撒谎'更多的是指废话连篇，而不是骗人，艺术就是在这个意义上撒谎。""艺术比人们想象的更片面。""形象的可换性，即艺术，就是力的象征。"自传中写到帕斯捷尔纳克生活中的许多难忘事件,如少年时与造访俄国的里尔克同乘火车,与斯克里亚宾的交往,留学马堡大学,旅行威尼斯,白银时代的诗歌活动,与马雅可夫斯基的友谊,马雅可夫斯基之死,等等,但帕斯捷尔纳克之所以选取这些事件,就是为了发掘这些事件与文化和艺术之间的关联。

在《安全证书》面世二十五年之后,帕斯捷尔纳克写下了他的第二部自传《人与事》(1956—1957)。在第二部自传的一开头,帕斯捷尔纳克就写道:"我在20年代写就的自传习作《安全证书》中分析了造就我的种种生活环境。遗憾的是那本书被当时流行的一种通病——毫无必要的矫揉造作——给糟蹋了。本篇随笔难于回避某些赘述,但我将尽力不重复。"不过,两部自传的内容仍不乏重复,如斯克里亚宾与音乐、马堡与哲学、马雅可夫斯基与诗歌等,但这第二部自传的覆盖面显然扩大了,其中写到了帕斯捷尔纳克的童年生活、1900年代的文学生活、第一次世界大战前俄国的社会和文化氛围等,其中的一些片段让人过目难忘。斯克里亚宾在莫斯科郊外的别墅与帕斯捷尔纳克家的别墅相邻,在森林里散步的帕斯捷尔纳克能听到斯克里亚宾正在家中作曲,"如同阳光与阴影在树林里交替,如同鸟儿从一根树枝到另一根树枝地飞来飞去和啼啭,毗邻的别墅里用钢琴在谱写的《第三交响曲》或《神圣之诗》的片段与章节也在树林中飞扬与回荡。天哪,这是一种什么样的音乐呀!"(《斯克里亚宾》)托尔斯泰去世时,帕斯捷尔纳克的父亲应邀去阿斯塔波沃铁路车站为托尔斯泰画遗像,帕斯捷尔纳克随同前往,走进站长的小屋,他看到了这样的托尔斯泰夫妇："房间里有一座山，如厄尔布鲁士山，而她便是它的一块独立的大山岩。雷雨云笼罩着这间屋子，遮住了半边天，而她便是它的独立的闪电。她不晓得，她拥有山岩和闪电的权力，有权缄默，有权用神秘莫测的行动来凌驾于众人之上，有权不加入同世上最没有托尔斯泰精神的那种东西——托尔斯泰主义者的那场讼争，有权拒绝同这一派人进行一场侏儒式的战斗。可是她在为自己申辩，并呼吁我父亲为她作证，证明她是凭忠贞和思想观点超越对手的，并会比那些人更好地保护好亡者。天哪，我想，一个人可以被人家搞到何种地步，更何况她是托尔斯泰的妻子。""然而，躺在角落里的不是一座山，而是一位满脸皱纹的小老头，是托尔斯泰笔下的那些小老头之一，他描绘过几十个这样的小老头，并把他们分别安置在自己的作品中。这个地方周围插满不高的小枞树。即将下山的太阳用四束倾斜的光柱横贯整个房间，并用窗棂的巨大十字影子和一些小枞树的细小的儿童十字架给停放遗体的角落画上了十字。"（《1900年代》）帕斯捷尔纳克这样理解茨维塔耶娃的自缢："玛丽娜·茨维塔耶娃一生中都用工作来规避日常琐事，当她觉得这样做似乎是不能容忍的侈靡之举，以及为了儿子她必须暂时放弃招人喜爱的激情，并清醒地看一眼周围时，她发现眼前是一片混乱，这是通过创作也忽略不了的、停滞不动的、不习惯的、落后的混乱，于是她吓得急忙躲开了，由于不知该跑到哪儿去避开恐惧，便仓皇躲进了死亡，把头伸进了绳套，如同把头埋在枕头下一样。"（《第一次世界大战前》）《人与事》写了更多的人，更多的事，但是其风格的确与《安全证书》有很大不同，如果说其中的前面两章，即《幼年》和《斯克里亚宾》还多少带有印象主义的细节、深刻细腻的心理和主客体交融的写景等帕斯捷尔纳克散文的典型特征，那么其后面三章，即《1900年代》《第一次世界大战前》《三个影子》，则越写越简洁，就像帕斯捷尔纳克自己在文中所言："在这篇导引式随笔的开头，在描写童年的那几页里，我提供了真实的场面和情景，记述了真实的事件，可是写到中间，我改为概述，开始局限于白描式地描写人物性格了。这样做是为了简洁。"

将帕斯捷尔纳克的散文作品当作一个整体来看待，大致可以归纳出这样几个突出特征：首先，是作者的自传成分在作品中的渗透。除了《安全证书》和《人与事》两部真正的自传外，帕斯捷尔纳克的其他小说也或多或少均带有自传色彩，他的小说的叙事主人公多为诗人和艺术家，他们的见闻和思想往往就是帕斯捷尔纳克本人的亲历：《阿佩莱斯线条》中关于意大利的风景描写，无疑就是他1912年意大利之行的印象；《寄自图拉的信》中自莫斯科至图拉的"长相送"，也的确是他当年送恋人西尼亚科娃南下哈尔科夫时的真实举动；《无爱》等多篇小说中都把情节发生地放在乌拉尔，因为帕斯捷尔纳克1916至1917年初曾在乌拉尔生活；斯佩克托尔斯基等主人公经历过的革命场景，也是帕斯捷尔纳克当年亲眼所见，如此等等，不一而足。与此形成对照的是，帕斯捷尔纳克的两部自传中却不乏"杜撰"和"虚构"，至少在帕斯捷尔纳克回过头来描摹当时的心理状态时往往可能是不无添加的。其次，就是帕斯捷尔纳克散文中由浓烈的抒情色彩、灵动的音乐结构和互动的主客体关系等共同营造出的独特的叙事调性。帕斯捷尔纳克的散文是具有强烈抒情色彩的，尤其是可以视作其散文识别符号的诗意写景；他的小说往往不重情节，不重叙事自身，而更关注与情节关联的、或曰情节之外的非叙事成分，比如情节自身所导致的独特的环境氛围，所引发的独特的人物心理，这使他的小说结构看上去更接近音乐作品，由一系列印象主义式的片段组合而成；就叙事主体和客体的关系角度看，他的小说也呈现出了突出的主体客体化倾向，或者相反，客体主体化倾向。试以前文提及的《空中的路》为例：在帕斯捷尔纳克的中短篇小说中，这个短篇的情节可能是最为清晰、最为紧张的，但即便在这里，作者在三个段落中却恰恰"省略"了一般小说家最乐意交代的东西，即孩子如何被偷走、孩子如何失而复得以及孩子因何罪最终被杀。小说中关于黎明的那段写景，其强烈的抒情性在一定程度上就来自其中出现的主客体并置，即"两块稀罕的金刚石在半明半暗的美满的深巢中各自独立地游戏：一只小鸟和它的唧啾"。在为十一卷本《帕斯捷尔纳克全集》作序时，弗莱施曼以《自由的主观性》为题，用这个概念来概括帕斯捷尔纳克整个创作的美学特征。最后，是诗与散文两种体裁因素在帕斯捷尔纳克散文中的交融。早在1935年，雅各布森就在德文杂志《斯拉夫概况》中发表《论诗人帕斯捷尔纳克的散文》一文，将帕斯捷尔纳克的散文定义为"诗人散文"："帕斯捷尔纳克的散文是一位属于伟大诗歌时代的诗人的散文，它的全部独特性均由此而来。"他还将所谓"邻接联想"视为帕斯捷尔纳克的"转喻原则"。

雅各布森在这篇文章中提出的有关帕斯捷尔纳克在散文中使用的是"转喻"而非"隐喻"的观点值得商榷，因为帕斯捷尔纳克在其散文中显然使用了包括比喻、明喻、转喻和隐喻等一切可能出现在诗歌中的修辞手法，但是雅各布森在其论文的题目中即已给出的"诗人散文"概念则无疑准确地概括了帕斯捷尔纳克散文的特质。"这种'诗人的散文'的一个鲜明特点，在于它拥有浓郁的抒情气息，其中的叙事成分总是不能遮蔽抒情因素，叙事本身也渗透着情感和情绪的诗意表达。另外，这种散文还具有宽泛意义上的自传性题材作品的特征，也即作品主人公和作家本人往往具有精神上的一致性。在这样的散文作品中，作家能够像诗人在抒情诗歌中那样通过抒情主人公来表达自己的感情。毋庸赘言，如果说，即便是抒情诗所表达的也远非诗人的一己之情，那么，'诗人的散文'所表达的，无疑有着更大的艺术概括性。帕斯捷尔纳克从《最初的体验》到《日瓦戈医生》的全部散文作品，正是这种'诗人的散文'。"布罗茨基在为茨维塔耶娃的一部散文集作序时曾套用克劳塞维茨关于"战争是政治的继续"的名言，称茨维塔耶娃的散文"不过是她的诗歌以另一种方式的继续"。我们也可以用同样的话来描述帕斯捷尔纳克的诗歌与散文之间的关系。

在《日瓦戈医生》之前，帕斯捷尔纳克的散文写作已断断续续进行了三十余年，他的十几部散文作品，就主题而言不外两个，即个人与艺术、与文化的关系，以及知识分子与时代、与革命的关系，就形式而言则琳琅满目，有中篇、短篇和自传，在中短篇小说体裁中又分别运用过书信体、日记体、对话体，甚至诗歌。也就是说，帕斯捷尔纳克在《日瓦戈医生》之前所有的散文创作，似乎都在冥冥之中为后来写作《日瓦戈医生》做准备。到了20世纪四五十年代，帕斯捷尔纳克终于用漫长的十年时间完成了他唯一一部长篇小说《日瓦戈医生》，从而攀上他散文创作，乃至他整个文学创作的高峰。

四

1946年2月1日，帕斯捷尔纳克在给表妹弗莱登伯格的信中写道："我开始写一个大部头小说，我想在其中放进最主要的东西，即我生活中的'变故'是如何发生的，我在抓紧赶写，好让你夏天到来时便能读到它。"可能让帕斯捷尔纳克自己也没想到的是，他原计划一年就写完的这个"大部头"后来却写了整整十一年，直到1955年12月10日，他才在给沙拉莫夫的信中如释重负地写道："我写完了这部长篇小说，完成了上帝托付给我的职责。"

小说主人公日瓦戈的原型据说是德米特里·阿夫杰耶夫，他是一位出身商人家庭的医生，帕斯捷尔纳克1941至1943年间在战时的疏散地齐斯托波尔与阿夫杰耶夫相识，回到莫斯科后与医生一家仍保持联系。帕斯捷尔纳克最终为其小说主人公取名"日瓦戈"，关于这个姓氏的来历有多种说法，伊文斯卡娅在其回忆录《时间的俘虏：与鲍里斯·帕斯捷尔纳克共度的岁月》（1978）中写道：已开始这部长篇小说写作的帕斯捷尔纳克，为自己小说的主人公究竟该叫什么名字而举棋不定，一天他走在大街上，突然看到一块圆形铸铁块，上面铸有制造者的名字"日瓦戈"，他觉得这个姓氏很合适，便用来命名了他的小说主人公。在帕斯捷尔纳克的小说手稿中，男主人公曾先后名为"普尔维特"（Пурвит）和"日伍尔特"（Живульт），最后才定名为"日瓦戈"。第一个名字据说源于法文 pour vie，即"为了生活"，第二个名字的词根在俄语中意为"生活"，而最终被作家采纳的"日瓦戈"则是一个古老的教会斯拉夫语单词，意为"富有活力的"。这就是说，在《日瓦戈医生》作者的心目中，日瓦戈首先是"生活"的象征。帕斯捷尔纳克在他那部引起广泛影响的诗集《生活是我的姐妹》中曾将"生活"称为他的"姐妹"，而在《日瓦戈医生》中，他又借助"日瓦戈"这个主人公姓氏给我们以这样的暗示，即"生活"也是他的"兄弟"。

小说的题目告诉我们，日瓦戈是一位医生。日瓦戈的医生身份或许源自其原型阿夫杰耶夫，但通过小说的书名来醒目地突出主人公的这一身份，作家或许至少还有这么几个考量：首先，无论在帕斯捷尔纳克写作《日瓦戈医生》的20世纪四五十年代的苏联，还是在小说前半部分情节展开的十月革命前后的俄国，医生均被视为典型的知识分子。写作伊始，作家就决定其主人公应为一位"知识分子"或"半知识分子"，医生的职业无疑是与其预设主人公的身份相吻合的。其次，以数十年间始终有敌对政治力量相互角力的俄国社会为小说场景，作家选取一位医生作为主人公，让他在两大阵营间穿梭往来，时而前线时而后方，时而城市时而乡间，这便给了作家以更为阔大的描写空间和更为自如的叙事转换。更为重要的是，对于小说叙述调性的确定而言，对于主人公性格特征的塑造而言，乃至对于作者创作思想的表达而言，"医生"这一"中间角色"无疑都是至关重要的。《日瓦戈医生》1988年在苏联正式发表时，利哈乔夫为这部小说撰写了序言，他在序言中就指出："尤·安·日瓦戈在国内战争中的中立立场是由他的职业所宣示的：他是一位军医，也就是说，他是受国际条约保护的正式的中立人士。"最后，日瓦戈的医生身份也构成一种隐喻，即日瓦戈的精神追求和生活态度，对于他所处的时代和社会而言也具有某种医治作用。作为医生的日瓦戈，最终未能治愈自己肉体上的疾病，人到中年时便因中风死在莫斯科街头；但是，置身于满目疮痍的社会和瘟疫流行的时代，日瓦戈却始终在进行精神上的自我医治，以其相对健康的精神与病入膏肓的环境构成一种对峙，这才是日瓦戈的"医生"职业的隐含意义所在。

《日瓦戈医生》的主人公像它的作者一样，也是一位诗人。在1947年3月写给一位记者的信中，帕斯捷尔纳克这样写道："我此时在写作一部大部头小说，其主人公有点像勃洛克和我（或许还有马雅可夫斯基，还有叶赛宁）的合成。他将死于1929年。他留有一部诗集，这部诗集将构成小说第二部中的一章。"他在另一个地方也重复了这一说法："这个主人公应该是我、勃洛克、叶赛宁和马雅可夫斯基之间的某个平均数。"也就是说，帕斯捷尔纳克在写作这部长篇小说伊始便决意选取一位诗人来做主人公。帕斯捷尔纳克开始进行文学创作时,恰逢俄国文学的白银时代,诗人们独领文坛之风骚,他们激扬文字,放声歌唱,是真正的"当代英雄"。但在帕斯捷尔纳克开始写作这部长篇小说时,诗人们却风光不再,许多著名诗人或英年早逝,如勃洛克,或遭镇压,如古米廖夫和曼德尔施塔姆,或自杀,如马雅可夫斯基、叶赛宁和茨维塔耶娃,或被批判,如阿赫马托娃,20世纪俄国知识分子的不幸遭遇似乎在诗人这个群体中得到了最集中、最充分的体现。作为这一群体之成员,在为其所处时代写作"编年史"时,帕斯捷尔纳克自然更愿选取一位"同行"作为描写对象,更何况,诗人写诗人,在性格塑造、心理刻画等方面当然也更加得心应手,游刃有余。正是由于主人公日瓦戈的诗人身份,小说《日瓦戈医生》便带有了鲜明的"自传"色彩。在《日瓦戈医生》之前,帕斯捷尔纳克即已发表自传《安全证书》,在此之后,他还写作了另一部自传《人与事》,但包括他自己在内的许多人却一直认为《日瓦戈医生》才是他个人生活的"总结之书"。利哈乔夫认为,《日瓦戈医生》甚至不是一部小说,而是"一种特殊的自传"。日瓦戈面对生活的不懈思索,日瓦戈的文学写作方式,日瓦戈面对革命的态度,甚至日瓦戈优柔寡断的性格和移情别恋的婚姻,都与日瓦戈的诗人身份一样,是帕斯捷尔纳克的自我写照。但日瓦戈这一"自传"形象的特殊性却在于,作者之写自己像是在写一个他者,于是,小说的这个主人公便像是诗歌中的抒情主人公。诗歌中的抒情主人公往往是杜撰的,是陌生化的,可他却又总是诗人最等值、最鲜明的自我表达。诗人笔下的"我"并不永远仅仅是他自己，同样，诗人笔下的"他"也往往带有诗人自己的情感体验和精神投射。利哈乔夫因此断言："尤里·安德烈耶维奇·日瓦戈就是帕斯捷尔纳克的抒情主人公，后者在小说中也依然是一位抒情诗人。"而这部小说，其实就是帕斯捷尔纳克本人的"抒情自白"。换言之，日瓦戈的形象就是帕斯捷尔纳克的个性之投射，就是帕斯捷尔纳克的一种发展了的自我，一种更具典型性和概括性的自我。正是就这一意义而言，有人索性将日瓦戈与帕斯捷尔纳克并列，合称为"作者主人公"。《日瓦戈医生》被视为帕斯捷尔纳克艺术观和世界观的集大成者，而主人公的诗人身份，使同样作为诗人的帕斯捷尔纳克可以更为直接、更为便利地表达自己的感受和思考。帕斯捷尔纳克说："我不能说这部小说很出色，是天才之作，是成功之作。但这是一个转折，是问题的解决，是一种欲把一切一吐为快的愿望，即以历史绝对性的态度对生活及其最广阔的基础做出评判，如果说先前吸引我的是各种音步的抑扬格格律，那么在开始写作这部长篇小说时，我试图采用的却是一种世界性的格律。"日瓦戈的诗人身份也对《日瓦戈医生》这部"抒情史诗"的结构和调性起到了某种决定性作用。《日瓦戈医生》与传统的长篇小说不同，它采用的是充满跳跃的诗体结构，用的是布满比喻的诗化语言，情节的主线也是主人公的诗性感受，这一切营造出一种浓郁的诗意氛围。结尾一章《尤里·日瓦戈的诗作》更是在提醒读者，这部作品是诗与散文的合成，是抒情诗与长篇小说的合成。俄国诗人沃兹涅先斯基曾将《日瓦戈医生》定义为"诗小说"，他的主要理由之一也正在于"诗人主人公"

在这部小说中所占据的中心位置,所发挥的结构功能。作为诗人的日瓦戈的死亡,自身也构成一个颇具互文含义的隐喻。日瓦戈死于三十七岁,这是普希金离世的年纪。日瓦戈死于中风引起的"呼吸困难",而勃洛克在1921年一篇纪念普希金的文章中曾这样写道:"诗人死去了,因为他缺乏可供呼吸的空气。"日瓦戈死在一辆电车上,而古米廖夫曾写有《迷途的电车》,将因革命而失去控制的时代形容为一辆脱轨的电车。

赫尔岑曾说,他写作回忆录《往事与沉思》是为了揭示"历史在一个人身上的反映",而帕斯捷尔纳克在1926年4月20日写给茨维塔耶娃的信中则说,其创作目的是"向历史奉还显然已与它相脱离的那一代人,即我与你所处的那一代人"。1946年10月13日,帕斯捷尔纳克致信弗莱登伯格:"我对你说过,我开始写作一部大部头小说。说实话,这是我的第一部真正的作品。我想在其中给出俄国近四十五年的历史形象,同时也要从各方面展现一个沉重、悲哀的主题,这类主题曾在狄更斯和陀思妥耶夫斯基处获得完美的详尽处理,这部作品将体现我对艺术、福音书、人在历史中的生活等其他许多问题的看法。"但是,如果说赫尔岑要写"历史在一个人身上的反映",决意"向历史奉还这一代人"的帕斯捷尔纳克,注重的却是"人在历史中的生活",亦即历史中的个人,或曰个人的历史,他所要体现的与其说是人在历史中的发展和成长,亦即历史对人的作用,不如说是人与历史的冲突,人对历史的抗衡,亦即人对历史的反作用力。

日瓦戈的舅舅韦杰尼亚平在小说的一开始就问道:"什么是

历史？历史就是不懈破解死亡之谜并进而战胜死亡的各种自古就有的工作之总和。"在帕斯捷尔纳克看来，人类文明的整个过程，亦即"历史"，其意义就在于赞叹"生之奇迹"，破解"死之谜语"，就在于确定"个性之现象"，论证"存在之不朽"，个人就是造物主的创造之桂冠，是自然界中唯一具有精神意义的实体存在，因此，人的存在之价值并不亚于任何历史的存在。历史的存在意义在于创造人，在于个性的实现，而不是相反，即人的存在意义在于创造历史，在于改造历史。正是在这个意义上，帕斯捷尔纳克坚决反对任何假借"历史"的名义对"个人"的强加和凌驾。《日瓦戈医生》并不简单地是写20世纪俄国知识分子的悲剧命运，更不仅仅是对俄国十月革命的谴责和声讨，作者其实有着更深刻、更概括的思索：历史的发展与个人的发展、国家的命运与个人的命运之间或许是充满矛盾的，历史进步的目的与达到目的的手段这两者之间或许是构成冲突的。十月革命爆发时，日瓦戈的舅舅对他说："这值得一看。这就是历史。这种事情一生只能遇上一回。"日瓦戈果然"看见了"历史，体验了历史。小说中的日瓦戈除了写诗外也写札记，他的札记题为《以人为对象的游戏》。从20世纪初起到帕斯捷尔纳克开始写作这部小说的1940年代，俄国大地上一直在上演残酷的"以人为对象的游戏"，也就是"把玩人"和"玩弄人"，个体的人纷纷成了历史巨掌上的玩偶，命运皮鞭下的羔羊，其结果就是无谓的争斗和牺牲，无辜的流血和死亡。于是，一代试图把玩历史的人却被历史所把玩，一代试图操控命运的人却被命运所操控，甚至连加害于人的人自己最后也纷纷成了受害者，小说中的斯特列利尼科夫就是一个例证。而日瓦戈给出的答案，就是"仿佛退出了游戏"。在拉拉被科马罗夫斯基带走之后，独自留在瓦雷金诺的日瓦戈，"除了写作痛失拉拉的诗作外，还把各个时期所写的关于自然、日常生活等各种题材的诗作都完成了。和过去一样，在写作时，许多有关个人生活和社会生活的念头不断向他袭来"，"他再次想到，他对历史以及所谓历史进程的看法与众不同，在他看来，历史的景象就像植物王国的生命"，"历史不是由哪一个人创造的，历史的发展正像野草的生长一样，是看不见的"。而他身边的"历史"却是反自然的，因而也是反人性的。不是人在服务历史，而是历史应该服务于人，让人实现其自由和价值。所谓"改造世界""创造历史"之类的豪言壮举，都是与日瓦戈探究"生活之秘密"和"存在之不朽"的取向格格不入的。面对历史，日瓦戈既置身其中，又置之度外，他从侧面，甚至从对面打量自己所处的历史，通过他的思考和写作，更多地是通过他的行为和存在本身，来表达他对历史的对峙和抗拒。

帕斯捷尔纳克正式动笔写作《日瓦戈医生》，是在他完成对莎士比亚《哈姆雷特》一剧的翻译之后。《哈姆雷特》的翻译无疑也影响到了《日瓦戈医生》的写作，其痕迹之一便是日瓦戈身上浓厚的哈姆雷特气质。作为小说最后一章（第十七章）的日瓦戈的二十五首诗，其第一首便以《哈姆雷特》为题：

喧闹静了。我走上舞台。

我倚着木头门框,
在遥远的回声中捕捉
我的世纪的未来声响。

夜色盯着我看,
像一千个聚焦的镜头。
我父亚伯,若有可能,
请免去这杯苦酒。

我喜爱你固执的意图,
也同意扮演这个角色。
此时却上演另一出戏,
请你这一回放过我。

可剧情已经设定,
结局也无法更替。
我孤身一人沉入虚伪。
度过一生,绝非走过一片田地。

  在这里,日瓦戈以哈姆雷特自比,不,更确切地说,是帕斯捷尔纳克在将日瓦戈比作哈姆雷特。这是一个悲剧英雄,因为他要在"另一出戏"中扮演他本不愿扮演的角色,他要违背自己的意志"沉入虚伪"。在小说中,哈姆雷特的犹豫不决,哈姆雷特的无所适从，哈姆雷特的别无选择，都在日瓦戈身上有所体现。日瓦戈在两个阵营间来回摇摆，或曰不偏不倚；他在两个女人间举棋不定，或曰同时深爱着两个女人，而且，他也很爱他的最后一任妻子玛丽娜；他似乎一贯缺乏果敢的行动、坚强的意志和明确的目标；作为女婿、丈夫和父亲，他在动荡的岁月里未能给家人和亲人提供足够的庇护，最终妻女被迫移居国外，情人也被自己的情敌带走。在小说中，日瓦戈的妻子托尼娅曾在给丈夫的告别信中这样谈到日瓦戈的"缺乏意志"："而我是爱你的。唉，我是多么地爱你，你简直无法想象！我爱你身上的一切特别之处，一切好的和不好的特点，你那些一切平平常常的方面，可它们却非同寻常地合为一体，因此显得珍贵，我爱你的因为内在涵养而变得高尚的脸庞，若没有那内涵你的脸庞或许并不显得英俊，我爱你的天赋和智慧，它们弥补了你完全欠缺的意志。"在描述日瓦戈的性格时，人们常常会用到三个俄语单词，即безволие（优柔寡断）、бессилие（无能为力）和бездействие（无所作为），这似乎是一个被动的、消极的人物，也有人将他与高尔基笔下的萨姆金等形象并列，称他为"20世纪的多余人"。然而，把日瓦戈的哈姆雷特性格置入他所处的那个动荡、激进的时代，这个形象的"积极"意义便凸显了出来。利哈乔夫指出："这些摇摆不定所体现的并非日瓦戈的软弱，而是他的智性力量和道德力量。他的确缺乏意志，如果这意志指的就是那种毫不动摇地接受那些单一决定的能力，可他身上却有着一种精神上的决然，即不屈从于那些能够摆脱犹豫的单一决定之诱惑。"不随波逐流，不左右逢迎，更不助纣为虐，这就是日瓦戈在革命时代始终如一的姿态，于是，哈姆雷特提出的"做还是不做"的问题，在日瓦戈这里反倒有了答案，即"不做就是做"。值得注意的是，帕斯捷尔纳克在译完《哈姆雷特》后所写的《莎士比亚作品翻译札记》(1946)一文中曾这样说道："《哈姆雷特》不是一部表现优柔寡断的戏剧，而是一部表现责任和弃绝自我的戏剧。""《哈姆雷特》是一部崇高命运的戏剧，遗留功勋的戏剧，托付使命的戏剧。"日瓦戈的犹豫，像哈姆雷特这一形象一样，其实是一种尊崇使命、忠于责任的态度之体现；日瓦戈的无为，背衬着疯狂、残忍的时代，反倒显示出了比哈姆雷特更大的勇气，更多的人道主义力量。日瓦戈作为20世纪俄国的哈姆雷特，其立场和姿态或许就构成一种更加理智、更为合理的抗拒命运的方式。

在1946年10月13日写给弗莱登伯格的信中，帕斯捷尔纳克曾将《日瓦戈医生》称作"我的基督教"，这当然是一种比喻说法，指这部小说是他的思想和信仰的集大成者。但与此同时，他的这一表述无疑也能帮助我们更充分地意识到《日瓦戈医生》浓厚的宗教色彩，比如，小说在内容和形式上与俄国文学中传统的"使徒传"体裁的相似，小说中的年代和日期多采用宗教日历上的说法，小说中大量采用宗教词汇和《圣经》引文，等等，这些成分在苏联时期的小说中极为罕见，在后来小说受到批判时，这些特征也均被当成重要罪证。在苏联解体后的俄国学界，《日瓦戈医生》的宗教内涵得到了越来越多的关注。在由莱德尔曼和利波维茨基父子合著的两卷本《20世纪俄国文学》一书中，关于《日瓦戈医生》的分析由三小节构成,其中两节的题目分别为"尤里·日瓦戈和基督耶稣之相似"和"尤里·日瓦戈的福音书"。书中关于日瓦戈形象之宗教意义的阐释,其结论之一即日瓦戈就是另一个耶稣:"对小说《日瓦戈医生》最初的一些评论即已发现了尤里·日瓦戈形象与基督耶稣的相似。但是,可以进行讨论的不仅有这两个形象的相似,而且还有另一种相似,即尤里·日瓦戈的整个历史、其命运的全部故事与《圣经》中耶稣基督的历史、与《新约》故事之间的相似。这种相似在小说中发挥着某种结构轴心的作用。"也就是说,无论是就性格和形象而言,还是就经历和命运而言,日瓦戈都是一位20世纪的俄罗斯耶稣。从身世和经历上看,和耶稣一样,日瓦戈也是一位受难者。小说从日瓦戈母亲的葬礼写起,十岁的尤拉爬上母亲的新坟,"小男孩两手捂着脸,痛哭起来。一片云迎面飘来,将冰冷的雨点砸在他的手上和脸上"。在此之前,他的百万富翁父亲早已跳下火车自杀。日瓦戈目睹了1905年革命的街头屠杀和第一次世界大战的血腥战场,在十月革命和内战期间,他流离失所,妻离子散,像一颗谷粒被夹在红白两大阵营的磨盘间,甚至连他的爱情都是凄婉的、不幸的,他最终倒毙街头。在小说结尾,拉拉坐在日瓦戈的棺材旁哭诉,然后,"几个男人走到棺材旁,用三条麻披抬起棺材。开始出殡了。"就这样,日瓦戈的故事被镶嵌在他母亲的葬礼和他自己的葬礼之间,构成一位受难者的悲剧一生。从性格和行为上看,和耶稣一样,日瓦戈也是一个纯洁安详的天使般的人物。他善良谦和,与世无争,不谙世故,但是,"至于主人公具体行为上的'无为',却多次因为其道德上的献身精神而得到补偿。就像陀思妥耶夫斯基的小说《白痴》中的梅什金公爵一样，这位主人公也成了基督之个性的独特'投射'，成为其精神功绩之体现，其救赎式牺牲的福音书理想之体现。"从性格塑造的角度看，和耶稣一样，日瓦戈也是一个给定的性格。《日瓦戈医生》写到了日瓦戈的"思想转变"，比如，在革命发生的初始阶段，他像勃洛克等俄国知识分子一样曾感觉到一种莫名的激动或曰兴奋："多么了不起的外科手术！巧妙的一刀，一下子就把多少年发愁的烂疮切除了！痛痛快快，干脆利索，一下子就把千百年来人们顶礼膜拜、奉若神明的不合理制度判了死刑。"但革命中发生的与人和人性相悖的事情却使他迅速改变了立场，更确切地说，他并未改变立场，因为他的立场自始至终都是固定的，即人道主义的立场。他的性格其实是没有变化的，自始至终都像基督一样全知全能，不偏不倚，谦恭宽容，自我牺牲，直到他在他那组诗的最后一首中重复主的话语："人，收起你的剑。争执不该用刀剑解决。"这像耶稣一样"事先给定的命运和性格"，与始自19世纪中期的俄国小说人物塑造手法大相径庭，无论是托尔斯泰在《战争与和平》中采用的"心灵辩证法"，还是阿·托尔斯泰揭示的"苦难的历程"，均在帕斯捷尔纳克这里遭到了解构和颠覆。

　　关于《日瓦戈医生》是20世纪俄国知识分子命运之艺术再现的说法，早已成为一种文学史论断，但关于日瓦戈的俄国知识分子属性之独特性的论述尚为数不多。说到日瓦戈，人们大多将其视为俄国知识分子阶层的殉道者之一，认同其悲剧命运的普遍意义。但是我们也要注意到,在日瓦戈所处时代,俄国知识分子的构成自身就是复杂多元的。十月革命之后,自别林斯基、车尔尼雪夫斯基始的俄国激进派知识分子的思想传统占据上风,以流亡知识分子和所谓"国内侨民"为主体的"反革命"知识分子则在与新现实做殊死的搏战,而在这两大知识阵营之间,其实还有着大量"中间"知识分子,或曰20世纪俄国知识分子的"第三类型",日瓦戈应该就是他们的典型代表之一。作为这一类型的俄国知识分子,日瓦戈身上至少体现出了这么几种独特的俄国知识分子属性:首先,是以做旁观者的不作为方式自觉地维护自我和社会的道德纯洁和精神健康。在革命的疾风暴雨时期,在两派无谓争斗的历史阶段,他们保持中立,与两个阵营都同时拉开距离,不随波逐流,也不以牙还牙,他们认为这才可能是最为恰当的消弭社会矛盾的方式方法,这才是真正的人道主义。更为重要的是,俄国知识分子的这种自觉的道德感和责任感,又总是与他们的宗教感联系在一起的,在俄国当代作家、畅销书《帕斯捷尔纳克传》的作者德米特里·贝科夫看来,日瓦戈的形象就是俄国基督教的化身,帕斯捷尔纳克通过这一形象体现的就是东正教所弘扬的牺牲和慷慨。其次,是对文化和艺术的眷念。小说中的日瓦戈,虽然生活动荡,虽然身为医生,却始终没有停止关于俄国历史和现实的哲学思考,始终没有停止自己的文学写作,尽管他的思考和写作未必"合乎时宜",他似乎在用自己的举止图解白银时代俄国知识分子一项不约而同的使命。日瓦戈在小说中曾对艺术创作之意义有过很多说法,主题即帕斯捷尔纳克自己的一个创作信条，即"艺术就是战胜死亡、赢得不朽的唯一途径"。主人公的同父异母兄弟叶夫格拉夫·日瓦戈后来成为苏联将军，可他却喜爱哥哥的诗歌，不懈地搜集整理日瓦戈的手稿，这个情节似乎也构成一种关于艺术创作之不朽意义的隐喻。最后，是对大自然的亲近。小说中的日瓦戈颠沛流离，却自始至终都处在俄国大自然的怀抱中，他对自然具有诗人般的敏感和情人般的深情。茨维塔耶娃在评论帕斯捷尔纳克笔下的自然时曾说："在帕斯捷尔纳克以前，自然界是通过人描写出来的。帕斯捷尔纳克诗里的自然界却没有人。人参与其中仅仅是由于，它是通过人的话语表达出来的。可以说，任何诗人都可以把自己比成一棵树。帕斯捷尔纳克则感到自己就是一棵树。仿佛是大自然把他变成了一棵树，为的是让他迷人的'躯干'和着自然界的节拍瑟瑟作响。"这段话也可以用在日瓦戈身上。日瓦戈在瓦雷金诺的爱情和写作，其实构成一种象征，即大自然才是他的思想摇篮和情感归宿。德米特里·贝科夫在《帕斯捷尔纳克传》中指出，拉拉其实就是俄国的象征，这个国家始终厄运缠身，不善于面对生活，却又能顽强而又美丽地存在下去。五位男人，即日瓦戈、安季波夫、科马罗夫斯基、加利乌林和桑杰维亚托夫对拉拉的爱慕和追求，就象征着不同社会力量对俄国的觊觎和掌控；而拉拉就像是母亲大地，是俄国的大自然，她海纳百川，永远能恢复贞洁，像古希腊的女神。日瓦戈是一位既独特又典型的20世纪俄国知识分子，道德、文化和自然这三种因素既是他的坚守对象，反过来也构成了他的性格基因。

日瓦戈是医生，也是诗人；是哈姆雷特，也是耶稣；是生活的象征，也是与历史的对峙；是帕斯捷尔纳克的"抒情主人公"，也是20世纪俄国知识分子的"第三类型"……具有如此多元身份的日瓦戈形象，注定是一个内涵复杂而又深刻的文学主人公。对于一部长篇小说的解读，往往就是对于其中人物，尤其是其中主人公的解读。理解了日瓦戈这个形象，也就有可能理解《日瓦戈医生》这样一部20世纪俄国文学中的"秘密之书"和"文化之书"的深刻内涵和深远意义。

心灵的相会

——茨维塔耶娃和帕斯捷尔纳克的书信往来

一

茨维塔耶娃和帕斯捷尔纳克是俄国白银时代的两位大诗人,他俩与阿赫马托娃、曼德尔施塔姆合称白银时代"四大诗人"。也有人将勃洛克和马雅可夫斯基加入,称为"六大诗人";还有人把古米廖夫和叶赛宁也算进来,称为"八大诗人"。

这些大诗人就整体而言构成俄国诗歌,乃至世界诗歌苍穹中的一个璀璨星座,但这一诗群自身也构成复杂:在诗歌地理学意义上,他们大致分属彼得堡和莫斯科两地,勃洛克、古米廖夫、阿赫马托娃和曼德尔施塔姆是彼得堡诗歌传统的化身,而马雅可夫斯基、茨维塔耶娃、帕斯捷尔纳克和叶赛宁则是新兴的莫斯科诗歌的代表;就诗歌创作方法而言,勃洛克是象征派,曼德尔施塔姆、古米廖夫和阿赫马托娃是阿克梅派,马雅可夫斯基是未来派,叶赛宁是新农民诗派,而帕斯捷尔纳克和茨维塔耶娃则与任何派别均保持距离。这些诗人间的关系也远近不等,错综复杂:茨维塔耶娃对勃洛克始终抱有温暖的敬意甚或崇拜,像妹妹面对兄长，或女儿面对父亲；古米廖夫和阿赫马托娃曾是夫妻，马雅可夫斯基和帕斯捷尔纳克曾是好友；曼德尔施塔姆和茨维塔耶娃有过温情的"莫斯科漫步"，帕斯捷尔纳克和叶赛宁发生过当面冲突。而在这些诗人中间，茨维塔耶娃和帕斯捷尔纳克的交往可能最为独特，因为他俩的交往是在白银时代的诗歌光芒渐渐消隐之后才开始的，因为他俩的交往主要是以通信的方式进行的，他俩在书信中相互走进，倾诉衷肠，实现了心灵的相会。

二

帕斯捷尔纳克比茨维塔耶娃大两岁，他俩几乎同龄，又同是莫斯科人，同样出身书香门第，同样曾留学德国，甚至连他俩的母亲也曾是同一位钢琴家鲁宾斯坦的学生。他俩前后脚登上俄国诗坛，并与马雅可夫斯基等一起成为俄国白银时代"莫斯科诗歌"的代表，开始与以勃洛克、阿赫马托娃、古米廖夫等为代表的"彼得堡诗歌"比肩。但是，在茨维塔耶娃1922年流亡国外之前，他俩在莫斯科只有泛泛之交，仅匆匆谋面三两次。他俩当年交往不多，可能与他俩面对文坛的态度有关，一部《帕斯捷尔纳克传》的作者德米特里·贝科夫写道："帕斯捷尔纳克同茨维塔耶娃在莫斯科过从甚少，他一直为此深感自责。他们两人原本就游离于狭隘的圈子之外，均不属于那种'应招'的文学人士，有意无意地定期相聚在各种晚会、朗诵会和杂志社之类的场所。帕斯捷尔纳克勉强算是未来派边缘化组织的成员，茨维塔耶娃则从未参加任何团体。"在俄国白银时代的文学界，茨维塔耶娃和帕斯捷尔纳克的确构成两个特例，即他俩均不属于当时山头林立的诗坛中的任何一派。他俩特立独行，自然首先源于他俩的个性，即茨维塔耶娃的独立不羁和率真任性，以及帕斯捷尔纳克的腼腆羞涩和谨小慎微，与此同时，他俩的内心又都是无比骄傲的，诗人相轻，这或许妨碍了他俩相互走近，他俩甚至很少阅读对方的诗作。

1922年夏天，帕斯捷尔纳克突然收到茨维塔耶娃所赠诗集《里程碑》，他读后十分感动。此时，茨维塔耶娃已身在柏林，帕斯捷尔纳克于是在1922年6月14日提笔给茨维塔耶娃写去第一封信，他用狂喜的笔触写道："我用颤抖的声音给弟弟读起您的《我知道我将死在霞光中》，却像一个陌生人一样，被一阵阵涌入喉部的哽咽打断，这哽咽最终爆发成号啕大哭。"在接下来朗读这部诗集中的其他诗作时，这样的情景一次又一次复现。帕斯捷尔纳克为他和茨维塔耶娃同在莫斯科，几乎是邻居却相知甚少而扼腕叹息："怎么可以，在与您一起拖着蹒跚的脚步跟在塔吉亚娜·费奥多罗夫娜棺材后面送葬的同时，却不知道我在与谁并肩行走。怎么可以，在不止一次听说到您的情况下，我竟疏忽大意，与您的斯温伯恩式的'里程碑'擦肩而过。"帕斯捷尔纳克动情地称茨维塔耶娃是"我亲爱的、黄金般的、无与伦比的诗人"，"您将会是唯一的同时代人"。他还连声感叹："生活真是太古怪、太愚蠢了。真是太古怪、太愚蠢、太美好了。"

茨维塔耶娃显然被这封来信打动了，她在十五天之后的1922年6月29日给帕斯捷尔纳克回了第一封信。考虑到帕斯捷尔纳克的信是从苏联发往国外的,是请人(爱伦堡)转交的,难免辗转许久,因此,茨维塔耶娃显然是在接到帕斯捷尔纳克的信后立即提笔作答的,尽管她在回信的开头写道:"我在清醒的白昼给您写信,克服了夜晚时光的眷恋和跑出去的冲动……我在自己的内心让您的信冷却下来。"茨维塔耶娃在回信中称,她早在1918年春就见过帕斯捷尔纳克,也发出过邀请,可是,"您并未出现,因为您并不希望生活中有什么改变"。茨维塔耶娃还以惊人的记忆力回忆起她与帕斯捷尔纳克的数次相见,并写道:"那么,亲爱的鲍里斯·列昂尼多维奇,这就是'我与您的故事',也是断断续续的。"

他俩"断断续续的故事"在通信中得以继续。

三

从帕斯捷尔纳克1922年6月14日写给茨维塔耶娃的第一封信,到1936年8月茨维塔耶娃写给帕斯捷尔纳克的最后一封信,两人的通信持续十四年之久,留存下来的书信总共近二百封。这是一曲爱的罗曼史,一场情感的马拉松。

在开始通信时,茨维塔耶娃和帕斯捷尔纳克似乎不约而同地均有相交恨晚的感觉,但相比较而言,茨维塔耶娃的表白来得更迅疾,更热烈,帕斯捷尔纳克很快就感受到了来自茨维塔耶娃的"压力":"但是您极其的真诚,与您通信并不比同我自己通信更轻松。"(1923年1月2日)不久,茨维塔耶娃就主动提议在信中对帕斯捷尔纳克以"你"相称,并说她在生活中从未这样称呼其他男人。发现自己怀孕之后,她在给帕斯捷尔纳克的信中表示,她要给儿子取名鲍里斯,要以这种方式把帕斯捷尔纳克"牵扯"到她的生活中来,"我把儿子献给你,就像古人把儿子献给神灵!"(1925年5月26日)帕斯捷尔纳克的感情也很快被点燃了,一开始还有些拘谨、木讷的他,开始在书信中一次次地火热表白:"我如此爱你,甚至变得粗心大意、冷漠无情,你仿佛一直是我的姐妹,我的初恋,我的妻子,我的母亲,是女人之于我的一切。你就是那个女人。"(1926年4月4日)"我实在是无法给你写信,而是想出去看一看,当一个诗人刚刚呼唤过另一个诗人,空气和天空会出现什么样的变化。""这是初恋的初恋。"(1926年4月20日)"我可以,也应该在见面前瞒住你的情况是,如今我再也无法不爱你了,你是我唯一合法的天空,非常、非常合法的妻子,在'合法的妻子'这个词里,由于这个词所含有的力量,我已开始听出了其中前所未有的疯狂。玛丽娜,在我呼唤你的时候,我的毛发由于痛苦和寒意全都竖了起来。"(1926年5月5日)"我无限爱恋的爱人,我爱你爱得发了疯。"(1926年7月31日)茨维塔耶娃也总是热情回应:"你好,鲍里斯!早上6点,一直刮着风。我刚才正沿着林荫小道朝井边跑去(两种不同的欢乐:空桶,满桶),并用顶着风的整个身体在向你问候。门口(已经有一只满桶了)是第二个括号:大家都还在睡觉——我停下了,抬起头迎向你。我就这样和你生活在一起,清晨和夜晚,在你的身体内起床,在你的身体内躺下。"(1926年5月26日)或许正因为两位诗人相距遥远，他们彼此才反而产生出信任，有了安全感。或许正因为这场书信罗曼史的柏拉图式爱情性质，他俩才彻底放开手脚，没有了顾忌，把自己内心的情感，包括爱的隐秘情感在内，全都一吐为快。

然而渐渐地，两人的情书中也开始出现猜疑和妒忌。帕斯捷尔纳克在信中写到妻子的醋意，说他给茨维塔耶娃写信时总要躲避家人；而茨维塔耶娃则针锋相对，说她总是"敞开大门写信"，她甚至把帕斯捷尔纳克的情书拿给丈夫看。在与帕斯捷尔纳克开始通信后不久，茨维塔耶娃就开始了她与罗德泽维奇的"布拉格之恋"；而帕斯捷尔纳克则在与茨维塔耶娃通信的过程中，开始了对钢琴家涅高兹的妻子季娜伊达的追求。在他们的书信温度达到最高点的时候，里尔克的加入被茨维塔耶娃形容为"你我之间刮过的一阵穿堂风"；而茨维塔耶娃与米尔斯基的"伦敦漫步"则使帕斯捷尔纳克感觉到："正是你关于旅行的消息刺痛了我的手指。"

茨维塔耶娃和帕斯捷尔纳克两人由惺惺相惜的诗人同道，成为天各一方的有情人，又从情同手足的兄妹到相敬如宾的友人，茨维塔耶娃和帕斯捷尔纳克的书信完整地记录下了他俩之间的这段情感历史。在他俩的柏拉图式爱情有所冷却之后，两人书信中虽依旧不时出现温情的语句，但茨维塔耶娃显然更多伤感，而帕斯捷尔纳克则开始了退避。1927年，茨维塔耶娃这样回忆她当年在捷克时对帕斯捷尔纳克的爱："我曾扑向你，从（早已废弃的）波希米亚山上，我在空桶的响声中（放下桶去打水）听到你，我在月圆时的圆月里（提起装满水的桶）看到你，我在所有铁路小站上与你在一起，哦，鲍里斯，这份爱你永远无法得知。"（1927年5月7—8日）"在我临终的时刻，我只想要你陪伴，我只信任你一人。"（1927年7月24日）帕斯捷尔纳克则在一封长信的结尾写道："抱歉写了一封长信，连亲吻的地方都没有了。"（1930年1月19日）1935年10月，茨维塔耶娃在给帕斯捷尔纳克的倒数第二封信中这样写道："总之，我们分手（这是我的特长！）了。""完全不用考虑我的问题，我们的故事——结束了。我认为，我希望，我永远也不会再因为你而痛苦了。流过的那些眼泪（而你以为，原因是我不想走）——是最后的眼泪。"

就这样，茨维塔耶娃和帕斯捷尔纳克的书信罗曼史从"初恋的初恋"一直走到"最后的眼泪"。

四

帕斯捷尔纳克和茨维塔耶娃两人书信罗曼史的高潮无疑就是1926年的"三诗人书简"，就像茨维塔耶娃在给帕斯捷尔纳克的信中所说的那样："你1926年的春天被我引爆了。"（1926年8月4日）在那一年，与里尔克建立起通信关系的帕斯捷尔纳克，把里尔克也介绍给了他热恋的茨维塔耶娃，同样视里尔克为诗歌化身的茨维塔耶娃情不自禁地爱上了里尔克，里尔克则把茨维塔耶娃的爱当作他生命中最后一束温暖的阳光。三位大诗人在书信中彼此敞开心扉，互诉衷肠，同时也在书信中展开关于诗歌的深刻讨论，探究抒情诗的历史命运和现实可能性，他们的通信构成了世界诗歌史中的一段佳话。那段往来于瑞士、法国和苏联之间的通信持续近一年，穿过春花秋月，夏风冬雪，就像一部四季交响乐。

三位大诗人是在孤独中相互走近的。三人通信的契机是帕斯捷尔纳克的父亲致里尔克的一封贺信，但这段信缘还有着比这封贺信更为重要的内在动因。里尔克在青年时代就十分向往俄国，并于1899年和1900年两次访问俄国，拜会过托尔斯泰。与世纪初充满资本主义危机的西欧相比，里尔克更欣赏古朴、自然的俄国，他一直将"童话国度"的俄国视为他的"精神故乡"。他学会了俄语，曾潜心研究俄国文学和斯拉夫文学，翻译过陀思妥耶夫斯基、契诃夫等人的作品，这构成其传记中所谓"俄罗斯时期"（1899—1920）。他曾想移居俄国，在逝世前的最后两个月里，他还聘请一位俄罗斯姑娘做秘书，为他朗读俄文作品。而帕斯捷尔纳克和茨维塔耶娃对德语文学和日耳曼文化的兴趣，也并不亚于里尔克对俄国的兴趣。他俩都精通德语，都曾旅居德国。他俩步入诗坛时，里尔克已名扬全欧，他俩便成了里尔克及其诗歌虔诚的崇拜者。然而，最终促使他们走到一起的却是孤独，一种面对一战之后文明衰退而生的孤独，一种面临诗的危机而生的孤独，一种在诗中追寻过久、追求过多而必然会有的孤独。分别面对孤独的三位诗人，蓦然转身对视，惊喜、激动之后吐露心曲，交流出一份慰藉。

帕斯捷尔纳克把茨维塔耶娃介绍给里尔克，同样也出于对女诗人的爱，他想与自己所爱的人分享每一份喜悦。他没有想到，在他拉着茨维塔耶娃共同膜拜他们共同的偶像时,他也将作为男人的里尔克横亘在了自己与茨维塔耶娃之间。茨维塔耶娃从一开始就没有对帕斯捷尔纳克隐瞒她对里尔克迅速产生的爱。帕斯捷尔纳克感到震惊,但他表现得很克制,在致茨维塔耶娃的信(1926年6月10日)中,他自称"如今一切全都清楚了","此刻我爱一切(爱你,爱他,爱自己的爱情)",他甚至对茨维塔耶娃说:"我只怕你爱他爱得不够。"在这勉强的宽容中有一种淡淡的绝望。对爱的克制迫使帕斯捷尔纳克更深地埋头于写作,他不再给里尔克写信,却不是因为怨恨他,他继续崇拜里尔克,并在几年后把自传《安全证书》题词献给了里尔克。

茨维塔耶娃是这段三角恋史的主角,她接受了帕斯捷尔纳克的爱,然后又爱上了里尔克,她同时为两个男人所爱,也同时爱着两个男人。这种爱绝不是轻浮女人的任性作为,这是茨维塔耶娃那份过于丰盈的爱在以不同的方式展现出来。茨维塔耶娃曾说:她不爱大海,因为大海是激情,是爱情;她爱高山,因为高山是恬静,是友谊。对激情的恐惧,反过来看,正是她对自己躁动的内心世界的压抑。其实,就其性格实质而言,茨维塔耶娃本人就是一片激情的海洋。她需要多样的爱,也需要多样地去爱。面对丈夫的她是个贤妻良母,在他乡含辛茹苦地抚养着儿女。她爱帕斯捷尔纳克,但那爱情带有某种抚慰性质,有些像姐姐在爱一个"半大孩童"。她爱里尔克,爱得大胆而又任性,有时近乎女儿对父亲的爱。这是一种爱的分裂,同时又是一种爱的组合。就像茨维塔耶娃在致里尔克的信(1926年8月22日)中所说:"我不是靠自己的嘴活着的,吻我的人会从我旁边走过。""爱情只活在语言中。"她追求的爱,是一种"无手之握,无唇之吻"。

五

　　茨维塔耶娃和帕斯捷尔纳克的通信既充盈着潮涨潮落的情感,也布满温馨的生活细节。他俩分别居住在苏联境内和境外,帕斯捷尔纳克身在莫斯科,茨维塔耶娃背井离乡,先后落脚布拉格和巴黎的郊外,他们两人的通信似乎也是在祖国和茨维塔耶娃所谓"喀尔巴阡的俄罗斯",即境外俄国侨民界之间穿针引线。茨维塔耶娃向帕斯捷尔纳克介绍境外俄国作家的生活和创作,帕斯捷尔纳克则给茨维塔耶娃描述后者心系的莫斯科,她眷念的俄国;茨维塔耶娃则把帕斯捷尔纳克当作她与故土之间的联系:"你就是我在俄罗斯的耳朵和眼睛。"(1926年4月9日左右)茨维塔耶娃这样请求帕斯捷尔纳克:"请您描绘一下您生活和写作于其中的日常生活,描绘一下莫斯科、空气和空间里的自己。这对我来说很重要,我会不再去想(因为幸福)'无处可去'的问题。众多的路灯和街道!当我珍视一个人的时候,我就珍视他的全部生活,就连最贫瘠的日常生活也是宝贵的!公式就是:我觉得您的日常生活重于别样的存在!"(1923年3月9日)帕斯捷尔纳克虽然曾在信中感叹:"生活无法放在信封里邮寄。"(1928年4月11日)但是,他仍然常在书信中谈起自己的生活。在他们相互传达的日常生活描述中有两个段落很传神,一是茨维塔耶娃的生子场景，一是帕斯捷尔纳克首次坐飞机的体验。

1925年2月1日，茨维塔耶娃在布拉格郊外的弗舍诺雷生下她的儿子格奥尔基，两周后的2月14日，她在给帕斯捷尔纳克的信中这样写道：

> 如果我死了，我会把您的信和书带到火里去（布拉格有火葬场），我已经把遗言嘱咐给阿丽娅了，希望能一起烧掉，就像在隐修院里一样！我可能很容易就死了，鲍里斯，一切都发生得那么突然：在村子最末尾的一栋房子里，几乎没有医疗救护。男孩一生下来就昏迷不醒，用了二十分钟才救过来。如果不是在周日，如果谢（廖沙）不在家（他一直都在布拉格），如果不是有一位熟识的医学生（他也一直都在布拉格），男孩也许已经死了，我也可能死了。
>
> 就在他出生的那一刻，在地上，酒精在床边燃起来了，他就出现在爆破的蓝色火焰中。暴风雪在外面怒吼，鲍里斯，雪暴能把人吹倒。这个冬天唯一一场暴风雪正是发生在他出生的时候！
>
> 男孩子很好，五官非常好看，长着一双细长的眼睛，清秀的小鼻子，根据大家的评论和我自己的直觉来看，他是像我的。睫毛是金色的。

帕斯捷尔纳克则在回信中写道："我先前从阿霞那里听说了您的喜事。男孩出生的细节的确神奇。您用一种具有感染力的神秘性把这件事写下来，嘴里念念有词。在我读您的来信时，我脑海中浮现出一个孩童的夜晚，想象出一个小床，您俯身于小床之上，在灯下做着一些动作。灯光被您的全神贯注所感染，重复着您的动作。"（1925年7月2日）

在1927年10月16日的信中，帕斯捷尔纳克向茨维塔耶娃详尽地描述了他第一次坐飞机的感受，描述了他俯瞰的莫斯科：

这是一片被人类画满网格的平原，这是一片温情的灰色旷野，有着令人不安的单调，到处都有铁轨的爪子挠出的痕迹，这就是莫斯科，置身于镶有红砖花边的红玻璃珠，像一块茶渍印在梦幻般的冬天桌布上（瞧，花边在此终结，——多好的餐具！——往后一点是麻雀山横卧，像长满苔藓的枕头，瞧，这里就是另一端了，是苔藓般的索科尔尼基公园）。所有这一切都被谱上了整洁的雪地八度音阶（手指点这里，手指点那里），在一片死寂中呈现。因此，这座莫斯科城如今就像陀思妥耶夫斯基笔下的彼得堡和狄更斯笔下的伦敦。如果要评判这种激动的究竟，探寻这一眼所见的全部，那么就是：这座莫斯科城已完全陷入古代工匠的神秘幻觉，其棕褐色并未破坏此刻梦幻般的单调，从这单调起，这是一个棕褐色的传说，从城门起，它闪现出银灰色。然后，你再次抬起头，把眼睛转向机翼，这炽热的、清晰的翅膀，它为你显现出生命中的一切，你能用这翅膀重新拥抱一切。结果就像在音乐中，初始调性和末尾调性的波浪再次聚集于体验本身，而不在关于体验的思索中。这是无人分享的孤独之一千米的高度。

得知帕斯捷尔纳克是带妻子一同飞行的,茨维塔耶娃在回信中虽然夸奖这封关于飞行的信写得"妙极了",可是作为"回报",她却描述了她在巴黎郊外亲自目睹一架飞机坠毁的场景。(1927年10月22日)

六

茨维塔耶娃和帕斯捷尔纳克的通信,首先是两位诗人之间的通信,关于诗歌的对话无疑会成为他们的首要话题。

作为当时俄语诗坛最重要的两位诗人,他俩同时面对兵荒马乱的年代,面对诗歌的社会影响开始下降的年代,都不约而同地产生了关于诗歌的危机感以及随之而来的知音难觅的孤独感。于是,他们便试图在对方身上寻找缪斯依然存在的佐证,并借此获得继续写作的理由和动机。正是在这一意义上,他俩互称对方为"第一诗人"。在给茨维塔耶娃的第一封信中,帕斯捷尔纳克就称对方为"无与伦比的大诗人"。茨维塔耶娃也在信中毫不吝啬地写道:"您是我——一生中——所见的第一诗人。您是第一诗人,让我信赖您的明天,就像信赖自己的明天一样。您是第一诗人,您的诗小于诗人本身,尽管大于其余一切诗人。"(1923年2月10日)在得知俄国文学史家米尔斯基也称茨维塔耶娃为"第一诗人"之后，或许有些心生妒忌的帕斯捷尔纳克转而改称茨维塔耶娃为"大诗人"，并解释说，"大诗人"就是那种能把"一代人的抒情统一性"纳于一身的诗人。（1926年5月23日）他俩在通信中提及了当时几乎所有俄语大诗人，如马雅可夫斯基、曼德尔施塔姆、叶赛宁、霍达谢维奇、阿谢耶夫、吉洪诺夫、巴格里茨基等，但是毫无疑问，他俩心目中最好的俄语诗人还是对方。

茨维塔耶娃和帕斯捷尔纳克都将诗歌视为生命，将诗歌写作视为存在的意义。茨维塔耶娃说："诗人，就是在超越（本应当超越）生命的人。"促使他们相互走近的，正是他们面对诗歌之命运的责任感和寻求新的艺术可能性的使命感，借助诗歌创作赢得不朽，是他们共同的信念和追求，他俩在书信中相互慰藉，相互鞭策，以获得继续写下去的动力。为此，他们相互对对方的诗做出评判，这类"诗歌批评"构成他俩通信最主要的内容之一。这些文字十分珍贵，因为它们是一个诗人对另一个诗人的评论，而且是精神上、感情上最为亲近的两位诗人相互之间的评论。在他俩通信的这十几年间，他俩当时各自写作的每一部作品几乎都得到了对方的关注和细读，诸如茨维塔耶娃的诗集《里程碑》和《手艺集》、帕斯捷尔纳克的诗集《生活是我的姐妹》和《再生》等。尤其值得注意的，是茨维塔耶娃和帕斯捷尔纳克在他们的书信中关于长诗的讨论。帕斯捷尔纳克震惊于茨维塔耶娃当时创作的几部长诗，如《山之诗》《终结之诗》《美少年》等，他在信中认为茨维塔耶娃的长诗《捕鼠者》"结构奇妙"，是一个"种类的创新"。茨维塔耶娃也很自得于帕斯捷尔纳克对她的《终结之诗》的细读："你像狗一样在混乱中嗅出我的足迹。"（1926年4月6日）反过来，她也对帕斯捷尔纳克当年写作的几部长诗，如《施密特中尉》《1905年》《斯佩克托尔斯基》等发表了让帕斯捷尔纳克钦佩不已的高见，帕斯捷尔纳克自愧弗如地感慨道："虽然你的处境与我不同，但你却超越了抒情诗的界限，在最广阔的空间里依然是一位诗人，而我的诗体叙事从未成功过。"（1929年5月30日）他们两人在这一时期关于抒情长诗的探讨，对于所谓"20世纪长诗"的形成和发展做出了有益的探索。

他俩都曾在信中夹寄献给对方的诗作，两人书信中的某个话题后来也成了他们具体的写作动机，比如茨维塔耶娃的长诗《房间的企图》，就是在她从帕斯捷尔纳克的来信中得知他做过一个与她相会的梦之后写成的。书信，成了他们两人当时生活和创作的一部分，书信引发的情感起伏，有许多都在他们的诗歌创作中得到了直接的反映；而创作的甘苦，又时常成了他们书信中的话题。来自茨维塔耶娃的书信和诗作，对帕斯捷尔纳克构成强大的冲击甚至刺激，是让他在当时坚持创作、勉力写诗的主要动力之一。帕斯捷尔纳克说："每一位诗人只有一名读者，而您的读者就是我。"（1923年3月底）"您写的诗太惊人了！现在您已经超过了我，真是令人痛苦！但是总的来说，您是一位可恶的、大得令人愤慨的诗人！"（1924年6月14日）而后来写诗越来越少的茨维塔耶娃，却在她写给帕斯捷尔纳克的最后一封信中十分自信地写道："我知道，我的事业更正确，胜过你们和你们的话语。你争取活到九十岁，以便赶上我。因为，关于诗的话语无济于事，不可或缺的——是诗。"两位诗人的通信,也构成了一场诗歌创作竞赛。

帕斯捷尔纳克在1928年1月10日前后一封信的结尾写道:"紧紧地拥抱你,就让此信成为一份绝密文件。"这些曾经仅仅属于他们两人的书信在尘封多年之后,如今却成了一份公共财富。面对这样一份20世纪俄语诗歌史、文学史的珍贵文本,面对这样一份诗人心灵生活的活化石,我们既可以窥见两位大诗人在特定历史阶段的心境和情感,也可以更加深刻地理解他们两人的诗歌和文字,还可以更为直接、更为直观地感受两位诗人所处时代和社会的诗歌生活和文学风貌。

七

通信是以地理距离或时间距离的存在为前提的,而一封又一封书信却在不断拉近两位诗人的情感距离和心理距离。茨维塔耶娃和帕斯捷尔纳克当年虽天各一方,却虽远犹近,就像茨维塔耶娃所说的那样:"那本该将我们拆散的东西,却让我们更加紧密地联系在一起。"(1924年7月8日)当时,国际间的通邮条件很差,苏联与西欧国家相距遥远,邮件可能还会经过严格检查,他们的书信交谈因而往往是严重延时的,他们的信甚至要经过一个多月的漫长跋涉才能抵达对方。但是,他们的交谈又往往是共时的,因为他们在某些时段,甚至同一天(比如1926年3月27日),不约而同地给对方写信。他俩的许多信或许写于同一时辰,因为他俩都曾在信中说，他们通常在夜间给对方写信，等家人熟睡之后，帕斯捷尔纳克要瞒着家人偷偷写信，而终日忙于家务的茨维塔耶娃只有夜晚才有时间拿起笔来。他们的书信往来时疏时密，在他俩热恋时，书信往来频率很高，如帕斯捷尔纳克1926年4月共给茨维塔耶娃写去七封信，其中在4月11至15日间一连写了四封，几乎每天一封，且每封信都长达数页，茨维塔耶娃在这个月份也给帕斯捷尔纳克写了四封信。他们在信中既谈诗歌也拉家常，既相互慰藉也相互角力。可以毫不夸张地说，书信成了茨维塔耶娃和帕斯捷尔纳克当年最重要的交往方式，写信和读信是他俩当时日常生活和精神生活的最重要内容之一。

令人惊讶的是，他俩的通信作为一种心灵的相会方式，反而可以取代，甚至超越现实的相会。在他俩通信始初，茨维塔耶娃就做出了这样的预言："但是我的会面不在生活里，而在精神上。"（1922年11月19日）1935年6月，帕斯捷尔纳克随苏联作家代表团赴巴黎出席世界作家保卫和平大会，他与茨维塔耶娃两人期盼已久（或许也推诿已久）的相见终于实现，但由于种种原因，帕斯捷尔纳克却表现得相当冷淡，在与茨维塔耶娃同游巴黎时，帕斯捷尔纳克不停地对茨维塔耶娃谈论他的妻子，并让茨维塔耶娃替他试衣，看他买给妻子的大衣是否合适。第二天，茨维塔耶娃不愿再陪帕斯捷尔纳克，便让女儿出面代替她。他俩这次巴黎相见的结局近乎闹剧：茨维塔耶娃一家在一间咖啡馆招待帕斯捷尔纳克，席间，帕斯捷尔纳克借口去买一包香烟，就此一去不返。愤愤不平的茨维塔耶娃因此在给帕斯捷尔纳克的信中将这次巴黎相见称作"非相见"（невстреча）："你在我们这次相见（非相见）时对我十分善良，可是我却十分愚蠢。"（1935年7月）现实中的相见是"非相见"，而书信则是他俩一次次真实的相见。在他们的通信即将中止时，茨维塔耶娃又写道："我们写作，以取代相互交友，我们幻想，以取代彼此写信（我们也用关于书信的幻想来取代书信）。我也和你一样！"（1927年10月5日）

茨维塔耶娃在1926年4月的一封信中曾这样回忆她和帕斯捷尔纳克之前的一次见面："既然马雅可夫斯基是意志，那么你就是灵魂。灵魂的面容。我清楚地记得你，我们在黑暗中拿着爱伦堡的信。当我和你说话的时候，我抬起头，你却低着头。我记得这个回应的姿态。"如果要为茨维塔耶娃和帕斯捷尔纳克的通信立一座纪念雕塑，茨维塔耶娃所回忆的这个场景无疑就是一个很传神的素材：茨维塔耶娃抬着头，帕斯捷尔纳克却低着头作为回应。帕斯捷尔纳克在信中对茨维塔耶娃坦承："我身上有非常多的女性特征。"（1926年7月11日）相反，茨维塔耶娃身上却充满男性气质，尽管她的书信也时而柔情似水，这是她1927年7月15日书信的结尾："我希望有机会托人捎几本书和一件毛衣给你，每一次经过男性用品的橱窗时，我都会因为你而生妒意。至少让我用衣袖拥抱你，因为没有手。"他们的书信，其实也是他们两人个性和文体的真实体现。帕斯捷尔纳克的信字斟句酌，用词遣句都很复杂；而茨维塔耶娃的信则酣畅淋漓，感情充沛，充满蒙太奇般的跳跃。不过，随着他们两人关系的起伏跌宕，他们的书信调性也发生了一些微妙变化，在这曲书信"二重奏"中，帕斯捷尔纳克的旋律有所上升，从犹疑和遮掩逐渐趋向坚定和坦白，而相应地，茨维塔耶娃的旋律则逐渐下降，从骄傲和热情转向怨诉和嘲讽。

茨维塔耶娃和帕斯捷尔纳克的书信又首先是诗人的书信，甚至可以说，他们写给对方的每一封书信自身都是一首诗。茨维塔耶娃在信中这样写道："当我状态糟糕的时候，我想的是鲍·帕，当我感觉良好的时候，我想的是鲍·帕，当音乐响起的时候，我想的是鲍·帕，当叶子飞落到路上时，我想的还是鲍·帕，您是我的同行者，我的目标和我的堡垒，我离不开您。"（1924年1月）"鲍里斯！你可能会在夏天的时候去某个地方，那么每到夜晚，野外所有的声音都是我。当一棵树在风中摇曳。当一列火车鸣响汽笛。这就是我在呼唤你，无法阻挡。"（1926年4月9日前后）"鲍里斯，我梦醒之后就忘了你，我覆盖了你，用冬日的炉灰和岁月海岸的沙子（穆尔的沙子）。只有在此刻，在刚刚感到疼痛的时候！我意识到，我真的遗忘了你（和自己）。你一直被埋在我的体内，就像莱茵河底的宝物，有待来日。……一封信抵得上一杯酒！这就是我写给你的信，我一人写给你一人的信（你的我写给我的你）。"（1929年12月31日）

1927年夏，帕斯捷尔纳克住在莫斯科郊外的乡间，他每个周末进城去取茨维塔耶娃的信，在1927年7月10日的信中，他这样描写他没有取到茨维塔耶娃来信，独自一人乘市郊列车返回时的感受：

当然，两手空空地坐在车厢里，也就是说，手中没有你的来信，这尤其让我难过。这总是发生在傍晚时分，太阳从左侧斜斜地照在座椅上，在座椅下方闪烁，从普希金城开来的火车变得空荡荡，好像连司机也没有，也就是说，在这个时候，即便没有书信，一切也都与童年很相似了。

在发现帕斯捷尔纳克移情别恋之后，茨维塔耶娃在信中愤怒地写道："你不是在与我押韵，我凭借优先权确定了我与你押韵，你永远与我押韵，我有优先权，鲍里斯！"（1933年5月27日）在书信中，一如在诗歌中，茨维塔耶娃和帕斯捷尔纳克的确是棋逢对手的，是"相互押韵"的。

八

茨维塔耶娃和帕斯捷尔纳克的通信在1936年中止，三年之后，茨维塔耶娃回到莫斯科，不久，她的丈夫和女儿相继被捕，她四处漂泊，靠文学翻译，甚至做杂工维持生计。苏德战争爆发后，茨维塔耶娃决定随苏联作协的作家们前往疏散地叶拉布加，据说帕斯捷尔纳克曾劝茨维塔耶娃不要急于离开莫斯科，他还建议茨维塔耶娃住到他在莫斯科的住宅（帕斯捷尔纳克全家住在郊外别墅），但茨维塔耶娃拒绝了帕斯捷尔纳克的好意。1941年8月8日，茨维塔耶娃乘船离开莫斯科，帕斯捷尔纳克赶往码头相送。当时陪同帕斯捷尔纳克一同去码头的年轻诗人维克多·波科夫后来在文章中回忆到茨维塔耶娃的儿子当时与母亲大吵大闹，却没有提及两位诗人的道别场景，但他写到，帕斯捷尔纳克在码头上的小卖部为茨维塔耶娃母子买了一些吃的东西。这是茨维塔耶娃和帕斯捷尔纳克的最后一面，二十三天之后，茨维塔耶娃告别了人世。

茨维塔耶娃曾在信中对帕斯捷尔纳克这样说道："鲍里斯！给您的每一封信我都觉得是遗书，而您写给我的每一封信，我都觉得是最后一封。"（1925年5月26日）她把每一封信都当作最后一封信来读，也把每一封信都当作遗书来写。离世之前，茨维塔耶娃留下三封遗书，分别写给儿子穆尔、诗人阿谢耶夫和作协的"同志们"。她在给儿子的遗言中写道："小穆尔！原谅我吧，往后的日子更艰难。我病得很重，我已经不是从前的我。我爱你爱到狂热。你要明白，我再也活不下去了。如果你能见到爸爸和阿丽娅，就告诉他俩，我直到最后一刻都爱他们，你要向他俩解释，我已陷入绝境。"在给阿谢耶夫的信中，茨维塔耶娃恳请阿谢耶夫收养穆尔（阿谢耶夫后来并未这样做）。她在给作协同事的道别信中，要求大家不要让穆尔坐船（她怕他落水淹死），要求大家在安葬她的时候"仔细检查一下"，"不要活埋我！"

不难想象，帕斯捷尔纳克在读到这些遗书时会有怎样的心情。茨维塔耶娃留下三份遗书，却没有一个字是写给他的，她把儿子托付给了帕斯捷尔纳克曾经的朋友阿谢耶夫，而不是她曾经最知心的诗人朋友帕斯捷尔纳克，这让帕斯捷尔纳克此后一直心怀负罪感。后来，有人问帕斯捷尔纳克谁是茨维塔耶娃悲剧的罪人,他毫不犹豫地回答:"是我。"然后又补充道:"我们大家。我和其他人。"后来,他又写下《悼茨维塔耶娃》(1943)一诗,在以一种独特的方式继续给女诗人写信,在诗中表达他的内疚和思念:

阴雨天愁苦地绵延。
溪流悲哀地流淌,
流过门前的台阶,
流进我敞开的窗。

栅栏外的道路旁,
公共花园被淹没。
云伸展着躺在无序中,
像洞穴里的野兽。

落雨天我像在读一本书,
内容是大地和大地的妖娆。
我在封面上为你画图,
画了一只林中女妖。

唉,玛丽娜,早该如此,
这件事并不轻松,
在安魂曲中把你被弃的骨灰

从叶拉布加运出。

我在去年设想过
为你迁葬的仪式，
面对空旷河湾的积雪，
舢板在冰中越冬。

——

我至今仍难以想象，
你居然已经逝去，
像一位吝啬的百万富婆
置身于饥饿的姐妹。

我此刻能为你做什么？
请多少给一点讯息。
在你离去的沉默中，
藏有没说出口的怪罪。

失去永远是谜。
徒劳地追寻答案，
我苦于没有结果：
死亡没有轮廓。

这里什么都有，
捕风捉影，自欺欺人，
只有对复活的信仰，
才是天赐的索引。

冬天像奢华的丧宴：
我们走出住处，
给黄昏添加些干果，
斟一杯酒，还有蜜粥。

屋前的雪中有棵苹果树。
城市裹着雪的盖布——
这是你巨大的墓碑，
像我意识中的整个年头。

你转身面对上帝，
从大地向他飞去，
似乎在这片大地之上，
对你的总结尚未做出。

这应该就是帕斯捷尔纳克写给茨维塔耶娃的最后一封书信。

九

帕斯捷尔纳克和茨维塔耶娃间的通信未能全都保存下来，因为他俩都曾遭遇兵荒马乱，都曾有过颠沛流离，他们包括书信在内的文档多有遗失。比如，帕斯捷尔纳克就在自传《人与事》（1956）中写到他如何丢失了茨维塔耶娃的近百封书信：

我认为，茨维塔耶娃有待于彻底的重新认识，等待她的将是最高的认同。

我们是朋友。我保存过她近一百封回信。我早已说过，损毁与遗失在我一生中曾占有何等地位，但，我怎么也没有想到这些细心保存的珍贵书信有一天竟会失掉。正是由于过分认真地保管，使这些书信遭到了厄运。

战争期间，我经常要去看望疏散到外地的家属。斯克里亚宾博物馆有一位工作人员，她对茨维塔耶娃崇拜得五体投地，是我的好朋友，她建议由她来保管这些信，同时还有我双亲的信，还有高尔基与罗曼·罗兰的几封信。她把这些书信都锁在博物馆的保险柜里，至于茨维塔耶娃的信——她不肯撒手让它离开自己，她甚至不相信不怕火烧的保险柜牢靠的柜壁。

她全年住在郊外，每天晚上回家过夜，她总是随身带着装有这些书信的手提箱，第二天，天一亮，她又带着它进城上班。那一年冬天，她下班回到别墅的家时已经是筋疲力尽。走到半路,在树林里,她忽然想起装有书信的手提箱忘在电气火车车厢里了。茨维塔耶娃的信就这样乘车走了,一去未归。①

同样,帕斯捷尔纳克写给茨维塔耶娃的信也命运多舛。茨维塔耶娃离开巴黎回国时,把一些无法带走的书刊、文件和资料留在友人处,可友人的住处后来在纳粹德军的轰炸中化为废墟。好在茨维塔耶娃在写信时有个习惯,她或在笔记本上先写下书信初稿,或者在寄信之前把书信誊抄在笔记本上,她当年写给帕斯捷尔纳克的许多封信因此得以留存。可是,在她自法国带回的资料中却不见1928至1931年间的笔记本,她这几年间写给帕斯捷尔纳克的书信因此没有了下落。茨维塔耶娃和帕斯捷尔纳克均视对方的书信为珍贵文字。在离开莫斯科前往疏散地前夕,茨维塔耶娃把一个文件袋交给国家文学出版社的编辑里亚比尼娜,文件袋上写有"莱·马·里尔克和鲍里斯·帕斯捷尔纳克(吉尔,1926年)"的字样,袋中装着她亲笔抄写的里尔克和帕斯捷尔纳克写给她的信,她是在安排好这份遗产后才走向死亡的。战乱期间,帕斯捷尔纳克也始终把茨维塔耶娃和里尔克写给他的几封信装在皮夹里,装信的信封上写有这样几个字:"最珍贵的"。

自20世纪中期起,在关于茨维塔耶娃和帕斯捷尔纳克的阅读限制被解除之后,两位诗人的书信也和他们的诗文一样得到传

① 乌兰汗译文。

播。两位诗人的亲人，即茨维塔耶娃的妹妹阿纳斯塔西娅·茨维塔耶娃和女儿阿里阿德涅·埃夫隆，帕斯捷尔纳克的妻子叶夫盖尼娅·帕斯捷尔纳克和儿子叶夫盖尼·帕斯捷尔纳克，对两位诗人的书信做了精心的收集和细致的整理工作，其他研究者在这一方面也有所贡献。终于，两位诗人间近两百封书信陆续被披露出来，但直到20世纪末，他俩的书信才最终完整面世，因为茨维塔耶娃的一批档案根据她女儿阿丽娅的请求，要等到茨维塔耶娃去世五十年后才能解密。

两位大诗人间的每一封书信似乎都是幸存者。这些书信经过一段段奇特的旅程，才最终抵达我们。

抒情诗的呼吸

序　幕

[钢琴独奏：序曲。回忆、怀旧的主题；金色基调的舞台。

主持人：我们终于读到了这些原本不是写给我们的书信！

1926年4月至年底，在欧洲三位伟大的诗人里尔克、帕斯捷尔纳克和茨维塔耶娃之间有过一场书信往来。在写作这些书信时，三位诗人似乎都处在相对封闭的"隐居"状态：五十一岁的里尔克（屏幕上出现里尔克的照片或影像资料）已经处于生命的最后一年，在瑞士瓦尔蒙的慕佐城堡养病；三十六岁的帕斯捷尔纳克（屏幕上出现帕斯捷尔纳克的照片或影像资料）留在莫斯科，他的父母和朋友纷纷移居国外，他似乎成了一位"留在国内的侨民"，面临严重的创作危机；三十四岁的茨维塔耶娃（屏幕上出现茨维塔耶娃的照片或影像资料）则侨居国外，从柏林到布拉格再到巴黎，于1926年生活在法国旺代海边的一个小渔村，生活孤苦。这段通信是心灵的交谈，三位大诗人在孤独中彼此敞开心扉，互诉衷肠，交换着珍贵的慰藉；这段通信也是爱情的表白，是"书信三角罗曼史",是在相互敬慕的基础上升华出的柏拉图式的精神恋爱,是"无唇之吻";这段通信更是关于诗歌的深刻讨论,他们视诗歌为生命,视写诗为生命能量的释放和生命价值的实现,读着这些诗歌,我们每每感动于他们面对诗歌之命运的责任感和寻求新的诗歌可能性的使命感。这段往来于瑞士、法国和苏联之间的通信持续近一年,穿过了春花秋月,夏风冬雪。三颗蛰伏的心在春风中苏醒,茨维塔耶娃的激情是夏,秋的落叶飘进帕斯捷尔纳克的心田,为里尔克送葬的是冬日的白雪和雪白的书信……这段通信就像一部描写四季的交响乐,就像是抒情诗自身发出的呼吸。

[茨维塔耶娃的形象出现在高悬的屏幕上,她发出似从彼世传来的声音——

茨维塔耶娃:五十年之后,那时候所有这一切都将会过去,而且是完全地过去,躯体也会腐烂,墨迹也会淡化,那时候收信人早已去见发信人(我就将是抵达那里的第一封信!),那时候,里尔克的书信将成为单纯的里尔克书信,不是单单写给我的,而是写给所有人的书信,那时候我自己已经融化在了万物之中,啊,这是最主要的!那时候,我已经不再需要里尔克的书信,因为我已经拥有完整的里尔克……

[灯光暗。

第一幕　缘　起

〔莫斯科，沃尔洪卡街14幢9号，帕斯捷尔纳克的住处，帕斯捷尔纳克坐在书桌前奋笔疾书，屏幕上映出莫斯科1920年代中期的喧闹街景，室外的动与室内的静构成鲜明对比。钢琴独奏：帕斯捷尔纳克主题——春天，莫斯科。

主持人：三位诗人之间的通信缘起于一封贺信。1925年，欧洲文化界隆重庆祝里尔克诞辰五十周年，帕斯捷尔纳克的父亲是里尔克的老朋友，他也给里尔克发去一封贺信，并在信中介绍了自己的大儿子鲍里斯·帕斯捷尔纳克，说他这位已成为俄国知名诗人的儿子是里尔克"最热烈的崇拜者"，里尔克在给帕斯捷尔纳克父亲的回信中盛赞帕斯捷尔纳克的诗才，父亲把里尔克的称赞转告儿子，帕斯捷尔纳克于是给里尔克写去第一封信，揭开了这段通信的序幕。在得知自己的诗得到里尔克认可的同一天，帕斯捷尔纳克还读到了茨维塔耶娃的长诗《终结之诗》，女诗人的作品让他大为震惊，他在给茨维塔耶娃的信中诉说了他的钦佩和爱慕之情。帕斯捷尔纳克将里尔克的认可和阅读茨维塔耶娃的《终结之诗》称为"一天里的两次震撼"。

帕斯捷尔纳克致里尔克：
敬爱的伟大诗人！

我不知道，这封信将在何处收尾，以及它与生活有何区别，请允许我一吐为快吧，怀着我已体验了二十年之久的爱意、敬慕和感激。

我把我性格的基本特征和精神生活的全部积累都归功于您。它们是由您所创造的。我与您交谈，犹如人们谈论久已逝去的往事，那往事后来被视为当今正在发生的事情之根源，仿佛后者就源于前者。我作为一个诗人竟能为您所知，这让我喜不自胜……我很难想象自己是个诗人，如果说诗人指的就是普希金或者埃斯库罗斯的话。

我奇迹般地偶然引起您的注意这件事，震撼了我。……这七年来，我完全无法写作，得过且过。一切都已在1917至1918年间写尽了。而如今我却仿佛再生了。这有两个原因。原因之一我已经谈了。这一原因迫使我闭口不再称谢，因为无论我怎样书写谢意，也无法与我的心情相提并论。

请允许我再谈谈另一个原因，况且这两个事件对我而言是彼此相关的，这事涉及一位女诗人，她热爱您的程度不亚于我，与我对您的爱也无二致，她（无论是广义地还是狭义地理解）可以与我一样地被视为您那能动的、涵盖一切的诗歌传记中的一个部分。

在得到有关您的消息的那一天，我通过这里的一些间接途径得到一部长诗，长诗写得诚挚而真实，如今在苏联我们谁也无法那样写作。这是那一天里的第二次震撼。这便是玛丽娜·茨维塔耶娃，一个天才的大诗人。她现在侨居巴黎。我希望，哦，看在上帝的分上，请原谅我的大胆和公然的搅扰，我希望，我斗胆希望她也能分享到我由于您而获得的这种欢乐。我在设想，一本由您题签的书，比如说，一本我仅仅耳闻的《杜伊诺哀歌》，对于她来说将意味着什么。请原谅我吧！但是，在这一意义深远的巧合的折光中，在欢乐的眩惑中，我倒是愿意认为，真理就存在于这折射之中，我的请求是有意义的，是会被应允的。为了谁？为什么要这样？这我无法说明。也许是为了一个诗人，这位诗人在永恒地编纂诗的内容，并在不同的时代变换不同的姓名。

她叫玛丽娜·伊万诺夫娜·茨维塔耶娃，现居巴黎，19区，鲁文街8号。

您的鲍里斯·帕斯捷尔纳克

主持人：帕斯捷尔纳克的这封信走了很久，帕斯捷尔纳克先将此信寄给在柏林的父亲，再由父亲寄往瑞士，直到5月初才抵达里尔克之手，里尔克接信后立即满足了帕斯捷尔纳克的请求，给茨维塔耶娃寄去书信和诗集，同时也附寄给帕斯捷尔纳克一封简短的回信。

〔瑞士瓦尔蒙的慕佐古堡，裹着睡衣的里尔克坐在空旷古堡里一张窄小的书桌前，光线幽暗，万籁俱寂。钢琴：沉思和宁静。

里尔克致帕斯捷尔纳克（1926年5月17日）：
我亲爱的鲍里斯·帕斯捷尔纳克：

当您来信的直爽宛如翅膀的扇动刚一触及我时,您的愿望就立即被履行了:《杜伊诺哀歌》和《致俄耳甫斯的十四行诗》已经在女诗人的手上了!另两册同样的书,将给您寄去。

我该如何感谢您呢?因为您使我看清并感觉到了那在我自身中神奇般增多的一切。您能在您的心灵中为我拨出如此之多的地盘,这是您慷慨心灵的荣光。

愿万能的祝福保佑您!

拥抱您。

您的莱内·马利亚·里尔克
于沃州瓦尔蒙疗养院

[暗。

第二幕　初恋的初恋

[莫斯科的帕斯捷尔纳克住处。

主持人:三位诗人间的通信开始于帕斯捷尔纳克致信里尔克之后,但在此之前,帕斯捷尔纳克与茨维塔耶娃通信已久。帕斯捷尔纳克和茨维塔耶娃几乎同龄,他俩同是莫斯科人,同样出身书香门第,同样曾留学德国,甚至连他俩的母亲也同样曾是鲁宾斯坦的学生。[钢琴:鲁宾斯坦的《F大调旋律》。]他俩于第一次世界大战前夕几乎同时登上俄国诗坛。1916年底,茨维塔耶娃一

首题为《我想和您生活在一起》曾风靡一时;1917年,帕斯捷尔纳克的《生活是我的姐妹》一诗也成了众口相传的名作:

[茨维塔耶娃上,与帕斯捷尔纳克分立舞台的两个角落。茨维塔耶娃朗诵。

我想和您生活在一起

我想和您生活在一起,
在一座小城,
那里有永恒的黄昏,
有永恒的钟声。
乡村的小旅店里,
古老的钟表
轻响,像时间的水滴。
傍晚,阁楼里时而传出
长笛声,
吹笛的人站在窗口。
窗台有硕大的郁金香。
或许,您甚至没爱过我……
房间中央是瓷砖贴面的大火炉。
每块瓷砖都是一幅画:
玫瑰,心,舰船。
唯一的窗户上

是雪，雪，雪。

您或许躺着，躺成我爱的模样：

慵懒，漠然，无忧。

时而有火柴

刺耳地划响。

香烟忽明忽暗，

烟灰像灰色的短柱，

在烟头处久久颤抖。

您甚至懒得弹掉烟灰，

整支香烟飞进了炉火。

[茨维塔耶娃的追光暗淡下来；帕斯捷尔纳克的追光亮起，他朗诵。

生活是我的姐妹

生活是我的姐妹，如今在汛期，

她像春雨在众人身上撞伤，

可戴首饰的人高傲地抱怨，

像燕麦地的蛇客气地蜇咬。

年长者抱怨生活有其理由。

你的理由却无可辩驳地可笑，

你说雷雨中眼睛和草地会变紫，

地平线会散发气息像湿木樨草。

你说五月间在卡梅申铁路支线,
你在包厢阅读列车时刻表,
时刻表比《圣经》更宏伟,
胜过被灰尘和风暴污染的沙发。

你说突然响起刺耳的制动声,
偏僻的酒气冲着和气的乡民,
人们在座位上看是否到站,
太阳落山,向我表示怜悯。

第三遍铃声响起,逐渐飘去,
像一串道歉:可惜不是这里。
窗帘后透出烧焦的黑夜,
草原自通天的台阶跌落。

人们眨着眼,却睡得很甜,
生活她睡得像海市蜃楼,
心像一扇扇车门撒向草原,
它挣扎在车厢的连接处。

[主持人继续。

主持人：然而，在茨维塔耶娃离开俄国之前，在莫斯科几乎是邻居的他俩却交往平平，而在茨维塔耶娃流亡国外后，两人的关系却密切起来，因为他俩不约而同地意识到了对方的诗歌创作成就，相互视对方为俄国诗坛首屈一指的诗人，于是他俩开始频繁通信，互诉衷肠。据茨维塔耶娃的女儿后来证实，茨维塔耶娃一生最爱的两个人，一位是她的丈夫埃夫隆，一位就是帕斯捷尔纳克。在写信给里尔克的前后，帕斯捷尔纳克一封接一封地给茨维塔耶娃写信，他把自己对女诗人的感情称为"初恋的初恋"。

帕斯捷尔纳克致茨维塔耶娃（1926年4月20日）：
玛丽娜！

明天我将会以另一副样子起床，将会克制住自己，并着手工作。但今宵要与你共度……哦，你工作得多么奇妙！但是你别毁了我，我想与你一同生活，长久、长久地生活。

……

我想与你谈一谈，并立即察觉出了差异。犹如一阵风掠过发际。我实在无法给你写信，而是想出去看一看，当一个诗人刚刚呼唤过另一个诗人，空气和天空会出现怎样的变化。

……

与自己的梦境相反，我在一个幸福、透明、无边的梦中见到了你。与我平常的梦相反，这个梦是年轻的、平静的，并且毫不困难地转化成了梦醒。这是在前几天发生的事。这是我对自己和你称之为幸福的最后一天。

我梦见城里的夏初，一家明亮纯净的旅馆，没有臭虫，也没有杂物，或许，类似我曾在其中工作过的一个私宅。那儿，在楼下，恰好有那样的过道。人们告诉我，有人来找过我。我觉得这是你，带着这一感觉，我轻松地沿着光影摇曳的楼梯护栏奔跑，顺着楼梯飞快地跑下。果然，在那仿佛是条小路的地方，在那并非突然来临，而是带着羽翼、坚定地弥漫开来的薄雾之中，你正实实在在地站立着，犹如我之奔向你。你是何人？是一个飞逝的容貌，它能在情感的转折瞬间使你手上的一个女人大得与人的身材不相符，似乎这不是一个人，而是一方为所有曾在你头顶上飘浮的云朵所美化的天空。但这是你魅力的遗迹。你的美，照片上反映出的美——你在特殊场合下的美——亦即硕大的精神在一位女性身上的显现，在我坠入这些祥和之光和动听音响的波涛之前，它就已经在冲击你周围的人。这是你所造就的世界状态。这很难解释，但它使梦境变得幸福和无限。

这是生活中首次强烈体验到的和谐，它十分强烈，迄今为止只有疼痛的感觉才如此强烈。我置身于一个对你充满激情的世界，感受不到自己的粗暴和迷茫。这是初恋的初恋，比世上的一切都更质朴。我如此爱你，似乎在生活中只想着爱，想了很久很久，久得不可思议。你绝对地美。无论是在梦中，还是在墙壁、地板和天花板的生活类似物中，也就是在空气和钟点的类人体中，你成了茨维塔耶娃，也就是成了诗人终生向其发问却不指望得到回答的那一切东西的一副公开的喉舌。你是广大爱慕者奉若神明的原野上的大诗人,也就是极端的自然人性,不是在人群中或在人类的用词法,也就是"自发性"中,而是自在而立的。

……

什么话也不再说了。我有一个生活的目的,这个目的就是你。确切地说,你成为我生活的目的还在其次,你是我的劳动、我的灾难、我如今的徒劳作为的一部分,当能见到你的幸福感将在今夏遮掩了我的一切的时候,我便看不见这一整体的各个部分,那些部分也许只有你能见到。在此说得过多,就意味着模糊不清。玛丽娜,如我求你那般去做吧。请环顾一下四周,深思一下自我,只深思你周围的一切,哪怕这是你对我的认识也好,或者哪怕这是你的那些法国渔夫在清晨当着你的面所说的话也好,——仔细望一望,并在这一环顾中获得回答的动力吧,可是别在你想见到我的愿望中去汲取回答的动力,因为你知道我多么爱你,你必定想看到这一点。

请立即回信。

[茨维塔耶娃的追光在帕斯捷尔纳克的朗诵声中十分缓慢地渐渐亮起,与此同时她开始十分缓慢地走向帕斯捷尔纳克。

帕斯捷尔纳克致茨维塔耶娃(1926年5月5日):
玛丽娜!
你完全可以用冰块来包围我,可这是难以承受的。请原谅,我当时确实无法走开。不能这么做。在见到你之前,这将一直是我的一个萌动的秘密。我可以，也应该在见面前瞒住你的情况是，如今我再也无法不爱你了，你是我唯一合法的天空，非常、非常合法的妻子，在"合法的妻子"这个词里，由于这个词所含有的力量，我已开始听出了其中前所未有的疯狂。玛丽娜，在我呼唤你的时候，我的毛发由于痛苦和寒意全都竖了起来。

我不问你愿意还是不愿意，也就是说，我不问你让不让我去，因为在凭着自己的秉性追求光明和幸福的同时，我会把遭到你拒绝的痛苦等同于你，也就是等同于我永远也不会放弃的那种动人心弦的唯一性。

……

可是这每日的体验有多么强烈啊！一切都在欢庆，在冒进，在馈赠，在起誓。无法一一列举。突然，我成了一个对于众人而言的好人。众人记起了我，从四面八方涌来。当你非常偶然地在这场同情心旋风中飞驰而过的时候，似乎你是特别的好。例如，关于我的情况也正是如此。然后，突然传来一个令人喜悦的消息：你的诗集《里程碑》的抄本在莫斯科流传。

……

好像是你，又好像是别人，把一些专职的女巫带到了我这里。我荒谬地开始把两个字混为一谈：我和你。

[茨维塔耶娃走近帕斯捷尔纳克，帕斯捷尔纳克把第三封递给茨维塔耶娃，茨维塔耶娃展开信，读了起来。

帕斯捷尔纳克致茨维塔耶娃（1926年5月7日）：

玛丽娜！

我感谢，我相信。写信有多难啊！要写的东西太多了，这一周又白费了。你指出了岸。哦，玛丽娜，我完全是你的！处处，处处都是你的。

瞧，这就是你的回信。奇怪的是，它在夜间并不发出磷光。我也不认为会有这种奇迹。我在它的四周徘徊。我二十次想出发，可又二十次被那个我所痛恨的、暂且还是我自己的声音所阻止。这也为你所预料到了。太准了！你知道吗，你一开口说话就总能超越概念，甚至是因崇拜而产生的概念。

……

如果我们觉得我们已经错过了春天，那么夏天、秋天和冬天里将会有机会，有时间。我祝你在这些日子里幸福，祝福你，也祝福我自己。

［帕斯捷尔纳克和茨维塔耶娃一起坐在长椅上，听钢琴响起：茨维塔耶娃主题——夏天，爱情。渐暗。

第三幕　无唇之吻

［舞台的一边是瑞士深山中的古堡，里尔克的隐居地；另一边是法国海边的渔村，茨维塔耶娃的租住处，山和海的对比，封闭和开阔的对比。钢琴：瑞士主题和法国主题，大海的波浪，山

间的风。

主持人：接到帕斯捷尔纳克的信后，里尔克立即给茨维塔耶娃寄去了书信和诗集，茨维塔耶娃也热情回复，于是，帕斯捷尔纳克为里尔克和茨维塔耶娃所牵的线迅速膨胀为一座爱的桥梁，茨维塔耶娃以火热的文字向里尔克倾诉自己的景仰和爱慕，生性孤独的里尔克竟然也热情呼应，两人的书信往来如梭，茨维塔耶娃的热烈书信成为映亮里尔克晚年生活的最后一束阳光。

里尔克致茨维塔耶娃（1926年5月3日）：
亲爱的女诗人：

我刚刚接到鲍里斯·帕斯捷尔纳克的一封来信，这封充满欢欣和多种情感最强烈倾诉的来信，令我无比震撼。激动和感激——即他的来信在我身上所激起的一切感情，都应当由我，我从他的信中得出了这样的理解，由我先传达到您处，然后通过您作中介，再抵达他那里！

……

该对您说些什么呢？您知道，二十六年多以来，从我到过莫斯科时算起，我一直把鲍里斯的父亲列昂尼德·奥西波维奇·帕斯捷尔纳克视为我忠实的朋友之一。今冬，初冬时分，在联系中断很久之后，我收到一封他寄自柏林的信，并回了信，为我们又彼此找到对方而欢欣不已。然而，在列昂尼德·奥西波维奇来信之前我就已得知，他的儿子已成为一个著名的、有才华的诗人：

去年我在巴黎时，朋友们给我看了他的几篇作品，那些作品我读来很兴奋，很感动。（要知道，我仍然能够阅读俄语，虽说有些吃力、困难；但书信读起来总是更容易一些！）

我去年在巴黎逗留近七个月，与几位阔别二十五年的俄国朋友重温了旧谊。可是为何——我在自问——为何我未能遇见您呢，玛丽娜·伊万诺夫娜·茨维塔耶娃？如今，在收到鲍里斯·帕斯捷尔纳克的来信之后，我相信，这一相遇也许会给我们两人带来最深刻的隐秘欢欣。我们能在何时补救一下这件事吗？！

莱内·马利亚·里尔克

1926年5月3日于瑞士瓦尔蒙泰里泰疗养院

［茨维塔耶娃快步上场，十分激动地朗诵。

茨维塔耶娃致里尔克（1926年5月9日）：
莱内·马利亚·里尔克！

我可以这样称呼您吗？须知您就是诗的化身，应当明白，您的姓名本身就是一首诗。莱内·马利亚——这名字听起来有教会味，有孩童味，有骑士味。您的名字无法与当代生活押韵，——它，无论是来自过去还是来自未来，反正都是来自远方。您的名字有意让您选择了它。（我们自己选择我们的名字，已发生的事情永远只是后果。）

您的受洗是您的一切之序幕，为您施洗的神父确实不知道，他创造了什么。

您不是我最喜爱的诗人（"最喜爱的"是一个程度），您是大自然的一个现象，这一现象不可能是我的，也无法去爱它，而只能用全部身心去感觉它，或者（还没完呀！）您就是第五元素的化身：即诗的本身，或者（还没完）您就是诗从其中诞生出来的那种东西，是大于诗歌本身的那种东西。

这里谈的不是作为人的里尔克（人是我们注定要成为的！），而是作为精神的里尔克，他大于诗人，对于我来说，他其实就叫作里尔克——来自后天的里尔克。

您应当以我的目光看一看自己：用我的目光拥抱您自己，当我看着您时，拥抱您自己——无限悠远、广阔地拥抱吧。

在您之后，诗人还有什么事可做呢？可以超越一个大师（比如歌德），但要超越您，则意味着（也许意味着）去超越诗。诗人就是那种超越（本应当超越）生命的人。

您是未来的诗人们一道难以攻克的课题。在您之后出现的诗人，应当成为您，也就是您应当再次诞生。

……

从1922年到1925年，我在布拉格住了三年，我于1925年11月去了巴黎。当时您还在布拉格吗？

如果您当时在那儿，我为何没去见您？因为我爱您——胜过世上的一切。这非常简单。因为您不认识我。是出于痛苦的自尊，出于面临偶然事件（也许是面临命运，随您如何想）的惊颤。也许是出于恐惧，怕在您的房门口遇上您冷漠的目光。（您不可能不这样看我！如果您不这样，那也将是一道投向局外人的目光——

因为您不认识我！也就是说：无论如何都将是一道冷漠的目光。）

……

莱内·马利亚，什么都没有丧失：明年（1927年）鲍里斯将到来，我们将去拜访您，无论您在何处。关于鲍里斯我知之甚少，但我爱他，如同人们只爱那些从未谋面的人（早已去世的人，或还将会来到的那些人，即走在我们之后的人），爱从未谋面的人或从未有过的人。他已不年轻——我估计是三十三岁，但他却像个孩子。他一点也不像他的父亲。（儿子能做得更好。）我只相信母亲的儿子。您也是一个母亲的儿子。母系上的男人——因而是富裕的（双倍的遗产）。

他是俄国的第一诗人。我深知这一点，还有几个人也知道，其余的人则不得不等待他的死亡。

……

莱内，我想从你这里得到什么呢？什么都不要。什么都要。要你允许我在我生命的每一瞬间都能抬头看你——像仰望一座护卫着我的大山（如同一尊石质的守护天使！）。

在我不认识你的时候，我可以这样做，如今我认识了你——我便需要获得准许。

……

我在海边读你的信，海洋与我相伴，我们一同阅读。说海洋也在读信，不会让你难堪吧？大海不会阅读别人的信，我的嫉妒心很强（对你——则充满热忱）。

这是我的两本书，你可以不读，但请把它们摆在你的写字台上,请相信我的话——在我之前是没有它们的。(是指世界上,而不是指写字台上!)

1926 年 5 月 9 日于维河畔的圣吉尔

里尔克致茨维塔耶娃(1926 年 5 月 10 日):
玛丽娜·茨维塔耶娃:

难道您刚刚来过这里吗?或者问:我当时在哪里呢?要知道,5 月 10 日尚未结束,奇怪呀,玛丽娜,玛丽娜,在您的来信(当我阅读您的时候,我挣脱了时间,完成了一次向时间难以控制的那个瞬间的跳跃)中的最后几行上面,您写的正是这个日期!您认为您是在 10 日收到了我的书(打开门,就像掀开一张书页)……但就在同一天,10 日,今天,永恒的今天,玛丽娜,我用整个心灵、用我那被你和你的出现所震撼的全部意识接受了你,就像是那片与你一同读过信的海洋本身化作你滔滔不绝的心声倾泻到了我身上。

该对你说些什么呢?你轮流向我伸出你的两只手,然后重新把它们叠在一起,你把它们压在我的心上,玛丽娜,就像放在一道溪流上:此刻,当你还把它们放在那儿的时候,它那受惊的水流正在向你涌去……请别躲开它!

该说什么:我所有的话语(它们仿佛全都在你的信中出现了,像是走到了登台的出场口),我所有的话语骤然向你涌去,每个词都不愿落在后面。人们之所以急于离开剧院,不是因为在目睹了舞台上的丰富多彩的生活之后,幕布的样子对他们来说是难以忍受的吗？我也如此，在读了你的来信之后，看到它又被放回信封便感到难以忍受。(再读一遍，又一遍!) 但是，在幕布中也能找到安慰。看一看吧：在你漂亮的名字旁，在这出色的维河畔圣吉尔旁，有人画了一个大大的、漂亮的、天蓝色的"7"字（就像这样：7）。七是我的吉祥数字。

我打开地图册（地理对于我来说不是一门学科，而是我急于要利用的关系），瞧，玛丽娜，你已经被标在我内心的地图上了：在莫斯科和托莱多之间的一个地方，我创造了一个空间，以便复原你的海洋。

……

你能感觉得到吧，女诗人，你已经强烈地控制了我，你和你那片出色地与你一起读过信的海洋，我如你一样地书写，如你一样地从句子里向下走了几级，下到了括号的阴暗处，那里的拱顶令人感到很压抑，却还保持着曾经开放过的玫瑰的芳香。玛丽娜，我已如此地深入了你的信！奇怪的是，如同扔下的骨头，你的话语——在那个数字被道出之后——又会坠落一级阶梯，并展示出另一个更确切的日期，即终结的日期（往往是一个更大的数）!

亲爱的，莫非你就是自然的力量，就是唤起并鼓足第五种自然元素的力量？……我又感觉到，似乎自然本身在以你的声音对我说"是的"，仿佛有一个充满和谐的花园，花园中央有一个喷泉，还有什么？——有日晷。哦，你正在以你的华丽辞藻组成的高高的天蓝色绣球花超越我，笼罩我!

但是你肯定地说，你谈的不是作为人的里尔克，我自己现在也和他不相协调，和他的躯体不相协调，而以前我与那躯体总能达到深刻的融合，从而使我往往会弄不清楚，谁更能写诗：他，我，还是我们两者？（脚掌，正在体验幸福的脚掌，多少次，在地上行走的幸福，超越一切，首次认知世界的幸福，不是通过认识途径，而是一种前认识，一种同步的认识！）可是现在，却不相协调了，二重的衣服，心灵穿上一件衣服，躯体被裹上了另一件衣服，全不一样了！

从12月起，我就住到了这所疗养院里，但是我小心翼翼地让医生进入我与自我的关系——这唯一的关系不能忍受会在两者之间造成隔离的中介，以及会把它分解为两种语言的译者。（忍耐——长久的、痛苦的、重复的忍耐……）

……

莱内·马利亚

1926年5月10日于瑞士瓦尔蒙泰里泰疗养院

茨维塔耶娃致里尔克（1926年5月12日）：

你对那一世界（不是教会意义上的，而是地理意义上的）的了解胜过对这一世界的了解，你对那一世界有着地形学意义上的了解，了解它的山脉、岛屿和城堡。

心灵的地形学——这便是你。你以你关于贫穷、朝圣和死亡的书（哦，这不是一本书，这成了一本书！）为上帝做了很多的事，比所有的哲学家和传教士加在一起做得还要多。

神父是我与上帝（诸神）之间的障碍。而你却是朋友。你深化并增加了两者（永恒的两者）间崇高时刻的喜悦（是喜悦吗？），没有你也就感觉不到别的人了，归根结底，你是能够去爱的唯一的人。

……

"我们彼此相触。用什么？用翅膀……"

莱内，莱内，你并不认识我，就对我说了这句话，像一个盲人（有视力的盲人！）——在瞎碰。（最好的箭头，全都是盲目的！）

明天是基督升天节。升天。多好啊！天空这时看上去完全像是我的海洋——波浪起伏的海洋。基督——在升天。

你的信刚刚到来。我的信又该出发了。

玛丽娜

1926年5月12日于维河畔圣吉尔

里尔克致茨维塔耶娃（1926年5月17日）：

……

该对你说些什么呢，亲爱的，你把《杜伊诺哀歌》紧握在手里，你把它们握在你自己的手里，靠近你的心脏，心脏因贴近它们而体贴地跳动着……

……

我已习惯于不去医生那儿看病，习惯于生活在与我的躯体绝对和谐的状态之中，因此我时常能把我的躯体称作我灵魂的孩子。

……

玛丽娜，亲爱的，所有这一切谈的都是我自己，请原谅！反过来还有一件事也要请求你的原谅：如果我突然停止告诉你我的情况，那么每当你想要"飞翔"的时候，你无论如何还是应该给我写信。你的德语，不，不会被"绊倒"的，但有时在其中仍能感觉到困难，就像一个人从梯级高度不一的石头台阶上跑下来似的，他无法预料自己的脚何时落地：是马上还是稍后，有几个台阶比他想象得要低一些，因此会感到很突然。你哪里来的力量啊，女诗人，能在这一语言中达到自己的目的，既准确，同时又保持了自我。你的这种让人想起台阶的步态，你的声音，就是你。你的轻盈，你安详的、慷慨的重量。

……

玛丽娜，虽然你在最难懂的地方给我以帮助，你的诗集我读起来还是感到很困难，——我已经很久没有系统地阅读俄语了，只读过一些个别的东西，如一个选本中鲍里斯的几首诗。哦，我如果能像你阅读我那样地阅读你，该有多好啊！但是，你的两本书还是伴随着我从窗边到床上，我认为它们胜过了其他的读物。

我没有给你寄我护照上的照片，这不是因为虚荣，而是因为我意识到，这张快照拍得太偶然了。但是，我把它和你的照片并排放在一起：请先在照片上看惯这一张快照，好吗？

请尽快给我另寄一张你的照片来！

莱　内

1926 年 5 月 17 日于瑞士瓦尔蒙泰里泰疗养院

〔里尔克从写字台旁挪到床上，躺下，手里拿着一张茨维塔耶娃的照片，照片同时出现在舞台上方的屏幕上，茨维塔耶娃在舞台的另一边远远地看着，灯光渐暗。

第四幕 爱和嫉妒

［茨维塔耶娃位于舞台中央，里尔克的瑞士居所和帕斯捷尔纳克的莫斯科居所位于她的两侧，渐渐地，帕斯捷尔纳克居所与她的距离越来越远，而里尔克居所与她的距离却越来越近。

主持人：茨维塔耶娃是这段通信的中心，敏感的帕斯捷尔纳克很快就意识到了茨维塔耶娃和里尔克之间的感情，他虽有妒意，却十分克制。他继续与茨维塔耶娃通信，却从此没有再给里尔克写信。书信三角形失去一个边，余下的两条线则相交在茨维塔耶娃这个展开的钝角上。她不断地收到两位男性诗人的来信，也不断地分别给两人回信。因里尔克较为迟缓、较为平静的反应而感到有些委屈的茨维塔耶娃，开始因自己感情的突然爆发而不安了；对试图表现出忍让的帕斯捷尔纳克，茨维塔耶娃则表现出深深的理解和淡淡的歉意。

帕斯捷尔纳克致茨维塔耶娃（1926年5月19日）：
在此之前已写了三封没有发出的信。这是毛病。应该把它压下去。

昨天传来了你转达的他的话：你的缺席，你的手明显的沉默。

我以前不知道,可爱的笔迹在避而不答时竟能掀起如此悲凉的葬礼音乐。我一生中还从未有过昨天那样的忧伤。我看到的一切都是漆黑的……我害怕,害怕说出我怕的是什么。一切就是这样。

我不能,不想,也不会再给你写信。我非常珍惜时间,这时间已成为你的有机溶液,这液体只会激起我的欲望。我珍惜岁月和生命,我害怕神经不安,害怕炫耀这非人间的幸福。

……

我事先就做出一个决定,如果他的回信与你的解答装在同一封信里,我就会只听从自己的急躁情绪的支配,而不去听从你,也不会听从"另一个"自己的声音。如果那时候你与他分开了,那自然好。但是,如果你第二次与他分开,如果与他一起到来的不是你,而只是你的一只手,这就会使我感到震惊和恐惧。快来安慰我吧,玛丽娜,我的希望。

茨维塔耶娃致帕斯捷尔纳克(1926年5月22日):
鲍里斯!
我与生活的决裂越来越难以弥补。我迁居了,已经迁居好了,耗尽了所有的激情、所有的余力,不是被幽灵吸光了血,而是我自己消耗精力太多,多得似乎能把冥王的奶全都挤尽,并把他灌醉。哦,他会在我这里开口说话的,这个冥王!

我一生的表现就是证据。人们就这样扮演着被教给的角色。你不了解我的生活,正是这个字眼:生活。你永远也无法通过书信来了解。我害怕大声说话,害怕夸夸其谈,害怕惹事,害怕忘恩负义——即不做解释。但是，显而易见，这种可爱的不自由完全不合乎我的本性，于是我便从自我保护迁居到了自由——完全的自由。

……

不久前我有过神奇的一天，一整天都是为了你。我很晚才起床。你别相信"冷漠"这个字眼。你我之间刮过的就是这种穿堂风。

……

在那些已经被生活所歪曲了的、已经具有两重含义的词句所具有的恐惧中，我完全能理解你。你警惕的听觉——我是多么爱它呀，鲍里斯！

祝你健康。拥抱你，亲爱的。

玛丽娜

1926年5月22日，星期六

帕斯捷尔纳克致茨维塔耶娃（1926年5月23日）：

我对你有一个请求。你不要事先就对我失望。这一请求不是没有道理的……

还有一点。……请你使我相信，我与你呼吸的是同一种空气，并让我爱这共同的空气。我为何要向你提这样的请求，为何要说这样的话呢？先谈原因。是你自己引起了这种不安。这是在里尔克附近的什么地方。不安是从他那里传来的。我有一种模糊的感觉，似乎你正使我与他渐渐疏远，但是，我是把一切都拥抱在一起的，因此这就意味着你正在与我疏远，却不吐露自己的走向。

我准备承受这一切。我们的一切仍将是我们的。我曾将这称之为幸福。就让它成为痛苦吧。我无论如何也不将那种会分离我们的实质性问题引入自己的圈子,无论如何也不想要。诗的意志能预料到生活。我本人从不记得自己有过任何的意志,而永远只有预见、预感和……实现,——不,最好还是说:检测。

……

我现在不给里尔克写信。我对他的爱不亚于你,你竟然不明白这一点,这使我很伤心。因此,你想不到要在信中告诉我,他在送给你的书上题了什么词,这一切又是如何发生的,也许,信里还有其他什么话。要知道,你原本站在一场感情波澜的中心,却突然——倒向了一边。我在靠他的祝福而生活。

……

如果此信使你感到奇怪,那就请你赶紧回忆回忆此信开头处的请求。

请问候阿丽娅,吻你的儿子,并问候谢尔盖·埃夫隆。我们两个家庭也许将成为朋友。这不是一种限制,而是一种比从前的一切更为庞大的东西。你会见到的。这个春天,我的头发白得很厉害。吻你。

茨维塔耶娃致帕斯捷尔纳克(1926年5月23、25、26日):
鲍里斯,我写的不是那样的信。真正的信不是写在纸上的。比如,今天我推着儿子的童车,一连两小时走在一条陌生的道上——在多条道上——盲目转悠,怡然自得地始终知道,最终会登陆的（沙滩——大海），边走——边抚弄开花的刺丛——就像抚弄别人的小狗一样，不停地——鲍里斯，我不停地与你说话，往你的心中说话——我高兴——我在喘息。有时，当你沉思得太久时，我就用双手把你的脑袋转过来说：瞧！别以为有什么美景：旺代是贫乏的，除了各种表面的英雄气概，只有灌木、沙滩和十字架。驴拉的两轮车。枯萎的葡萄园。天色也是灰暗的（梦的颜色），没有风。但是有一种在异乡过圣灵降临节的感受，驴车上的孩子们令人感动——身穿长裙的小姑娘们神气十足，戴着我童年时流行的那种便帽（正巧叫"卡赫"！）——样式很怪——正方形的底部和放在侧面的蝴蝶结，戴上这样的帽子，小姑娘像是老太婆，老太婆像是小姑娘……但是不谈这个——谈些别的——谈这个——也谈一切——今天谈我们，谈谈不知是来自莫斯科还是来自圣吉尔的我们，谈谈正打量着贫乏的在过节的旺代的我们。（就像在童年，脑袋抵着脑袋，脸贴着脸，看雨，看行人。）

……

鲍里斯，但是有一点：我不喜欢大海。我无法去爱。那么大的地方，却不能行走。这是一。大海在运动，而我却只能看着。这是二。鲍里斯，要知道，这大海就是那样一个舞台，也就是我被迫的、早就明白的静止性。我因循守旧。我只得忍耐，无论我愿意与否。在夜里呀！大海是冰冷的，汹涌的，隐秘的，不爱的，充盈自我的，——就像里尔克！（充盈的是自我还是上帝，都一样。）我怜悯陆地：它感到冷。大海却不觉得冷，这就是它，它的内部充满恐怖，这就是它。这就是它的实质。一台硕大的冰箱

271

(夜)。或是一口硕大的锅(昼)。是绝对的圆形。是一只神奇的茶盘。它是浅平的,鲍里斯。是一个巨大的、时刻都会把婴儿摇翻出来的平底摇篮(船舶)。它无法熨烫。(它是湿的。)无法向它祈祷。(它是可怕的。比如说,我最好还是恨耶和华。如同恨一切权力。)大海是一种专政,鲍里斯。高山才是神灵。高山各不相同。高山能缩小至我的儿子穆尔(为他而痛心!)。高山也能增高至歌德的前额,为了不让他难堪,而且还能高过他。高山有溪流,伴有洞穴,有变幻。高山——这首先是我的双足,鲍里斯。是我真实的价值。高山是一个巨大的破折号,鲍里斯,请你用深深的叹息去填充这个破折号。

……

我不会给里尔克写信。这是一种过于巨大的折磨。而且是徒劳无益的折磨。摆在面前的尼伯龙根宝物把我弄糊涂了,把我从诗歌中驱逐出去了——能轻松地承受吗?!他不需要。我很痛苦。我不比他小(在将来),但是比他年轻。年轻许多个人生。鞠躬的深度是高度的标尺。他深深地向我鞠了一躬,也许竟然深过……(这不重要!)——我感觉到了什么?他的身高。我早就知道他,如今我亲身了解了他。我对他写道:我是不会降低自己的,这样做并不会使您变得更高大(也不会使我变得更低矮!),这只会使您变得更孤独,因为在我们诞生的那个岛上,众人均与我们同高。

……

哦,鲍里斯,鲍里斯,把伤口治好,舔净吧。告诉我,这是为什么。证明给我看,一切都是这样的。别舔,——去烧灼伤口吧!

我爱你。市场，驴车，里尔克——这一切的一切都汇入你的心中，汇入你的大河（我不想说——大海！）。我十分想念你，仿佛就在昨日还见过你。

玛丽娜

1926 年 5 月 23 日，星期日，圣吉尔

鲍里斯，你不理解我。我非常爱你的名字，以至于在给里尔克写信时，如果我不把你的名字再写上一遍，就像是一个真正的损失，一个拒绝。……

鲍里斯，我是自觉地这样做的。不削弱里尔克带来的欢乐冲击。不将它一分为二。不将两种水混淆。不将你的事件变成我自己的机会。不做低于自己的人。要善于不做。

……

我的书信没有什么目的，但是，你和我都需要活着和写作。我不过是在——转移一支箭。

我的信是不是写得太频繁了？我时刻想与你交谈。

玛丽娜

1926 年 5 月 25 日，星期二，于维河畔的圣吉尔

你好，鲍里斯！早上 6 点，一直刮着风。我刚才正沿着林荫小道朝井边跑去（两种不同的欢乐：空桶，满桶），并用顶着风的整个身体在向你问候。门口(已经有一只满桶了)是第二个括号：大家都还在睡觉——我停下了，抬起头迎向你。我就这样和你生

活在一起,清晨和夜晚,在你的身体内起床,在你的身体内躺下。
……

我拥抱你的脑袋——我觉得它之所以这么大——是因为其中有一座山——我拥抱的便是整整一座山。——乌拉尔。"乌拉尔的石头"——又是来自童年的声音!母亲和父亲为了博物馆要用的大理石去了乌拉尔。乌拉尔的石头、密林和水晶——这便是我所有的童年。

童年——在黄玉和水晶中。
……

你发现了吗,我是在零星地把自己给你?

1926 年 5 月 26 日,星期三

[茨维塔耶娃坐在暗淡的灯光下,窗外海浪的声音越来越响。

第五幕　诗的化身

主持人:三位大诗人之间的通信,有对人生之孤独的诉说,有对友情和爱情的吐露,但他们谈论最多的还是他们视为生命、他们赖以生存的诗。在进行这段通信的同时,三位诗人也在不懈地写作诗歌,通过书信,他们在交流对生活和诗歌的理解以及创作上的经验,并在他们不约而同地感觉到的诗歌的"世界性危机"时代相互传递创作力量。与此同时,在书信中,他们还对对方这一时期的重要作品(如里尔克的《果园集》和《哀歌》,帕斯捷尔纳克的《1905年》和《施密特中尉》，茨维塔耶娃的《山之诗》和《终结之诗》等）作了见解独到的评析。三位大师相互视对方为"诗的化身"，他们彼此搀扶着，行走在艰难而崇高的诗歌道路上。

[舞台上的三位诗人，浑身焕发出金色的光芒，这应该就是诗歌的光芒。钢琴：里尔克主题（之一）——秋天，金色，孤独。

里尔克致茨维塔耶娃（1926年6月8日）：
……
　　一切都应该如你所想象的那样吗？但愿如此。这是我们的成见：应为之伤悲还是为之雀跃？我今天为你写了一首长长的抒情哀歌，我坐在暖和的（但遗憾的是尚未完全晒热的）石墙上，置身葡萄园中，用诗的声响迷惑着蜥蜴。瞧，我回来了。然而，在我的古塔楼里，石匠和其他工匠还需要劳作一阵子。这儿没有一个安静的去处，这葡萄园的角落又湿又冷，而往常总是阳光明媚的。
　　此刻，当我们的"不想要"的时候降临后，我们应当得到回报。

莱　内
1926年6月8日晚于瑞士锡尔慕佐古堡

[里尔克朗诵《玛丽娜哀歌》的开头，茨维塔耶娃朗诵该诗结尾。

〔里尔克读。

　　哦,溶解在世界,玛丽娜,陨落的星辰!
　　我们没有任何增加,像颗新星无论落在哪里!
　　大千世界里的总结早已做出。
　　但我们的离去也不会缩小神圣的数字:
　　燃烧,陨落,你总归要返回万物之初。

　　或许一切都只是游戏,重复,轮回,
　　只是忙碌,无名无姓,无家可归,海市蜃楼?
　　波浪,玛丽娜,我们是大海!星辰,玛丽娜,我们是天空!
　　我们是一千次的大地,是春天,玛丽娜,我们是歌,
　　是在高天欢乐流淌的云雀的雷霆。
　　我们像云雀一样歌颂,但黑暗的重力
　　把我们的声音压向地面,把我们的歌变成哭泣。
　　哭泣……难道不就是颂歌被压弯了腰的弟弟?
　　人间的神祇很单纯,喜欢我们把他们赞颂。
　　温柔,玛丽娜,我们为颂扬奉献出自己。

〔茨维塔耶娃读。

　　只不过,玛丽娜,相爱的人不该过多地了解
　　灾难。相爱人的无知十分神圣。

让墓碑使他们变得聪明吧,在浓密的树荫下
回忆哭泣的树冠,理解过去。
倾塌的只是他们的墓穴,他们自身却很柔韧,
像藤蔓,甚至能折起来做成奢华的桂冠。
五月的风吹拂轻盈的藤蔓!藤蔓
不服从我们所处的痛苦"永恒"之真理。
(我清楚地知道,那残存的灌木里
有温柔的花朵。我多么想溶解于
夜风的呼吸,和风儿一同向你飞去!)
神祇要我们相信,你我都只是一半。
我们像月牙会逐渐地充盈。
但何时月亏,何时月落,——
只有它才能保持我们的完整,
它就是无眠大地上方骄傲痛苦的道路。

帕斯捷尔纳克致茨维塔耶娃(1926年6月5日):
玛丽娜:
  整整一天,我手中捧着的都是你的长诗《山之诗》和《捕鼠者》。

[茨维塔耶娃上,读《山之诗》开头。

  颤抖,山从肩头卸下,
  灵魂却在爬山。

让我来歌唱痛苦,
歌唱我的山!

无论现在还是往后,
黑洞我都难以封堵。
让我来歌唱痛苦,
在山的顶部。

[帕斯捷尔纳克接着朗诵《山之诗》的结尾。

记忆有空白,眼睛的
白内障:七层遮挡。
我不记得单独的你。
取代五官的是白光。

没有特征。白的空白。
(心灵布满伤口,
伤口绵连。)用粉笔标明,
裁缝的手工。

天空是完整的结构。
海洋是大群的水珠?!
没有特征。的确独特。

爱情是关联，而非寻求。

无论头发是黑是褐，
让邻居说他能看清。
难道激情也能分割？
我是钟表匠还是医生？

你像充盈完整的圆：
完整的旋风，**充盈**的呆滞。
我不记得独立于
爱情的你。平等的标志。

（在惺忪的羽毛中：
瀑布，泡沫的山头，
听觉感到奇特的新意，
威严的"我们"取代"我"……）

贫困窘迫的生活里
却只有"生活如故"——
我看不见你与任何女人
一起：
　　记忆的报复！

〔帕斯捷尔纳克放下诗稿,继续写信。

这两部长诗我都是一口气读完的。从这种在你看来是不能容许的和不大可能做到的阅读中,我感到,结构奇妙、紧凑的《捕鼠者》中有一些在诗歌创作上新颖的、异乎寻常的独到之处。这些地方如此突出,以至于在重读它们时,我必将对创新之定义略加思索,思索它们那种难以捉摸的创新,风格的创新,对于这种创新,语言中似乎没有现成的词,不得不去寻找新词。不过请你暂且认为,我什么话也没对你说。正是这一次,我比以往任何时候都更想在你面前显得成熟和精确。

……

初看,情况就是这样。一个人在看到一张小照片时即感到乐不可支,精神振作,现在突然又得到了一幅大照片。一个人因一部长诗中的某些地方而欣喜若狂,现在突然又得到了两部长诗。一场黄金雨落在他身上,发际闪烁着黄金的雨滴,他对着源泉说:等着吧,明天我将向你致谢。无论你想见到大致如此的这一幕的欲望有多强烈,无论形象有多逼真,还是请驱走这与真实毫不相像的主观幻想吧。最好还是不折不扣地履行我的请求:把我忘掉一个月。看在上帝的分上,你别发怒。不过,我已准备忍受来自你的极端做法。我十分坚持自己的希望,以至于准备重新开始一切。

1926 年 6 月 5 日

茨维塔耶娃致里尔克（1926年6月14日）：

听我说，莱内……当我拥抱一个陌生人，用手臂搂住他的脖子，这是自然的，但当我把这一切说出来的时候，就是不自然的了。（对于我自己来说！）而当我将这一切写成诗的时候，这就又是自然的了。就是说，是行动和诗句在替我辩护。而在这两者之间的东西，却在控告我。谎言——就是两者之间的东西——不是我。当我说真话（搂着脖子的手臂）的时候——这是谎言。当我对此保持沉默的时候，这却是真理。

一种保守秘密的内在权利。这与任何人都无关，甚至与我的手臂缠绕其上的脖子也无关。……我的手臂很少想要做什么。

……

（莱内，我爱你，我想到你那里去。）

你写给我的《哀歌》。莱内，一生中，我在诗歌里把自己分赠给了——所有的人。其中也包括一些诗人。但是我总是给得太多，我堵住了可能会有的回答，吓跑了回答。整个反应都已经被我所预见到。正是由于这个原因，诗人们从来不给我写诗，而我总是淡然一笑：他们是在把这些诗送给一百年后的人读。

可这时有了你的诗，莱内，有了里尔克的诗，一个诗人的诗，诗歌的诗。还有我的缄默，莱内。一切都倒过来了。一切都是正常的。

哦，我爱你，否则我就不会说出——这个首先想到的，而且也的确是最早的、最好的字眼。

莱内，昨天傍晚我走到屋外去收床单，因为快要下雨了。我把全部的风都揽进了自己的怀抱，——不对！是抱住了整个北方。这也就是你。(明天这就将是南方!)我没有将他带到家中去,他留在了门口。他没有进屋,但我刚一入睡,他就带着我飞奔到海上去了。

……

月光下有一条听不见的漫漫长路。

反正这只能叫作:我爱你。

读完这封信后,你所抚摸的第一只狗,就将是我。请你注意它的眼神。

玛丽娜

1926 年 6 月 14 日于圣吉尔

茨维塔耶娃致里尔克(1926 年 7 月 6 日):

亲爱的莱内:

似乎是歌德说的,用外语创造不出任何出色的作品来,而我却一向认为,这个观点是错误的。(歌德就整体而言从来也没有出过错,就最终的意义而言,他永远是正确的,因此我此刻对他的态度是不公正的。)

诗歌——这里指的已是译作,从母语译成外语——无论是译成法语还是德语——都并不重要。对于诗人来说,母语是不存在的。写诗就意味着翻译。因此,当人们谈起法国诗人、俄国诗人或其他民族的诗人时,我总是弄不明白其中的含义。一个诗人可以用法语来写诗,可他却不可能是一个法国诗人。真可笑。

我不是一个俄国诗人,当人们这样称呼我时,我便会感到莫名其妙。你成为一个诗人(如果诗人可以成为的话,如果你并非天生就是诗人的话！），就是为了不仅仅做一个法国人、俄国人或其他国家的人，而要做所有民族的人。换句话说：你是一个诗人，因为你不是一个法国人。民族性——这是排他性和包容性。俄耳甫斯炸毁了民族性，或者说，他大大地拓展了民族性的界限，从而使所有的人（过去的和现存的所有人）都被包容在民族性之中。出色的德国人——在那里！那里也有——出色的俄国人！

但是，在每一种语言中都有一些仅仅属于它的东西，这也就是语言本身。因此你在说法语的时候和你在说德语的时候是不一样的，因此你才开始用法语写作！德语比法语更深刻，更丰富，更有伸缩性，也更含混。法语是没有回声的钟，德语则与其说是钟（滴答声），还不如说是回声。德语继续在被读者创造着，一次又一次，永无止境。法语则已经被造好了。德语是在产生，法语则是在存在。对于诗人来说，这是一种吃力不讨好的语言，因此你才用它来写作。几乎是一种无法运用的语言。

德语是无尽的允诺（同样是——馈赠！），但法语则是最终的馈赠。你用德语写作（《果园集》），也就是说，你在写自己，写一个诗人。因为德语离母语最近。依我之见，比俄语更近。更近一些。

莱内，我能在每一行诗句里认出你，但是你的声音较为短促，每一行诗都是一个被截短了的里尔克，几乎像是一个提纲。每一个词。每一个音节。

……

可以吻吻你吗？这可不比拥抱更大，而若要拥抱却不接吻，则几乎是不可能的!

玛丽娜
1926年7月6日于维河畔圣吉尔

里尔克致茨维塔耶娃（1926年8月19日）:

玛丽娜：

那列火车（载着你上一封信的火车），那列你后来不予信任的火车，疲惫不堪地抵达了我处；令人不安的邮箱是衰老的，犹如骆驼和鳄鱼也常常是衰老不堪的那样，它们自小就被衰老包裹着：这是一种最可信赖的特征。玛丽娜，对你所想、所思的一切，我都要说声"对、对、对"：它们又一同组成一个向生活本身所道出的大写的"对"……但是其中又同样包含着一万个未曾预见到的"不对"。

……

鲍里斯的沉默让我不安，令我伤心；也就是说，我的出现毕竟阻碍了他热烈追求你的道路？虽然我完全明白，你在说到（相互排斥的）两个"国外"时指的是什么，但我仍认为，你对他太严厉，近乎残酷（对我也严厉，你希望我除你之外，任何时候、任何地方都别再拥有另一个俄国！）。我反对一切排斥（它源于爱，却会在成长中麻木……）：你会接受这种样子的、仍旧是这种老样子的我吗？

莱　内
1926年8月19日于瑞士圣加仑州皇家拉加茨旅馆

茨维塔耶娃致里尔克（1926年8月22日）：

莱内：

对我想要说的一切，请你只回答一声"对"，相信我，不会有任何可怕的事情。莱内，当我对你说我就是你的俄国的时候，我仅仅是（再一次地）在对你说我爱你。爱情靠例外、特殊和超脱而生存。爱情活在语言里，却死在行动中。希望做你现实中的俄国——对于这一点来说，我太聪明了！一种说法。爱情的一种说法。

莱内，我有另一个名字：我，就是你的存在，就是你的生活（生活就意味着：靠你而活着。用来生活的存在，用来生活的物。一个被动态）。

……我就是这样写作的，莱内，——从词走向物，一个接一个地造词。我想，你也是这样写作的。

就这样,亲爱的,别害怕,对我的每一个词都请永远只说"对"，人们就是这样安慰穷人的，没有过错，没有后果。我伸出的手通常都会落空，而施舍物则会落向沙地。我想从你那里得到什么呢？就是能从整个诗歌和每一行诗句那里得到的东西：每一瞬间、此一瞬间的真理。再没有比这更高的真理了。永远不会麻木，一直在化为灰烬。我想要的只是一个词——它为我所用——它已经是物。行动呢？后果呢？

莱内，我了解你，就像了解我自己。离我愈远，进入我便愈深。我不是活在自己的体内——而是活在自己的体外。我不是靠自己的嘴唇活着的，吻了我的人将错过我。

……

拥抱你。

玛丽娜

1926年7月22日于圣吉尔

〔暗。

第六幕　道　别

主持人：1926年12月29日，里尔克在瑞士病逝，震惊的茨维塔耶娃迅即将这一噩耗函告帕斯捷尔纳克，并附寄了她用德语写成的献给里尔克的"悼亡信"。几年过后，帕斯捷尔纳克完成了献给里尔克的自传《安全证书》，用作这部自传结尾的正是帕斯捷尔纳克致里尔克的一封迟发了数年之久的信。三位大诗人间的通信，结束为一个哀婉、悠长的余音。

茨维塔耶娃致帕斯捷尔纳克（1926年12月31日）：
鲍里斯！
莱内·马利亚·里尔克死了。我不知道是哪一天，是在两三天之前。人们来唤我去过新年，他们同时也告诉了我这个消息。他给我的最后一封信（9月6日）是以哀叹结束的："要等到春天吗？这让我感到不安。快些吧！快些！"（谈的是见面的事。）他没有答复我的回信,后来已是在贝尔维,我给他发去了只有一行字的信:"莱内,你怎么了?莱内,你还爱我吗?"

……

我们什么时候见面?

祝他新的一生好,鲍里斯!

玛丽娜

1926 年 12 月 31 日于贝尔维

[钢琴:里尔克主题之二——冬天,死亡,安魂曲。

茨维塔耶娃致帕斯捷尔纳克(1927 年 1 月 1 日):

1 月 1 日,你是我对其写下这一日期的第一个人。

鲍里斯,他是 12 月 30 日去世的,不是 31 日。又是一次生活失误。是生活对一个诗人最后的小报复。

鲍里斯,我们永远不会去见里尔克了。那座城市已不复存在。

……

此刻,与穆尔一同散步(一年的第一天,空旷的小镇),十分惊奇:红色的树冠!这是什么?是新长出的嫩树条(不朽)。

鲍里斯,你瞧:三个人都活着时,反正什么也没发生。我自知:我也许不能不去吻他的手,也许不能去吻他的双手,甚至当着你的面,甚至几乎是当着自己的面。我也许会拼命挣扎、肝肠寸断,会滔滔不绝地诉苦,鲍里斯,因为这个世界毕竟还存在着。鲍里斯!鲍里斯!我多么熟悉那个世界啊!是根据梦,根据梦的空气,根据梦的紊乱性和迫切性熟悉它的。我对此岂能不知道，对此岂能不喜爱，我在其中又遭受了多少委屈！那个世界，你只需要知道：亮光，照明，被你我之光异样照亮的事物。

在那个世界——只要"那个世界"这一用语还存在，人就会存在。但现在谈的不是人。

谈的是他。他的最后一本书是用法文写成的。《果园集》。他用自己的母语已经写累了。

……

他因全能而疲倦，想要做学徒，抓住了语言之中对于诗人而言最为吃力的一种语言——法语，他又成功了，再次成功了，然而却立刻困倦了。问题并不在于德语，而是在于人类的语言。对法语的渴望原来就是对一种天使的、阴间的语言的渴望。他以《果园集》一书说出了天使的语言。

瞧，他是天使，我始终能感觉到他就在我右肩的后方。

鲍里斯，让我感到高兴的是，他从我这儿听到的最后一个词是：贝尔维——"美丽的风景"。

这也是他自天堂打量着地球所说的第一个词！但是，你一定要动身。

1927 年 1 月 1 日于贝尔维

［作为背景的大屏幕上里尔克天使般地出现，茨维塔耶娃和帕斯捷尔纳克仰望着他。

茨维塔耶娃致里尔克（1926年12月31日，悼亡信）：

悼 亡 信

一年是以你的去世作为结束的吗？是结束吗？是开端呀！你自身便是最新的一年。（亲爱的，我知道，你读我的信早于我给你写信。）——莱内，我在哭泣。你从我的眼中涌泻而出！

亲爱的，既然你死了，那就意味着不再有任何的死（或任何的生！）。还有什么？萨瓦的一个小城，什么时候？什么地方？莱内，那梦的巢穴又怎么办呢？你，如今懂得俄语，知道 Nest 即 гнездо，还知道其他许多事情。

我不愿意重读你那些信，否则我就会想去找你，想去那里，可我不敢去想，你当然知道，与这个"想"相关的是什么。

莱内，我始终感觉到你在我的右肩旁。

你曾想到过我吗？——是的！是的！是的！

明天就是新年，莱内，1927年。7——是你喜欢的数字。就是说，你是出生在1876年的吧？（报纸上说的？）——五十一岁？

我是多么的不幸。

但是不许伤悲！今天午夜我将与你碰杯。（你自然知道我的碰法：轻轻的一击！）

亲爱的，你让我常常梦见你吧——不，不对：请你活在我的梦中吧。如今你有权希望，有权去做。

我与你从未相信过此地的相逢，一如不相信今生，是这样的吗？你先我而去（结果更好！），为着更好地接待我，你预订了——

不是一个房间，不是一幢楼，而是整个风景。我吻的是你的双唇吗？鬓角吗？额头吗？亲爱的，当然是你的双唇，实实在在，就像吻一个活人的双唇。

亲爱的，爱我吧，比所有人都更强烈地爱我吧，比所有人都更不同地爱我吧。别生我的气，你应当习惯我，习惯这样的女人。还能怎样呢？

不，你尚未高飞，也未远走，你近在身旁，你的额头就靠在我的肩上。你永远不会走远：永远不会高不可及。

你就是我可爱的成年孩子。

莱内，给我写信！（一个多么愚蠢的请求？）

祝你新年好，愿你享有天上的美景！

玛丽娜

1926 年 12 月 31 日晚 10 时于贝尔维

莱内，你仍在人间，时间还没有过去一个昼夜。

帕斯捷尔纳克致里尔克（一封作为跋的信）：

一封作为跋的信

如果您活着，我今天会给您写信。此刻，我完成了献给您的《安全证书》，昨天晚上，全苏对外文化关系协会请我去办了一件与您相关的事。为编辑您的书信集，德国方面希望得到您在其中拥抱并祝福过我的那封短信。我当时没有回复那封短信。我相信能很快与您会面。然而，代替我出国的却是妻子和儿子。

把像您的文字这样的馈赠搁置一边，不予回答，不是一件轻松的事。但是我害怕，在与您的通信让我获得满足之后，我也许会永久地停留在通向您的半途中。可是我却必须见到您。在此之前，我决心不给您写信。我也曾设身处地为您想过（因为我的沉默会让您惊讶），当我想到茨维塔耶娃在与您通信时，我便坦然了，因为，虽说我不能代替茨维塔耶娃，茨维塔耶娃却能代替我。

……

那天早晨，我第一次读了茨维塔耶娃的《终结之诗》。我偶然得到了这部长诗的一份莫斯科手抄本，毫无疑问，长诗的作者对于我来说意义重大，许多信息来往于我们之间或正在半途中。然而，在那天之前，我竟然对这部长诗一无所知，也不知道后来接到的《捕鼠者》。因此，早晨读完长诗后，我仿佛仍处于这部长诗扣人心弦的戏剧性力量所造成的迷惘中。同样是在那天，我激动地读到父亲的来信，知道了您的五十诞辰，知道您高兴地接受了父亲的祝贺并回了信，突然，我意外地读到了当时还令我不解的一个附笔，说我不知怎么竟为您所知。我站起身来，离开了桌子。这是一天里的第二次震撼。我走到窗边，哭了起来。

如果有人告诉我，人们在天上阅读我的作品，我也不会更为惊奇。在我对您二十余年的崇拜中，我不仅没有设想过这种可能，而且还事先就剔除了这一可能，如今，它改变了我关于自己的生命及其进程的认识。生命的弧线及其终端在一年年地散开，似乎永远不该聚合，可是突然，在一眨眼的瞬间，它紧紧地聚合在了我的眼前。在什么样的时刻！在最不合适的一天之最不合适的一刻！

院子里，2月末不太暗的、饶舌的黄昏已然来临。一生中，我第一次意识到您是一个人，我可以给您写信，您在我的存在中将发挥巨大的非人工的作用。在此之前，我从未有过这样的念头。如今它突然降临在我的意识中。我很快便给您写了信。

我如今也许很怕再看到那封我已不记得的信。对您说您是什么样的人，这是世上最轻松不过的事。但是，如果我谈起自己，亦即谈起我们的时代，我就未必能处理好那尚不成熟的主题了。

我未必能恰当地向您叙述所有革命中永远是头几天的那些日子，在那些日子里，法国大革命的活动家们会跳上桌子，用为空气干杯来激励路人。我是这些日子的见证人。现实就像一个私生女，半裸着身子逃出牢房，让彻头彻尾不合法、无嫁妆的整个自我凌驾于合法的历史之上。我看到大地上的夏天，这个夏天似乎认不出自我了，它是自然的，是走在历史前面的，似是在走向新的发现。我留下了一本描写这个夏天的书。在书中，我表达出了有助于了解这场最不同寻常、最难以捉摸的革命的一切。

尾　声

［茨维塔耶娃和帕斯捷尔纳克的形象也如天使般升起，三诗人并肩立于天堂，或在神话中的帕尔纳索斯山上，他们每人朗诵了一首他们的诗作。他们相互凝视，然后将目光转向我们。舞台

上金光四射。钢琴:欢乐,诗,天堂,不朽……

茨维塔耶娃(《征兆》,1926):

征 兆

我的裙摆像裹着一座山,
整个身体的疼痛!
我认识爱情,凭借
整个身体的疼痛。

我的体内像有人开垦田地,
迎接每一场雷暴。
我认识爱情,凭借所有人的
远方,爱情却在身旁。

我的体内像被掏了个洞,
直抵漆黑的骨架。
我认识爱情,凭借
流遍全身的血管。

匈奴人掠过,
像马鬃似的穿堂风:
我认识爱情,凭借

最忠诚喉咙琴弦的撕裂，

喉咙峡谷的
铁锈，活的盐。
我认识爱情，凭借裂缝，
不！凭借
整个身体的颤动！

帕斯捷尔纳克（《悼茨维塔耶娃》，1943）

悼茨维塔耶娃

阴雨天愁苦地绵延。
溪流悲哀地流淌，
流过门前的台阶，
流进我敞开的窗。

栅栏外的道路旁，
公共花园被淹没。
云伸展着躺在无序中，
像洞穴中的野兽。

落雨天我像在读一本书，
内容是大地和大地的妖娆。

我在封面上为你画图，
画了一只林中女妖。

唉，玛丽娜，早该如此，
这件事并不轻松，
在安魂曲中把你被弃的骨灰
从叶拉布加运出。

我在去年设想过
为你迁葬的仪式，
面对空旷河湾的积雪，
舢板在冰中越冬。

——

我至今仍难以想象，
你居然已经逝去，
像一位吝啬的百万富婆
置身于饥饿的姐妹。

我此刻能为你做什么？
请多少给一点讯息。
在你离去的沉默中，

藏有没说出口的怪罪。

失去永远是谜语。
徒劳地追寻答案，
我苦于没有结果：
死亡没有轮廓。

这里什么都有，
捕风捉影，自欺欺人，
只有对复活的信仰，
才是天赐的索引。

冬天像奢华的丧宴：
我们走出住处，
给黄昏添加些干果，
斟一杯酒，还有蜜粥。

屋前的雪中有棵苹果树。
城市裹着雪的盖布——
这是你巨大的墓碑，
像我意识中的整个年头。

你转身面对上帝，

从大地向他飞去,

似乎在这片大地上,

对你的总结尚未做出。

[钢琴:三诗人主题的合奏,赞美,抒情诗的呼吸。

里尔克(《啊,诗人》,1921):

啊,诗人 ①

啊,诗人,你说,你做什么?——我赞美。

但是那死亡和奇诡

你怎样担当,怎样承受?——我赞美。

但是那无名的、失名的事物,

诗人,你到底怎样呼唤?——我赞美。

你何处得的权利,在每样衣冠内,

在每个面具下都是真实?——我赞美。

怎么狂暴和寂静都像风雷

与星光似的认识你?——因为我赞美。

[重复。

---

① 冯至译文。

里尔克：啊，诗人，你说，你做什么？

帕斯捷尔纳克：——我赞美。

里尔克：但是那死亡和奇诡

　　　　你怎样担当，怎样承受？

茨维塔耶娃：——我赞美。

里尔克：但是那无名的、失名的事物，

　　　　诗人，你到底怎样呼唤？

主持人：——我赞美。

三诗人、主持人合诵：你何处得的权利，在每样衣冠内，

　　　　在每个面具下都是真实？——我赞美。

　　　　怎么狂暴和寂静都像风雷

　　　　与星光似的认识你？——因为我赞美。

〔钢琴在诗人朗诵诗歌时始终在演奏主题音乐，在四人合诵最后一首诗时达到高潮，随后渐弱。

〔剧终。

巴别尔：谜团、瑰丽和惊世骇俗

伊萨克·巴别尔，一位在俄国、中国和整个世界都能引起强烈阅读兴致的作家，其生活跌宕起伏，布满谜团，其创作惊世骇俗，别具一格，他的生活和创作构成了关于20世纪俄苏历史一个时段的具有狂欢化色彩的文学记录。

"未知的巴别尔"

巴别尔的一生充满许多奇特的变故和突转，甚至难解的谜团。他至少用过四个姓氏：他原姓"鲍别尔"，开始发表作品时曾署名"巴勃－埃尔"，最后选定"巴别尔"做笔名，他在第一骑兵军任随军记者时则化名"基里尔·瓦西里耶维奇·柳托夫"。他的生卒日期也不确定，俄语文学工具书中标明的巴别尔出生日期均为"俄历1894年7月1日，新历7月13日"，可巴别尔出生证上记下的日期却是"俄历6月30日"，以19世纪新旧历之间相差十二天计，巴别尔准确的出生日期应该是"1894年7月12日"；巴别尔1940年1月27日在莫斯科卢比扬卡监狱被枪毙，但在巴别尔被恢复名誉时，官方告知巴别尔亲属的死亡时间却是"1941

年3月17日"。

在1920至1930年代的俄苏文学史中,巴别尔显现出某种悖论身份。1920年代中期,巴别尔的妹妹、母亲和妻子相继侨居西欧,可坚持留在国内的巴别尔却能多次获准去国外探亲。1925年,他的三部短篇小说集在一年内先后推出,《骑兵军》更是在短时间里多次再版,他由此成为当时最著名的作家之一,可当时位高权重的军方领袖、曾任第一骑兵军司令的布琼尼却在《真理报》发文,指责《骑兵军》污蔑红军战士,幸有高尔基出面力挺巴别尔。一阵作品出版热潮过后,巴别尔却突然陷入所谓"文学沉默期",他转而写作一些剧本和电影脚本,曾与爱森斯坦等人合作,还曾试图将《钢铁是怎样炼成的》改编成电影。1934年8月,他参加在莫斯科举行的第一届苏联作家代表大会,并在会上发言。次年6月,他与帕斯捷尔纳克等人一同前往巴黎,出席世界作家保卫和平大会。这两件事情表明,巴别尔在当时是一位颇受重视的"苏维埃作家"。之后数年,是20世纪俄苏历史上的"大清洗"和"大恐怖"时期,巴别尔起初似乎顺风顺水,还在莫斯科郊外的作家村佩列捷尔金诺得到国家给予的一套别墅。但是,1939年5月15日,巴别尔却突然在佩列捷尔金诺被捕,罪名是"反革命罪"和"充当法、奥间谍",半年之后被枪毙。关于巴别尔遇害的原因人们至今不明究竟,有人说是巴别尔得罪了斯大林,因为斯大林不喜欢巴别尔在《骑兵军》中提起苏波战争;有人断言是巴别尔交友不慎,他的一些朋友当时都已被定为"人民公敌";有人认为,一直偏爱巴别尔的高尔基于1936年去世,使他最终失去庇护；也有人猜测，曾在秘密警察机构工作的巴别尔也许掌握了一些招致杀身之祸的内情。对于官方的苏联文学而言，巴别尔究竟是敌人还是朋友，究竟是红色作家还是所谓"同路人"，这在很长一段时间里都是一个疑问，而巴别尔的结局则表明他最终被当局当作了必须消灭的异端。巴别尔的身份和遭遇是充满悖论的，他仿佛是主流中的异端，又是异端中的主流。

巴别尔的作品自身也构成一个谜。巴别尔究竟写下了多少文字，现在已无法判断，因为秘密警察在逮捕巴别尔时从他家中抄走一大批手稿，计有十五件卷宗和十八个笔记本，如今相关档案已经解密，其中却不见巴别尔的手稿。

巴别尔的生活和创作，无论姓氏还是生死，无论身份还是文字，都像是"未完成体"。许多与巴别尔相关的书籍都会采用这样一些颇为耸人听闻的标题，如《被遗忘的巴别尔》《被焚毁的巴别尔》《未知的巴别尔》《伊萨克·巴别尔：真相和虚构》等等。巴别尔的生活和创作之谜，自然源自他所处的时代和体制，那样一个充满动荡的乱世必然会在他身上留下深刻的烙印，严酷的社会环境会使他像他的众多同时代人一样生出许多难言之隐，做出许多被迫的伪装。与此同时，巴别尔疑窦丛生的身世，在一定程度上或许也与他的性格和美学风格不无关联，作为一位善于故弄玄虚、热衷真真假假的作家，他也在有意无意之间将自己的生活"文学化"，或将自己的作品"自传化"，他的生活可能是真正的文学体验，而他的作品则可能是"伪纪实小说"。

"敖德萨""骑兵军"和"短的短篇"

巴别尔存世的短篇小说不过百余篇，我们能从中分辨出若干主题，其中最重要的两个主题即"敖德萨系列"和"骑兵军系列"。巴别尔1921年在敖德萨做编辑时，开始在当地报刊发表"敖德萨故事"；1922年在格鲁吉亚等地当记者时，他开始写作"骑兵军系列"。后来，这两个系列分别合集出版，受到广泛欢迎。包括《国王》《日薄西山》《此人是怎样在敖德萨起家的》《父亲》和《哥萨克小娘子》等名篇在内的《敖德萨故事》，多是关于敖德萨犹太人，尤其是敖德萨犹太强人的故事，巴别尔在他的小说中写到了犹太人生活的不幸和艰难，写到了残忍的屠犹场景，但与此同时，他选取别尼亚·克里克、弗罗伊姆·格拉奇等几位犹太强盗头领为对象，描写他们的敢作敢为，他们的喜怒哀乐，似乎旨在借助这一类型的主人公实现他对敖德萨犹太人生活的理想化和艺术化，用狂欢化的手法在小说中实现他的犹太造神运动。在巴别尔的创作中，与"敖德萨主题"紧密抱合的还有他的"童年主题"。如果说，"敖德萨系列"是犹太强人的肖像画廊，那么，"童年系列"则是一位敖德萨犹太男孩的心灵史。犹太孩子成长过程中的胆怯和敏感、抗争和发奋、恐惧和复仇等极端心理，在巴别尔以《我的鸽子窝的历史》为总题的一组小说中得到了淋漓尽致的描写。在《我的鸽子窝的历史》中，犹太少年入学的喜悦和屠犹场景的残忍构成对比，犹太子弟中榜的喜庆暗含着这个民族的复仇心理。重压下的、被迫的勤奋，构成了巴别尔"童年系列"小说的主要描写对象，但巴别尔却时常突出在"我"身上很早便涌动起来的文学冲动：他在练习小提琴时把屠格涅夫或者大仲马的小说放在谱架上，一边拉琴，一边狼吞虎咽地看着一页页小说；他给妓女讲故事，因此得到一笔钱，他将之称为他的"第一笔稿费"。但要注意到，巴别尔的"童年记忆"往往并非百分之百的"生活事实"，但其中的犹太儿童的心理活动和自幼就有的对文学的热爱，却无疑是少年巴别尔的真实心迹。真正给巴别尔带来全俄，乃至全世界声誉的作品，还是他的"骑兵军系列"。1920年苏波战争期间，巴别尔化名"柳托夫"随布琼尼的第一骑兵军征战数月，其间的所见所闻、所思所想就构成了《骑兵军》的主要内涵。如今被归入这一"系列"的短篇小说共三十八篇，它们的创作时间延续达十五年之久（1922—1937），但其中的大部分作品写于1925年之前，巴别尔后来只是在不断地加工、改写这些故事。从内容上看，战争和暴力，死亡和性，哥萨克骑兵和屠犹等，这一切相互交织，构成了《骑兵军》的主题。

巴别尔短篇小说的最大特征，就是绚丽和奇诡。巴别尔在一次座谈中这样谈论自己的创作："我对形容词所持的态度，也就是我一生的历史。如果我要写一部自传，它的题目或许就叫《一个形容词的历史》……如果说我一时无法把这一切写在十二页纸上，我始终缩手缩脚，那也是因为我始终在挑选词语，这些词一要有分量，二要简单，三要漂亮。"这里的"有分量""简单"和"漂亮"等三个形容词，最好不过地概括了巴别尔小说的语言风格。巴别尔在进行小说写作时是抱有"语不惊人死不休"之初衷的。他如此苦苦地锤炼作品，其中的重要动机之一就是要发掘俄语中所蕴含的无限潜力。

生动传神、别具一格的景色描写，是巴别尔小说最为醒目的识别符号，换句话说，高超、复杂的写景策略构成了巴别尔小说写作技巧中最为核心的构成。他的景色描写有这样几个突出特征：首先，是描写客体的主体化。巴别尔最热衷的景色描写对象是太阳、大海、树木等自然景物，也有白昼、夜晚等时间概念，在巴别尔的小说中，这些对象都纷纷活动了起来，获得与动物、与人一样的行动能力、感知能力，甚至抒情能力，这样的处理已远远超出"拟人"的修辞范畴，而试图将一切描写客体主体化。比如小说《此人是怎样在敖德萨起家的》中有这样的写景："别尼亚·克里克讲完这番话后，走下土冈。众人、树木和墓地的叫花子们都鸦雀无声。"在这里，树木是与众人、叫花子们地位平等的，都在倾听别尼亚的话，都在乖乖地鸦雀无声。而在《父亲》一篇中，黄昏、残阳、夕晖等均成为小说中的能动角色："黄昏贴着长凳兴冲冲地走了过去，落日熠熠闪光的眼睛坠入普里斯普区西面的大海，把天空染得一片通红，红得好似日历上的大红日子。"其次，巴别尔的写景具有高度的隐喻性，具有强烈的情绪调节功能。无论是拟人手法，还是描写客体的主体化，其本质仍在于隐喻。比如，在屠犹行动中被打倒在地的孩子突然听到，"在这片土地的远处，灾难正骑着高头大马驰骋"。最后，巴别尔小说中的景色描写往往被赋予某种结构功能。巴别尔的写景大多篇幅很小，三言两语，仿佛神来之笔；巴别尔自己肯定也十分在意这些妙句，因此总是把它们置于小说中的最重要位置，或在开头或在结尾，或在情节突转点或在有意省略处，让它们发挥着重要的结构支撑作用。这是《潘·阿波廖克》的结尾："无家可归的月亮在城里徘徊。我陪着它走，借以温暖我心中难以实现的理想和不合时宜的歌曲。"

至于巴别尔小说的整体结构特征，则可以用"简洁"这个词来加以概括。"简洁是天才的姐妹。"契诃夫的这句名言也被巴别尔奉为座右铭。相比俄国文学中的"简洁大师"契诃夫，巴别尔有过之而无不及，甚至可以说，他是俄国文学中写得最为简洁的作家。巴别尔短篇小说的平均篇幅大约不到汉译一万字，在所谓"微型小说"和"掌上小说"兴起之前，这一现象在俄国文学中即便不是绝无仅有，也是十分罕见的。或许正是在这一意义上，巴别尔把自己的小说称为"短的短篇"。这就是说，巴别尔如此写小说，首先是天性使然，是他与生俱来的文字风格；其次，他试图以自己的创作尝试来改变俄国短篇小说不够发达的现状。无论出于何种动机，就整体结构而言，巴别尔的短篇小说写作无疑具有明确的体裁创新意识。为了达到密实、凝缩的结构，他还引入了蒙太奇、突转等电影和戏剧表现手法。

简洁的语言、独特的写景和浓缩的结构这三个因素相互结合，熔铸出巴别尔短篇小说的总体风格。在巴别尔的笔下，极端场景下的瑰丽抒情、充满突转的心理感受与电报式的简洁文体、令人惊艳的修饰语融为一体。巴别尔的小说三言两语，是断片式的，甚至是残缺的，却又具有浑然天成的整体感；它们是跳跃的，省略的，点到为止的，却能给人以某种厚重苍茫的史诗感。《父亲》

的结尾写得就像数十年后马尔克斯著名长篇小说《百年孤独》的著名开头：

> 这笔交易是在黑夜行将逝去、拂晓已经初临时谈拢的，就在这一刻，历史的新篇章开始了，这是卡普伦家败落的历史，是他家渐渐走向毁灭、火灾、夜半枪声的历史。而所有这一切——目中无人的卡普伦的命运和姑娘芭辛卡的命运——都是在那天夜里，当他的父亲和她意想不到的新郎官沿着俄罗斯墓地信步而行时决定下来的。那时一群小伙子正把姑娘们拽过围墙，墓盖上响起此起彼伏的亲嘴的声音。①

"俄国的莫泊桑"

巴别尔是20世纪最重要的俄语短篇小说家之一，也是世界文学史上最重要的短篇小说大师之一。如今，在20世纪俄语文学的历史语境中看待巴别尔的创作，我们至少可以归纳出他在如下几个方面的独特属性。

首先，从文学谱系和创作风格上看，巴别尔体现着罕见的综合性和多面性，就某种意义而言，他的创作就是对多种文学传统综合性继承的结果。俄语是他的母语，是他唯一的文学语言，他像大多数俄语作家、大多数用俄语写作的俄罗斯犹太作家一样，

---

① 戴骢译文。

不止一次地表达他对俄语的深情厚爱。巴别尔自幼就精通法语，他是在中学法语老师的影响下走上文学之路的，他最初几篇小说系用法语写成。他被称为"俄国的莫泊桑"，并不仅仅因为他的创作的体裁和题材属性，同时也因为他对法国文学的熟稔，他对法国文学的借鉴。与此同时，他又是一位犹太人，他对故乡"俄国的耶路撒冷"敖德萨的文学描写，他对俄国犹太人悲剧命运的文学再现，与他作品中的犹太人用语、与他对犹太文学传统的迷恋相互呼应，使他被视为20世纪俄语文学中犹太主题的最突出代表。甚至在巴别尔小说的语言方面，犹太文化传统也有着深刻的渗透，巴别尔善用俄语再现犹太语对话的风格。就这样，在巴别尔的创作中，俄国文学、法国文学和犹太文学等不同传统相互交织，相互交融，形成一种和谐而又多元的风格。如今，人们又试图在这一"混成"文学风格中分辨出乌克兰，乃至波兰文学的构成因素。

其次，巴别尔发扬并光大了俄国文学中的南方主题和南方风格。俄国是一个北方国家，俄国文学就总体而言也是更具"北方"意味的，相对而言比较严肃冷静，内敛沉思。从南俄的海滨城市敖德萨来到北方的都城彼得堡后不久，巴别尔就发现了俄国文学的这一"北方"属性，他在一一列举屠格涅夫、陀思妥耶夫斯基、果戈理等人的创作之后惊讶地说："如果你仔细想想，难道不会对浩如烟海的俄国文学还从未对太阳做过真正欢乐、明朗的描述而感到惊讶吗？"也就是说，从创作之初，巴别尔就已经有了踌躇满志、雄心勃勃"文学弥赛亚意识"，即要把南俄的"异国情调"

带入俄国文学。巴别尔试图将这"阳光和轻松"带入彼得堡,将阳光和力量、大海和欢乐、幽默和随性、性和暴力注入俄国文学。随着《敖德萨故事》和《骑兵军》的走红,巴别尔终于在1920至1930年代奠定了俄国文学中所谓的"南俄流派"。

最后,巴别尔专攻短篇小说,这既是他的文学兴趣和写作方式使然,同时也是他某种明确的体裁创新意识和文学使命感的具体体现。巴别尔在接受访谈时说过的两段话,能让我们揣摩到他专心写作短篇小说的两个动机:"我觉得,最好也谈一谈短篇小说的技巧问题,因为这个体裁在我们这里一直不太受恭维。应该指出,这一体裁在我们这里先前从未有过真正的繁荣,在这一领域,法国人走在了我们前面。说实话,我们真正的短篇小说家只有一位,就是契诃夫。高尔基的大部分短篇小说,其实都是压缩版的长篇小说。托尔斯泰那里也都是压缩版的长篇小说,只有《舞会之后》除外。《舞会之后》是一篇地道的短篇小说。总的说来,我们的短篇小说写得很差,大都是冲着长篇去写的。""我们现在需要短的短篇。数千万新读者的闲暇时光并不多,因此他们需要短篇小说。"也就是说,巴别尔如此写小说,首先意在以自己的创作来试图改变俄国短篇小说不够发达的现状,向莫泊桑等法国短篇小说家看齐,其次是为了呼应时代的需求,"短的短篇"有可能更适应追求高速度的时代和社会,这自然是一句应景式的话,但它与巴别尔的作品在1930年代的备受欢迎或许也暗含着某种契合。无论出于何种动机,就整体而言,巴别尔的短篇小说写作无疑具有明确的体裁创新意识,在客观上也促成了短篇小说创作传统在 20 世纪俄语文学中的强大延续，甚至新的崛起。他是"俄国的莫泊桑"，也是世界范围内的"20 世纪的莫泊桑"。

"中国的巴别尔"

中国人开始广泛地知悉巴别尔和他的小说，大约是在改革开放之后，由上海译文出版社 1983 年出版的马克·斯洛宁（应为斯洛尼姆）所著《苏维埃俄罗斯文学（1917—1977）》（蒲立民、刘峰译，毛信仁校）一书中的专章（第七章）"伊萨克·巴别尔：浪漫主义小说家"，使中国的俄苏文学研究者和广大读者首次意识到，巴别尔有可能是 20 世纪俄语文学中的一流大作家。1992 年，孙越翻译的《骑兵军》由花城出版社出版，在中国作家和读者间引起一片惊讶，孙越由此成为将巴别尔作品引入汉语的第一人，时隔二十余年，在走访了巴别尔的故乡和故居之后，在更深地把握了巴别尔的生活际遇和心路历程之后,孙越又重译了《骑兵军》。对于巴别尔在中国的接受和传播做出很大贡献的还有其他一些作家和翻译家，戴骢先生以传神的译笔译出《敖德萨故事》和《骑兵军》，这两部译著先后由多家出版社再版；王天兵先生在侨居美国期间爱上巴别尔，他不仅约请戴骢先生译出巴别尔的上述两部短篇集，还先后写作并出版了《哥萨克的末日》《和巴别尔发生了爱情》等书，他将欧美的巴别尔接受观引入了我国，使我们丰富了对巴别尔的认识和理解。在这几位先生以及巴别尔的其他中译者如徐振亚、马文通、傅仲选、王若行等人的努力下，巴别尔的创作已在汉语中得到了比较完整的呈现。

2016年中文版的《巴别尔全集》由漓江出版社推出。这套全集的编纂，同时参考了由彼得堡大学教授苏希赫主编的俄文版四卷本《巴别尔作品集》（Бабель И.Э. Собрание сочинений в четырех томах, Москва, Время, 2006）以及由巴别尔的女儿娜塔莉娅主编的英文版《巴别尔作品全集》(*The Complete Works of Isaac Babel*, W. W. Norton & Company, NY, London, 2002)，这个中文版可能是世界范围内第三个语种的《巴别尔全集》，《全集》共分五卷，依次为《敖德萨故事》《骑兵军》《故事和特写》《巴别尔剧作集》和《巴别尔书信集》。与英文版全集相比，中文版所收不限于"作品"，还将书信、访谈等所有文字悉数收入；与俄文版全集不同，中文版将"故事和特写""剧作"和"书信"单独成卷，更方便读者从不同侧面观看巴别尔的创作，使这套全集能够同时为普通读者和专业学者提供帮助。随着这套中文版《巴别尔全集》的出版，我们可以说，我们已经拥有了一位"中国的巴别尔"。

纳博科夫与蝴蝶

一

1941年夏，一辆崭新的庞蒂亚克轿车沿着横贯北美大陆的公路自东向西行驶，车里坐着纳博科夫一家，纳博科夫的妻子薇拉和七岁的儿子德米特里坐在后排，纳博科夫坐在副驾驶位置上，开车的是纳博科夫的学生多萝茜。刚在纽约安家不久的纳博科夫接到位于西海岸的斯坦福大学的邀请，要他去做一场关于俄国文学的演讲，但邀请方并不提供往返旅费，这让当时生活拮据的纳博科夫很是为难，多萝茜听说后主动提出驾车送纳博科夫去斯坦福大学，为此她还新购一辆车，当然，她也想在旅途中趁机向纳博科夫一家多学一点俄语。

柏油公路在亚利桑那州境内的大峡谷国家公园的南缘延伸。6月9日，疾驰的轿车在路边停下，几位旅行者要稍作休息。薇拉和德米特里留在车里，纳博科夫从后备厢取出捕蝶网，与多萝茜沿着一条名叫"快乐天使"的小路溜达。纳博科夫此次汽车长途旅行的另一目的，就是考察沿途的鳞翅目昆虫分布情况并捕捉蝴蝶。突然，走在前面的多萝茜惊飞一只棕色蝴蝶，纳博科夫眼

311

疾手快，把它网进捕蝶网，他当时就感觉这可能是一种不曾被发现的蝴蝶。一年之后，纳博科夫公布他的发现，并将这种蝴蝶命名为"多萝茜眼灰蝶"（Neonympha dorothea）。纳博科夫自幼就有的为一种蝴蝶命名的夙愿终于实现，多萝茜也因他的俄语老师而留名鳞翅目昆虫学史。

从当时留下的一张照片上看，纳博科夫身材瘦削，多萝茜却很富态，两人的合影像是构成了旧欧洲和新大陆的对比。多萝茜正视镜头，纳博科夫却望向另一个地方，可能，他又看到了另一只蝴蝶。

二

纳博科夫在其自传《说吧，记忆》的第六章中这样描写他童年时的捕蝶场景：

> 黄昏或夜间的捕获有时也能补偿晨捕的失手。花园最靠边的小径旁满是淡紫的丁香，我站在紫丁香旁等待蝴蝶，随着天色缓缓变暗，丁香的紫色转变为疏松的浅灰，浓雾像奶液倾洒在原野上，一轮银色的新月挂在水彩画般暗蓝的天幕。后来，我也曾这样在许多花园里伫立，在雅典，在昂蒂布，在亚特兰大，在洛杉矶，可我从未有过如此着魔的期待，如同在这些逐渐变成灰色的丁香前那样。瞧，来了：一阵低沉的嗡鸣从一丛花朵传递至另一丛花朵，一只粉绿相间的飞蛾

像颤动的幽灵一样悬停空中，它像只蜂鸟，在半空中将长长的吸管探入花蕊。它的漂亮幼虫，一条缩微版的眼镜蛇，前半段带有眼镜般的斑点，能可笑地鼓胀起来，这种幼虫8月里会出现在潮湿的地方，出现在粉色的野花高耸的花瓣里。每一天、每一年中的每个时辰都有其迷人之处。在晚秋忧郁的夜晚，在冰冷的雨中，我把糖浆、啤酒和罗姆酒的芳香混成物涂抹在园子里的树干上，诱捕到一些夜蛾，在潮湿的夜色中，我的手电筒像舞台上的追光照亮橡树表皮上那些闪着黏稠液体光泽的缝隙，每根树干上都有三四只神奇漂亮的飞蛾在吸食树皮上那层醉人的甜液，它们像白天的蝴蝶一样紧张地抖动半开半合的大翅膀，土灰色的后翼间露出令人难以置信的鲜红色绸缎般的前翼，带有黑色的纹理和白色的裙边。"Catocala adultera!"（"伪勋授夜蛾！"）我冲着亮灯窗户的方向用拉丁语开心地喊道，然后跌跌撞撞地跑回家，向父亲展示我的捕获物。

纳博科夫之所以急着向父亲展示他的捕获物，因为他父亲也是一位蝴蝶爱好者。

《说吧，记忆》是纳博科夫的唯一自传，记述的是他来到美国之前的生活，也就是他的前半生，他后来还想写作一部关于后半生的回忆录，连名字都想好了，叫《说吧，美国》，遗憾的是未能写成。纳博科夫曾想为他的这本唯一自传取名《说吧，摩涅莫绪涅》，摩涅莫绪涅是希腊神话中的记忆女神，是缪斯的母亲，她的形象有时呈现为一只蝴蝶。出版商担心读者看不懂这个书名，从而影响销路，便拒绝让这只蝴蝶飞入纳博科夫的书。但是，纳博科夫的这本书中却满是蝴蝶，蝴蝶几乎成了一个贯穿的形象，一个贯穿的主题。纳博科夫晚年在接受采访时曾情不自禁地感叹："我也许度过了能够想象到的最幸福的童年。"而他童年的幸福，在很大程度上是与蝴蝶相关的。蝴蝶象征着纳博科夫家的亲情，也寄托着少年纳博科夫的抱负。

纳博科夫的父亲是沙皇政府司法大臣之子，后成为著名律师，是俄国立宪民主党创始人之一，国家杜马议员，曾为俄国末代沙皇起草退位诏书，还在国内战争时期的克里米亚地方政府出任司法部长。这样一位俄国历史上的著名活动家，也是一个对儿子的蝴蝶兴趣充满鼓励的温暖父亲。书中写到，父亲曾将一只珍贵的孔雀蛱蝶标本送给儿子，这是父亲1883年在德国家庭教师的帮助下捕捉到的，二十五年之后，八岁的纳博科夫在同一地点也捕捉到了一只天蛾。书中写到，一个夏日午后，父亲"冲进我的房间，一把抓起我的捕蝶网，冲下走廊的台阶，不久就慢悠悠地回来了，拇指与食指间捏着一只罕见的漂亮雌性蝴蝶，原来他在书房阳台上看到这只蝴蝶正在一片杨树叶子上懒懒地晒太阳"。书中还写到，1908年，父亲因为反对沙皇体制的活动被关进监狱，他说服一位狱警偷偷递出一张字条，让纳博科夫的母亲转告他们的儿子："告诉他我在监狱的天井里看到的只有硫黄蝶和菜粉蝶。"

纳博科夫的母亲出身富商家庭，同样接受过很好的博物学教育，她似乎更喜欢蘑菇，母子俩在自家的森林中有着不同的目标和追求，但在幼小的纳博科夫一次患病时，"我母亲在我的床铺四周堆起了一座图书馆和博物馆"，这场大病之后，小纳博科夫的数学天赋荡然无存，"蝴蝶却幸存下来"。纳博科夫成年后在接受一场阑尾炎手术时，在被麻醉后的幻觉中，母亲当年为他做蝴蝶标本的场景突然"辉煌地重现"：浸透乙醚的药棉被压在蝴蝶那猿猴似的脑袋上，蝴蝶痉挛着的身体渐渐平息，大头针扎进蝴蝶的硬壳发出清脆的碎裂声，针尖小心翼翼地插入软木背板，半透明的胶条固定了对称的翅膀。在这个过程中，指引身穿水手衫的少年纳博科夫的，是一位"中国女人"——"我知道那是我的母亲"。

纳博科夫家位于彼得堡南郊的维拉庄园是蝴蝶的乐园，也是纳博科夫结识蝴蝶的乐园。六岁时，纳博科夫在这里捕到他的第一只蝴蝶。九岁时，纳博科夫捉到一只杨树蛱蝶，他在所有的蝴蝶图谱中均未找到相同种类，于是认为自己发现了一个新种，他勇敢地将这一新种命名为"纳博科夫俄国蛱蝶"（Rossica nabokov），并将关于这只蝴蝶的文字描述和彩色图画寄给俄国当时最著名的鳞翅目昆虫学家库兹涅佐夫。漫长的一个月后，纳博科夫接到回信，他画的那张图被退回，背面有用拉丁语写明的这种蛱蝶的名称。若干年后，库兹涅佐夫还在一篇论文中略带嘲讽地写道，曾有一个小学生试图给一种杨树蛱蝶的小变种命名。纳博科夫读后深感屈辱。十岁时，不屈不挠的纳博科夫又捕获一只金斑夜蛾，他同样未能在蝴蝶图谱中找到类似物，于是便将他的"发现"寄给英国昆虫学家理查德·赛茨，想在《昆虫学家》杂志上发表。赛茨不认识这个种,于是便仔细搜寻大英博物馆的蝴蝶标本藏品,才发现这是一个已有种,他给纳博科夫回信说明了这一情况。这两次失败的"科学发现"表明,年幼的纳博科夫对于蝴蝶研究有多么着迷。上中学时,纳博科夫阅读了家庭藏书室内众多的昆虫学书籍,其中包括纽曼的《英国蝶蛾自然史》、霍夫曼的《欧洲鳞翅目大全》、英文版多卷本百科全书《世界鳞翅目大全》,他还定期阅读《昆虫学家》等欧洲权威的学术期刊,实际上已经系统地掌握了鳞翅目昆虫学的专业知识。1917年十月革命爆发,纳博科夫一家撤退至克里米亚,他在这兵荒马乱的时代继续研究蝴蝶。一次在山上,他差一点被红军战士逮捕,因为他们认为纳博科夫在山头挥动捕蝶网,是在给山下海面上的英国战舰传递信号。在克里米亚的蝴蝶研究,使得纳博科夫终于用英文写成他的第一篇昆虫学论文《关于克里米亚鳞翅目昆虫的几点说明》,论文于1920年2月刊于英国最著名的昆虫学杂志《昆虫学家》,纳博科夫此时是英国剑桥大学三一学院动物学专业的大一新生。

纳博科夫在《说吧,记忆》中写到的其他一些人物也与蝴蝶有关。他少时曾随俄国著名画家多布任斯基学习绘画,他在自传中半开玩笑地说,他当年学到的绘画技巧后来被用于在哈佛大学"描绘蝴蝶的生殖器",他对此心怀感激。他记得,他的法语家庭教师O小姐曾经把他的守门人用帽子为他捉住的一只飞蛾关进衣橱,"天真地希望用樟脑丸的气味在一夜之间把它杀死在那里","但在第二天早晨,当她打开衣橱取东西时,随着一次有力的扑闪,我的飞蛾飞到她脸上,接着又冲向敞开的窗子,顷刻间就成了一个金色的小点,降落,躲避,飞向东方,穿越森林和冻土"。在这里,挣脱家庭教师囚禁的蝴蝶,无疑就是小纳博科夫放飞的自我,那位喋喋不休的法语教师有点让他生厌,可能主要就因为她对蝴蝶毫无爱意。

纳博科夫在维拉庄园捕捉蝴蝶,也在这里捕捉到了他的初恋。他在林中遇见少女塔玛拉,这个地主管家的女儿随母亲在夏季短暂租住附近的庄园,她比纳博科夫大一岁。这对十六七岁的少男少女热烈相恋,恋情持续到冬季的彼得堡,但纳博科夫写到,在冬季的城市里他俩都感觉不自在,远不似在夏季庄园的林中,"我们不计后果的罗曼史被移植到了严酷的圣彼得堡,我们发现,我们已渐渐习以为常的森林中的安全被可怕地剥夺了"。如果说纳博科夫这里的隐喻还很隐蔽,那么在这一章的最后,他便已挑明并放大了这个隐喻:在他和家人撤到克里米亚之后,"在那几个月里,在每一个从乌克兰寄到雅尔塔的邮包里,都会有塔玛拉寄给我的一封信";在离开俄国之际,他坚信,"塔玛拉的信依然会,奇迹般地和毫无必要地,来到克里米亚的南方,在那里寻找一个逃亡的收信人,那些信会无力地来回扑动,如迷乱的蝴蝶被释放在异域,在错误的纬度上,在陌生的植物间"。

三

流亡西欧之后的纳博科夫,已无闲心和财力继续他的蝴蝶爱好和蝴蝶研究。从剑桥大学毕业后,他定居柏林,靠做拳击和网球教练、做法语和俄语家教为生,同时开始文学写作。不过他显然并未完全放弃蝴蝶,1929年,纳博科夫偶然在法国南部比利牛斯山区度过数月,他上山捕捉蝴蝶,留下一份珍贵的标本。1930年代在柏林,纳博科夫写下第一篇以蝶蛾采集者为主人公的小说。

短篇小说《蝶蛾采集家》用俄语写成,原题为《皮尔格拉姆》,后由作者与彼得·佩尔佐夫联袂译成英文,1941年刊于美国《大西洋月刊》。小说主人公皮尔格拉姆是柏林一家蝴蝶商店的店主,他上了年纪,生活清贫,没有子女,看上去早已失去任何生活热情,可他心中却始终燃烧着一个强烈的愿望:到国外去捕蝶!他自幼研习鳞翅目昆虫学,后继承这家蝴蝶商店,成为一个自学成才的蝶蛾采集家和昆虫学家,一位与皮尔格拉姆熟悉的昆虫学家甚至还用皮尔格拉姆的名字命名了一种蝴蝶。然而,皮尔格拉姆店里那些采自世界各地的蝴蝶标本以及他的专家顾客们偶尔说起的捕蝶经历,却对一辈子都没离开过柏林的他构成持续不断的巨大诱惑。"他渴望着的,带着一种病态的强烈愿望渴望着的,就是亲自去往那些遥远的国度,亲眼看看飞舞的蝴蝶,亲手捕捉最珍贵的种。他要站在齐腰深的萋萋青草中,感受挥网时的飒飒风声,还有蝴蝶翅膀在收紧的纱网里的剧烈扑腾。"终于,他把一位著名昆虫学家留下的一套珍贵的蝴蝶标本收藏以七百五十马克的价钱售出,却只给了那位昆虫学家的遗孀五十马克,他决定用这笔"不义之财"踏上他梦寐以求的境外捕蝶之旅,最后却在离家之前由于过度兴奋而死去。

小说中，一位内行的蝴蝶专家来皮尔格拉姆的店里观看蝴蝶标本，认出其中一个标本是欧洲著名昆虫学家德让神父在中国康定地区采集到的名贵种，这顿时激起了皮尔格拉姆的幻想：

> 德让神父，这位刚毅勇敢的传教士，曾在雪域高原和杜鹃花丛中跋涉，你的运气真是令人嫉妒！皮尔格拉姆常常盯着他的标本盒，抽着烟斗沉思，心想自己无须走得那么远：仅在欧洲，就遍布着成千上万的猎场。照着昆虫学著作所提及的地理位置，皮尔格拉姆为自己建造了一个专有世界，他的科学知识就是通往这个世界的极其详尽的旅行指南。在那个世界里，没有赌场，没有历史悠久的教堂，吸引普通游客的东西一样也没有。法国南部的迪涅，达尔马提亚的拉古萨，伏尔加河畔的萨雷普塔，拉普兰的阿比斯库——这些都是捕蝶人熟悉的胜地，正是在这些地方，自上世纪50年代以来，捕蝶人就断断续续地前往打探（当地居民对此总是大感迷惑）。皮尔格拉姆看见自己在一家小旅馆的房间里连蹦带跳，搅得别人无法入睡。透过那房间大开的窗户，一只白色的蛾子突然从无边的沉沉夜幕中飞进来，翩翩飞舞，扑棱有声，满天花板找着自己的影子去亲吻。这景象清清楚楚，如同亲身经历的往事一般。
>
> 也就是在这些白日美梦里，皮尔格拉姆登上了传说中的幸福岛。山上长满栗子树和月桂树，炎热的峡谷劈开了低处的山坡，谷里发现了一种奇异的菜粉蝶本地种。就在当地另

一座小岛上,他看到了维扎沃纳附近的铁路路基和伸向远方的松树林,短小黝黑的科西嘉凤尾蝶经常在这里出没。他又去了遥远的北方,北极的沼泽里有精致的毛绒蝴蝶。他熟悉阿尔卑斯的高山牧场,光滑如席的草地上处处躺着扁平的石头。翻起一块石头,发现底下藏着一只胖乎乎的沉睡飞蛾,还是尚未识别的种,那时世上再没有比这更快乐的事了。他看见了全身发亮的阿波罗蝶,长着红色斑点,飞舞在大山深处的骡马小道上,一边是悬崖峭壁,另一边是万丈深渊。在夏日暮色中的意大利花园里,石子路在脚下动人地嘎吱轻响,穿过渐浓的夜色,皮尔格拉姆凝望着簇簇花丛。突然,花丛前出现了一只夹竹桃鹰纹蛾,它飞过一朵朵鲜花,专心地哼着小曲,落在了一只花冠上,翅膀飞快地抖动,让人根本看不清它那流线型的躯体,只能看见一道幽幽闪动的光晕。[①]

皮尔格拉姆的这段白日蝴蝶梦,一定也是纳博科夫自己的内心渴望之流露。皮尔格拉姆这个人物身上无疑掺入了纳博科夫的自传成分,当然,纳博科夫一贯喜欢在小说中倒置生活,比如皮尔格拉姆的年老、无嗣和夫妻不和,都与纳博科夫的真实生活截然相反。不过,纳博科夫的鳞翅目昆虫学知识却在这个短篇中得到不无炫耀的尽情展示,从对蝴蝶形状的描绘到对采蝶胜地的历数,从对蝴蝶标本制作方法的介绍到对蝶蛾采集家们性格特征的

---

① 逢珍译文。

再现，纳博科夫都显得十分得心应手。这个短篇小说，似乎就是纳博科夫用文学形式完成的研究蝴蝶的学术文章。更让人惊叹的是，皮尔格拉姆为蝴蝶而生、为蝴蝶而死的一生，似乎也成了纳博科夫自己的生活写照和命运预言。

四

1940年5月21日，纳博科夫一家抵达纽约。白手起家的纳博科夫一边在多所大学任教，讲授俄国文学和欧洲小说课程，一边重拾蝴蝶研究。在纽约安家后不久，他便在美国自然史博物馆昆虫部做义工，在生活尚无着落的情况下却分文不取。1941年秋，纳博科夫开始在哈佛大学比较动物学博物馆昆虫学部做实验员，一直工作了五六年。他后来在一次采访中说，他在哈佛大学博物馆的显微镜前度过的那几年是他一生中最快乐的岁月，堪比他在俄国度过的童年。将哈佛岁月和彼得堡童年这两段幸福生活勾连起来的，就是蝴蝶。

蝴蝶研究给初到美国的纳博科夫提供了第一份虽然不高、却还稳定的薪水，使他度过了物质上的危机。蝴蝶研究帮助纳博科夫认识了美国，认识了美国的大自然，他几乎每个假期都要外出捕蝶，因此走遍美国各地，这也为他之后的"美国题材"写作提供了丰富的素材。返回蝴蝶研究的这几年，也是作为作家的纳博科夫"返回"英语的时段，他在这一期间逐渐完成了从俄语写作向英语写作的过渡。在此之前，自1922年在剑桥大学毕业直到

1940年来美定居，前后居住在柏林和巴黎的纳博科夫，十七年间实际上已很少使用英语。

作为鳞翅目昆虫学家的纳博科夫专攻眼灰蝶科，陆续在专业期刊发表多篇学术论文。他细心整理哈佛博物馆里杂乱的蝴蝶标本，每周三天坐在实验室的显微镜前工作，往往持续十几个小时，他后来抱怨，他在哈佛的实验室里损坏了自己的视力；他利用假期去美国各地捕蝶，先后发现了二十余个鳞翅目新亚种。1943年，他在犹他州一座高山上捉到一只蝴蝶，这种蝴蝶后被命名为"纳博科夫凤蛾"（Eupithecia nabokovi）。纳博科夫由此正式开始一些纳博科夫研究者所谓的"双L人生"，即同时从事"文学"（Literature）写作和"鳞翅目昆虫学"（Lepidoptera）研究。纳博科夫的两项眼灰蝶研究十分超前，其学术价值半个世纪后方才得到确认。其一，他根据生殖器特征对南美眼灰蝶进行分类，他当时进行此项研究时所依据的标本仅有一两百份，他也从未去过南美的蝴蝶栖息地实地考察，他的这种分类因而在当时并未引起同行们的普遍关注，但是之后多位南美蝴蝶研究专家经过多年实地考察和研究，认定纳博科夫的分类原则和方法几乎无懈可击；其二是纳博科夫提出的一个假设，即南美的一些眼灰蝶是从亚洲穿过白令海峡迁徙过去的，当时昆虫学界有人觉得这个假设很可笑，可是到了21世纪，哈佛大学的科学家们根据对大量新增蝴蝶标本的DNA研究，却证实了纳博科夫这一先知式的假设。2011年1月25日的《纽约时报》在报道此事时使用了这样的标题：《纳博科夫的蝴蝶进化理论得到证实》。

五

1941年12月,在正式开始蝴蝶研究后不久,纳博科夫写下了这首题为《发现》的诗:

我在神奇的大地发现它,
风、草丛和薰衣草,
它落在潮湿的沙地,
几乎被山口的气流吹跑。

它的特征构成新物种,
形状和影子,特殊的色调,
类似月光,泛出蓝色,
暗淡的侧面,格状的边角。

我的针头剔出它的性器;
腐蚀的组织无法再隐藏,
无价的灰尘使凸起凹陷,
清澈的泪滴泛出光亮。

缓慢转动旋钮,两个对称的
琥珀色钩状物浮出迷雾,

或者有紫晶般的翅鳞，
穿过显微镜迷人的圆周。

我发现它，我命名它，
我精通分类学拉丁语；
做一只昆虫的教父，率先描述，
我不再渴求其他声誉。

在别针上展开，虽很快睡去，
它远离捕食者和铁锈，
我们珍藏这模式标本，
在静静的要塞它活得更久。

古画，王座，朝圣者亲吻的石头，
传唱一千年的诗歌，
都不似这蝴蝶旁的红标，
能赢得真正的不朽。

不难看出，纳博科夫很看重自己的蝴蝶发现，很看重通过蝴蝶研究可能获得的"不朽"。在博物馆展示的昆虫模式标本旁通常会放置一个红色标签，上面标明发现者的姓名、发现时间和地点等信息，除了这样的"红标"，纳博科夫"不再渴求其他声誉"。

其实，在纳博科夫的早期诗作中，蝴蝶就是一个经常出现的形象，他还抱怨过，俄语诗歌和英语诗歌中的蝴蝶诗为数太少。转而写作小说之后，他的作品中自然也少不了蝴蝶，据统计，他的文学作品中写到蝴蝶的地方共有五百七十余处。除前面提及的《说吧，记忆》和《蝶蛾采集家》之外，他还有多篇蝴蝶主题的作品。短篇小说《圣诞节》写一个喜欢蝴蝶的小男孩因病夭折，父亲把儿子安葬在自家的庄园，他去儿子的房间整理遗物，把一个装有蝶蛹的饼干盒带往一间生着火炉的房间，悲痛欲绝的父亲决定自杀，就在此时，饼干盒里传来一阵响动，原来由于火炉的温度，饼干盒里的蝶蛹破茧而出。这象征着儿子新生的蜕变，给了父亲继续生活下去的勇气和力量。在长篇小说《天赋》中，主人公费奥多尔的父亲是一位鳞翅目昆虫学家，后在一次去中亚科考时失去音讯。小说的主要内容之一就是费奥多尔关于父亲的回忆，童年时与父亲一同在乡间庄园抓蝴蝶的幸福场景始终萦绕在他的脑海里。纳博科夫似乎在以这样的小说主题怀念童年和父亲。《纳博科夫的蓝蝶：一位文学天才的科学之旅》的作者写道："《天赋》一书的成就，在一定程度上就是对鳞翅目昆虫学黄金时代一次全面、广阔、壮丽的再现，这才是纳博科夫更主要的艺术目的。"

　　纳博科夫最著名的小说《洛丽塔》更与蝴蝶有着不解之缘。《洛丽塔》的写作是与纳博科夫的捕蝶同步进行的，纳博科夫在《关于一本名为〈洛丽塔〉的书》一文中写道："每年夏天，我和妻子都要去捕蝶……每到夜晚或遇白天下雨，我就精力充沛地继续写作《洛丽塔》。"也就是说，《洛丽塔》文本和蝴蝶标本是互为副产品的。《洛丽塔》中关于美国郊野风光的描写，正是来自纳博科夫捕蝶途中的所见。在《洛丽塔》的结尾，亨伯特站在高高的坡顶上，听到山下传来孩子们天籁般的声音，他突然产生了顿悟，而纳博科夫后来曾说，就在亨伯特所站的那条山路上，"我捉到了首次发现的雌性蓝蝶，它后来被命名为'纳博科夫蝶'"。在小说中，纳博科夫称洛丽塔为"小妖精"（nymphet），意为"早熟少女"，纳博科夫新造的这个词源自"nymph"，后者同时具有"仙女"和"蛹"两重含义。如果说洛丽塔被形容为一只蝴蝶，那么《洛丽塔》整部小说的情节，也就是亨伯特和奎尔蒂对洛丽塔的诱惑，也就成了一场捕猎。

六

在纳博科夫的一生中，写作和蝴蝶是高度统一的，他把蝴蝶带入诗歌和小说，同时也在用学者的目光探究文学和科学的关联，发现两者间的互补性。在1940年代给美国大学生做的一场题为《好读者和好作家》的演讲中，纳博科夫认为，好的读者就是能把"艺术精神和科学精神合为一体的人"。他还说："我认为，艺术品就是两种东西的结合，即诗歌的精确和纯科学的激情。"他这是在有意颠覆人们的常识，提醒大家用科学的态度对待艺术，用艺术的精神对待科学，因为，"没有幻想就没有科学，没有事实就没有艺术"。纳博科夫的一位研究者这样总结纳博科夫的文学和昆虫学之间的关联："也许可以这样来描述纳博科夫作为一个作家的成长历程，他是在探索更为有效的方式，以便将他在昆虫学中发现的快乐传给他的小说，那是特殊性的愉悦，是发现的惊喜，是神秘的直觉，是愉快的骗术。从蝴蝶他认识到，不能把世界视为理所当然，它比看上去更真实也更神秘，因此他要使自己的世界能够与这个世界媲美。"在纳博科夫的科学与文学之间，蝴蝶是一个中介，一座桥梁。

纳博科夫带着审美的趣味借助高倍显微镜观察蝴蝶翅膀上的花纹以及蝴蝶生殖器的结构特征，并将此作为分类依据；同样，他似乎也在用这样一台显微镜观察每一部文学名著，在给大学生们讲解每一部文学作品时，他都要不厌其烦地一遍又一遍强调"细节"的重要性，而这些细节大多是之前的读者并未注意到的，比如果戈理《死魂灵》的开头两位俄国庄稼汉关于"车轮"的议论，托尔斯泰《安娜·卡列尼娜》中安娜卧轨自杀时手提的红色手提包等。纳博科夫断言："在高雅艺术和纯粹科学中，细节就是一切。"他曾说："在我教书的那几年，我竭力向我的文学专业学生提供有关细节的确切信息，细节的组合产生出感觉的火花，一本书才能获得生命。"

纳博科夫发现了蝴蝶和文学之间一个十分重要的相似之处，即拟态。他在《说吧，记忆》中写道：

"拟态"之谜对我始终构成一种诱惑，在这一方面，英国学者和俄国学者的成就不分伯仲，我差点要写成"平分秋色"。该如何解释这样的现象呢？一种山毛榉蛾的漂亮幼虫在成虫阶段会长出一些奇怪的肢节部分和其他多余器官，以掩饰其幼虫实质,使它看上去像是在同时"扮演"双重角色,既像一只痉挛不止的长足昆虫,又像正在食用这只昆虫的蚂蚁,这样的合体旨在转移可能啄食它的那只鸟的视线。又该如何解释这一现象呢?一种南美飞蛾在外形与颜色上均与当地一种蓝色胡蜂一模一样,它也模仿胡蜂,不停地爬来爬去,神经质地抖动触角。在蝴蝶中间,此类寻常演员为数不少。当您看到一只合起翅膀的枯叶蝶,它酷似一片枯叶,上面还布满树叶的纹理和叶脉,不仅如此,它还额外地在这片"秋天的"翅膀上添加上了甲虫的幼虫在此类树叶上蛀出的虫眼,您会说这是大自然的艺术良心吗?我后来不得不说,达尔文的"物竞天择说"在一般意义上是无法用来解释这些经常见到的、却难以置信的巧合,这是三种模仿因素在同一个生物身上的巧合,即外形、色彩和行为(亦即外表、颜色和拟态);另一方面,"生存竞争说"也与此毫不相干,因为它的自卫手段已经达到了艺术上的极致,远远超出它的假想敌,即一只鸟或一只蜥蜴的理解力,也就是说,除了一个稚嫩的博物学者之外,它无人可以欺骗。就这样,我在少年时代便在大自然中发现了这种复杂却"无用的"东西,后来,我又在另一种令人赞叹的欺骗,即艺术中不断寻求这种东西。

枯叶蝶翅膀上的虫眼是一种精致入微的拟态,一种没有必要的添加,但这样的拟态却恰恰构成一种审美手段,一种非功利的精致,一种游戏化的逼真,在纳博科夫看来,这就是文学艺术的真谛。纳博科夫并不认为他喜爱蝴蝶是因为蝴蝶很美，像大多数人认为的那样，作为一位蝴蝶专家，他郑重其事地告诉大家："蝴蝶有好看的，也有很丑的，就像人类一样。"他重点研究的眼灰蝶其实大多其貌不扬，近乎飞蛾。但是，他觉得蝴蝶的拟态行为是审美的，具有艺术属性。

在1966年为自传《说吧，记忆》的英文版所写的序言中，纳博科夫把此书的反复改写比喻成蝴蝶的蜕变。这部自传的最早一个章节，即《O小姐》系用法文写成，1936年刊于法国《尺度》杂志；后来这个章节被译成英语，受到欢迎，纳博科夫便用英语接连写出十多个章节，并在1951年出版单行本，书名叫《确凿的证据》。此书再版时，纳博科夫把这个具有"侦探小说"意味的书名改为《说吧，记忆》。1953年夏，纳博科夫把此书译成俄语，书名又改为《彼岸》。由于纳博科夫在英译俄时做了许多修改和添加，这部自传在1966年再出英文版时，纳博科夫又把俄文译本中的许多东西挪进了最新的英文版。纳博科夫写道："对最初的俄国记忆进行一次英语重述，将它译回俄语，再使它重归英语，这被证明是一项恶魔般的任务，但让人稍感安慰的一个想法是，这样一种为蝴蝶所熟悉的多次蜕变，之前尚无任何人类有过尝试。"纳博科夫这是在用写作模拟蝴蝶的蜕变。

纳博科夫建议用探微蝴蝶的方式阅读文学作品，又把自己的创作过程喻作蝴蝶的蜕变，他的蝴蝶于是也就成了他关于文学艺术的一个大隐喻。

七

纳博科夫的小说《天赋》中有这样一个情节：康斯坦丁·戈都诺夫 - 切尔登采夫满心欢喜地带着他在西伯利亚发现的一个新种飞蛾回到彼得堡，可到家的当天，他和妻儿一同在自家花园散步时居然看到了一只与他千里迢迢带回来的标本一模一样的飞蛾，几天之后他又得知，他的一位同事刚刚发表了关于这种飞蛾的描述。"他们抢在了父亲的前面！"切尔登采夫的儿子费奥多尔为此哭了整整一夜。

博物学家们为命名权而展开的竞争甚或搏斗向来十分激烈，为一个新发现的物种命名，这是每一位博物学家梦寐以求的事情。作为一位自学成才的鳞翅目昆虫学家，作为一位半路出家又中途退场的眼灰蝶专家，纳博科夫在命名蝴蝶这一方面可以说是撞了大运，在少年时代的几次失败尝试之后，他在1940年代终于成功地命名了"多萝茜眼灰蝶"和"纳博科夫凤蛾"，把自己的姓氏或自己的命名写进了昆虫学史。此后，随着纳博科夫文学声誉的不断提升，尤其是在纳博科夫的鳞翅目昆虫学研究成果得到普遍认可之后，与纳博科夫相关的蝴蝶命名不断出现。昆虫学家们出于对纳博科夫的尊重，出于对纳博科夫小说的喜爱，纷纷用纳博科夫小说中的主人公和地名等为新发现的蝴蝶命名，从而构建出一个庞大的纳博科夫蝴蝶家族。有趣的是，为了给新发现的蝶蛾物种取一个纳博科夫式名称，有人组建起一个专门委员会，其中既有蝴蝶研究专家，也有纳博科夫研究专家。由于纳博科夫的研究主要集中于南美眼灰蝶，为纪念纳博科夫而命名的蝴蝶也主要为眼灰蝶，俗称蓝蝶。此类命名多达数十种，它们大致可分为三类：第一类以纳博科夫夫妇的姓名命名，如前面提到的"纳博科夫凤蛾"以及后来的"西林蓝蝶"和"薇拉蓝蝶"，西林是纳博科夫到美国之前使用的笔名，因为纳博科夫与父亲同名同姓，只是父称不同，在没有父称使用习惯的西欧，人们很难区分这对同样从事写作的父子，小纳博科夫只好取了笔名"西林"，而薇拉是纳博科夫夫人的名字。第二类以纳博科夫小说中的地名命名，如"阿尔迪斯蓝蝶"（阿尔迪斯是小说《阿达》中的一座庄园，后来也被密歇根大学一家专门出版俄语文学作品的出版社用作社名），"克巴塔纳蓝蝶"和"赞巴拉蓝蝶"（克巴塔纳是《微暗的火》中的一处度假胜地，《微暗的火》的主人公金波特原为赞巴拉王国的国王）。第三类，也是最多的一类，即以纳博科夫小说主人公的名字命名，如"塔玛拉蓝蝶"（《说吧，记忆》中纳博科夫的初恋对象）、"玛申卡蓝蝶"（《玛申卡》中的主人公）、"卢仁蓝蝶"（《卢仁防守》中的主人公）、辛辛纳图斯蓝蝶（《斩首之邀》中的主人公）、"皮尔格拉姆蓝蝶"（《蝶蛾采集家》中的主人公）、"米拉灰蝶""普宁灰蝶"（米拉和普宁都是《普宁》中的主人公）、"克鲁格蓝蝶"（《庶出的标志》中的主人公）、"谢德蓝蝶""金波特蓝蝶""诺多蓝蝶""奥登蓝蝶""黑泽尔蓝蝶"（这五人均为《微暗的火》中的人物）、"阿达蓝蝶"（《阿达》中的主人公）、"济娜蓝蝶"（《天赋》中的主人公）等，可以说，纳博科夫小说中的重要角色几乎悉数登场，都在蝴蝶的命名晚会中扮演着自己的角色。

最精彩的是《洛丽塔》中两个主角的蝴蝶身份转换，小说中的几位主人公的名字均被用来为蝴蝶命名，如"洛丽塔蓝蝶""亨伯特蓝蝶""克莱尔蓝蝶""夏洛特蓝蝶"等，在用这些人物的名字命名时，命名者为了让亨伯特"远离"洛丽塔，特意用他们两人的名字分别命名了两种栖息地相距遥远、从未有过任何交集的眼灰蝶，这些蝴蝶命名者的做法无疑已经很接近纳博科夫了，他们开始把文学情感带入昆虫学，学到了纳博科夫的游戏精神和狂欢色彩。

在纳博科夫这里还有相反的命名方式，即用生物学家的名字来命名小说的主人公。前文提及少年纳博科夫接到英国昆虫学家赛茨的回信，说纳博科夫发现的夜蛾并非新种，因为这个种已为一位名叫克列契马尔的昆虫学家所发现。纳博科夫从此对这位克列契马尔"怀恨在心"，后来他在写作俄文小说《暗箱》（英译本题为《黑暗中的笑声》）时便把男主人公命名为"克列契马尔"。这位男主人公是一位艺术评论家，在影院里被十六岁的领座员玛格达迷住，玛格达是个模特，做过妓女，梦想成为演员，她在与克列契马尔同居时仍与旧情人来往，在克列契马尔因车祸双目失明后，玛格达带着她的情人住进克列契马尔的别墅，他俩公然当着克列齐马尔的面亲热，而周围的生活对于克列契马尔来说则成了一个巨大的"暗箱"。纳博科夫在《说吧，记忆》里很得意地说，他用这种方式对那位先于他发现了那种夜蛾的人"实施了报复"。

纳博科夫善于捕蝶，也终身捕蝶不止，他在自传中略带嘲讽地给出这样的捕蝶者自画像：

我一生都在捕捉蝴蝶，在不同的地方，身着不同的服装：那个面容清瘦的幼小孩子，他穿着灯笼裤，头戴海军帽，在捕蝴蝶；那个又高又瘦的成年人，四处漂泊的男人，身穿绒布裤，头戴贝雷帽，在捕蝴蝶；那个体态发福的老头子，穿着短裤却没戴帽子，依然在捕蝴蝶。

……

1929年夏，我在东比利牛斯山脉捕蝶，当我扛着捕蝶网走过一座村庄，似乎每一次，当我回顾张望，都能看到那些因为我的经过而变得像石头一样的村民，仿佛我是所多玛，而他们是罗得的妻子。十年之后，在滨海阿尔卑斯省，我有一次发现身后的青草在微微起伏，现出一道蛇形痕迹，我退后几步，撞到一个肥胖的乡村警察，他匍匐着跟在我身后，认为我在非法捕鸟获利。美国似乎对我表现出更多的病态兴趣，也许因为我到那里定居时已四十出头，而人的年纪越大，他手里拿着的捕蝶网就越显得奇怪。一脸严肃的农夫们默默做出手势，要我留意"禁止垂钓"的告示；公路上驶过的汽车里发出嘲笑的喊声；睡意蒙眬的狗对最恶意的流浪汉都无动于衷，却对我充满警惕，咆哮着扑过来；孩子们指着我问他们满脸困惑的妈妈："这是干吗的？"见多识广的旅游者想问我是不是钓鱼的，是不是在抓蚂蚱当诱饵；《生活》杂志打来电话，问我愿不愿意拍一张正在追捕普通蝴蝶的彩照；有一次，在新墨西哥州的荒原，在开着白花的高大丝兰和挺拔的仙人掌之间，一只壮硕的黑色母马跟着我走了两三英里。

纳博科夫这捕蝶者的姿势贯穿他的终生，从六岁到七十八岁。纳博科夫采集并制作了数以千计的蝴蝶标本，但这些珍贵的标本却两次遭遇灭顶之灾：一次是自俄国流亡时，他青少年时期的所有蝴蝶标本都留在彼得堡的家中；一次是自法国再度流亡时，他在欧洲时期采集的标本也丧失殆尽。幸运的是，纳博科夫到美之后制作的蝴蝶标本大多得以永久收藏，如今在俄罗斯彼得堡的纳博科夫故居博物馆、彼得堡南郊的圣诞村纳博科夫博物馆、美国的哈佛大学博物馆、康奈尔大学博物馆和纽约的自然史博物馆、瑞士洛桑的动物学博物馆等处，均藏有纳博科夫亲手捕捉和制作的蝴蝶标本。这些标本就像是纳博科夫留下的生活足迹，就像是他除文学作品外的第二文本。

八

纳博科夫的人生极具设计感，像他乐意设计的棋局，似乎是预先构建好的。他一生共写了十八部中长篇小说，用俄语和英语各写了九部，构成所谓"镜子原则"，或者说是像蝴蝶的两只翅膀一样的对称结构；他活了将近八十岁，这八十年时光被近乎均等地划分为四个阶段，即俄国时期、西欧时期、美国时期和瑞士时期。这究竟是刻意为之，还是无心插柳，其实也很难说清。1959年，纳博科夫迁居欧洲，从此长住日内瓦湖畔的蒙特勒皇家酒店。别人问他为何定居瑞士,他回答:"为了蝴蝶。"他在晚年接受采访时所说的几句话也流传很广:"我对野外、实验室和图书馆中的蝴蝶研究的热情,要远远超过对文学的研究和实践。""如果没有发生俄国革命,我可能成为一名职业的鳞翅目昆虫学家,或许连一部小说都不会写。"他还说过:"文学灵感的快乐和慰藉,比起在显微镜下发现蝴蝶的一个器官,或是在伊朗或秘鲁的山坡上发现一个未被描述过的蝴蝶,简直就算不了什么。"我们可以相信这些话都是纳博科夫内心愿望的真实表露,但是我们却很怀疑纳博科夫始终是把蝴蝶置于文学之上的。与纳博科夫这样的作家打交道,我们往往要多留一个心眼,就像面对一位老奸巨猾的棋手。

　　纳博科夫成名后不爱出头露面,不喜欢接受采访,但是他却一向十分乐意展示他与蝴蝶的亲密关系。在他早年出版的诗集的封面上,就印有蝴蝶图案;在给家人和朋友的书信中,他往往会在签名的下方信手画上一只蝴蝶;在他因为《洛丽塔》的走红而成为《时代》《生活》《时尚》等杂志的封面人物时,他的肖像旁也大多有一只或数只蝴蝶作为点缀或陪衬。在我们如今可以看到的纳博科夫"生活照"中,他与蝴蝶的合影似乎超过他与亲朋好友的合影,照片上的纳博科夫或置身于实验室里的蝴蝶标本之间,或手持一份蝴蝶标本面对镜头,最多见的还是他的捕蝶照,只见他手持捕蝶网,身着短裤,出现在美国和欧洲的多个地方。其中有一幅最著名的纳博科夫捕蝶"艺术照":纳博科夫圆睁双目,神情专注地俯视镜头,右手的捕蝶网正恶狠狠地向镜头扣过来。

这张很传神的照片让许多人津津乐道,据说这是从蝴蝶的视角拍摄的,可蝴蝶专家们看后却觉得可笑,因为"从蝴蝶的角度拍摄",摄影师早就把蝴蝶吓跑了。这张照片显然是摆拍的,而向来很少听话的纳博科夫居然愿意被摆拍,可能还是因为这样的摆拍与蝴蝶有关。

我们知道,纳博科夫进入剑桥大学后所选的专业是动物学,"在解剖了一个学期的鱼类之后,我跟我的导师说,这跟我的诗歌写作相冲突,能否转而学习俄语和法语",也就是说,纳博科夫从动物学转向文学,原本就是他的主动选择。兵荒马乱、流离失所的岁月的确让纳博科夫难以开展系统的科学研究,但是在小说《洛丽塔》让他衣食无忧之后,他并未重拾学术研究,反而更专注文学写作了,他关于迁居欧洲是"为了蝴蝶"的说法因此也就不那么可信了。纳博科夫晚年曾雄心勃勃地计划编纂两部大书,即《欧洲的蝴蝶》和《艺术中的蝴蝶》,他甚至与出版商签订了这两本书的出版合同,这两本书最终未能完成,许多纳博科夫迷为之扼腕叹息,我倒觉得,纳博科夫即便再多活几年,也未必真的会编写这两本耗时耗力的学术著作,他可能也只是虚晃一枪。像纳博科夫这样一个热衷智慧恶作剧的作家,他越是强调什么,他的话就越是可疑,就像契诃夫也强调过文学只是他的情人,医学才是他的妻子。

在纳博科夫这里,蝴蝶说到底仍只是一项副业,而文学才是他的专业,作为一位"虚构大师",他终生都热衷于假戏真做,或真戏假做,他是在有意识地混淆蝴蝶和文学。蝴蝶是纳博科夫的标配，是他的标识，甚至是他的"第二自我"，但是我总觉得他是在用蝴蝶做某种掩饰，他戴上这样一张"蝴蝶面具"，是在与我们做一场更为有趣的文学游戏。

九

纳博科夫的传记作者博伊德在其《纳博科夫传》的第二十七章这样描写纳博科夫1975年在瑞士阿尔卑斯山的一次捕蝶场景：

《阿达》在法国的成功代价很大，6月18日，纳博科夫跟妻子去了达沃斯，他们太需要休息了。宁静优美的山峦和捕捉蝴蝶的机会让他精神振奋，结果身体却遭到重创。7月下旬，七十六岁的他爬上了一千九百米的高处，最后从一个陡峭、湿滑的山坡上重重地摔了下来。他的捕蝶网摔得更远，栽到了一棵冷杉树的树枝上。爬上去够捕蝶网时，他跌得更重，以致无法起身。他嘲笑自己的窘境——休·珀森的处境——等待缆车从头上滑过。他一边笑一边招手，缆车里的人看到那副样子，觉得他没有什么问题。直到缆车员再次经过，看到那个黢黑的老人穿着短裤还在那里时，才意识到他需要帮助。回到站台后，他派了两个人下来，将纳博科夫搬到了担架上。在摔下到救起之间，他等了两个半小时。①

---

① 刘佳林译文。

这场景既滑稽也伤感，倒是很有纳博科夫味。文中提到的休·珀森是纳博科夫的小说《透明》中的人物，他曾随心爱的女人阿尔曼达攀爬阿尔卑斯山，在娶了阿尔曼达之后，面对妻子的冷漠和背叛，他在一次睡梦中掐死了妻子，他后来返回瑞士探访他当年与阿尔曼达住过的旅馆，在旅馆发生火灾时丧生。纳博科夫试图让休·珀森在爱与非爱、梦与清醒、生与死亡之间的边缘区域获得极端感受之后，感受到他周围的一切和内心的"透明"。小说的结尾写到休·珀森的幻象："最终的幻象是一本书或一只变得完全透明的空洞的盒子所发出的炽热的光。我认为，情况是这样的：需要从一种存在状态进入另一种存在状态的，不是肉体死亡的自然痛苦，而是神秘的精神活动的无比剧痛。"

1972年，纳博科夫改写了俄国诗人古米廖夫的一首诗，他写道：

> 我不会死在夏日的凉亭，
> 死于暴食和酷暑，
> 我会与网中的天国蝴蝶，
> 一同死在荒山顶部。

结果他一语成谶，果真死于蝴蝶。在达沃斯摔伤之后，纳博科夫虽然有所康复，甚至又能上山捕蝶，但他的健康却每况愈下，人们普遍认为这次摔伤是导致他死亡的最直接原因。1977年7月

2日，纳博科夫因肺栓塞去世。去世的前一天，他的独子德米特里来医院探视他，告别时，儿子亲吻他的额头，看到了他湿润的眼眶。德米特里后来写道："我问他为什么流泪？他回答说他看到了一只蝴蝶在展翅飞舞；从他的眼睛里我明白，他已经意识到自己将要离开，不再想着还能捉到它了。"

纳博科夫临终前看到的那只蝴蝶，已不再是他的捕捉对象，不再是他的研究对象，甚至也不再是他的审美对象，而很有可能成了引领他步入那个"透明"世界的向导，一如引领但丁步入天堂的贝尔特丽切，一如歌德在《浮士德》结尾写到的"引领我们飞升"的"永恒的女性"。

后　记

近些年，我陆续写作了一些与我的专业，即俄国文学研究相关的散文，并在国内多家文学报刊上刊出，受到一些读者欢迎，其中几篇还有幸得到有关方面的肯定，如《茨维塔耶娃的布拉格》获 2020 年"十月文学奖"，并入选人民文学出版社编选的《2019 散文选》，《茨维塔耶娃和她的诗歌》获 2022 年"山花双年奖"，《纳博科夫与蝴蝶》一文也被《新华文摘》2022 年第 9 期全文转载。承蒙人民文学出版社副总编肖丽媛女士器重，我此番把这些散落的散文编纂成集，这既是对自己近年散文写作的一次回顾，也是向朋友和读者的一次汇报。

2022 年底，应《世界文学》主编高兴先生之约，我为他创办的"中国作家谈外国文学"栏目写了一篇文章，题目是《没有限定语的作家和没有限定语的文学》，我在文中写道："外国文学研究和外国文学翻译做得久了，我反而觉得自己离中国文学远了。是'译'，还是'写'，在我这里也常常成为一个问题。于是，在从事文学研究和文学翻译的同时，我也始终在有意识地写作一些更随意的文字，就算是所谓'学术随笔'吧。我感觉自己先前做研究，搞翻译，就像是在自己的身边砌墙，垒成一座'语言的牢笼'，然后才开始拆墙，或者说是在这堵厚墙上凿出孔洞，让母语之光照射进来。""在近些年的写作中，我尝试把这三种语言风格融为一体：我把自己在学术研究和文学翻译中发现的好素材作为自己散文随笔的写作对象，用较为自由、较多感性的笔触来讨论某个比较学术性的话题；而我在汉语写作中获得的某些语言感觉和修辞手法，又可以被我反过来用在对外国文学的研究和翻译上。也就是说，外国文学研究和翻译成了我的散文写作的资源，中文写作反过来又在为我的外国文学研究和翻译提供源源不断的活水。就这样，我在用我的汉语写作消解我的三种身份、三种工作和三种话语之间的界限，试图让这三者之间产生互动，保持张力，并借此来拉近中外文学之间的距离。""我不希望我的生活和工作经历成为对高兴先生所主持的这个栏目的解构，但我愿意继续做一个没有限定语的作家，去更多地阅读、翻译或阐释没有限定语的文学。"（《世界文学》2022年第6期）散文写作，就是我试图消弭外国文学和中国文学、学者和作家、专业和兴致等之间界限的一种努力。

中国的散文是一种与小说、诗歌和戏剧并列的文学体裁，这是汉语文学中的独有现象，汉语散文的历史灿烂辉煌，在中国文坛享有数千年的独尊地位，对于中国文字和文学的演变发展，对于中国人的文字表达方式、审美立场乃至世界观的形成发挥过难以估量的重大作用。汉语散文原本以灵动多变见长，然而时至21世纪，我们却发现汉语散文似乎反而显得"现代性"不足，缺乏体裁自身的进化动能。比如，自20世纪七八十年代起，我们相继有过先锋诗歌、先锋戏剧和先锋小说，却一直不见先锋散文。散文可以用较为现代派，甚至后现代的笔法来写吗？我在收入这部集子的《陀思妥耶夫斯基一生的十个瞬间》等散文中做了一点尝试，试图用戏仿、引文、拼接等手法来丰富散文的表现力，通过把小说、戏剧和诗歌的元素引入散文来拓展散文的体裁间性。

我在这里特意按顺序标出此集中每篇文章的首发报刊和时间，并借此机会向当时发表这些散文的报刊主编和责编表示深深的谢意：《陀思妥耶夫斯基一生的十个瞬间》刊于《人民文学》2023年第1期；《"地下室"与"地下室人"》刊于《大家》2023年第3期；《明亮的林中空地》刊于《译林》2006年第7期；《穿透时空的托尔斯泰》刊于《北京晚报》2014年11月26日；《追寻契诃夫的足迹》刊于《长江文艺》2018年第3期；《梅里霍沃的秋天》刊于《北京晚报》2016年3月17日；《茨维塔耶娃和她的诗歌》刊于《山花》2020年第3期；《茨维塔耶娃的布拉格》刊于《十月》2019年第2期；《"你是我最好的诗"：茨维塔耶娃和她的女儿》刊于《新京报》2015年10月17日；《帕斯捷尔纳克：生活与创作》刊于《边疆文学》2020年第7期；《心灵的相会——茨维塔耶娃和帕斯捷尔纳克的书信往来》刊于《北京文学》2022年第10期；《抒情诗的呼吸》2019年10月18至19日在上海东方演艺中心演出；《巴别尔：谜团、瑰丽和惊世骇俗》刊于《新京报》2017年7月9日；《纳博科夫与蝴蝶》刊于《人民文学》2022年第1期。这些文章在收入此集时略有改动，主要是删去不同文章中相互重复的部分，并在人名、地名等称谓上保持统一。

2023 年 8 月 25 日
于京西近山居